KB038135

The son of the Rossellini family
TUTELARY

로셀리니가의 아들

◆수호자◆

Kaoru Iwamoto

◆수호자◆

The son of the Rossellini family
TUTELARY

CONTENTS

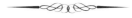

화보 · 본문 일러스트 하스카와 아이
옮긴이 심이슬

로셸리니가의 아들 수호자

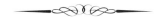

서 장

둥글게 솟아오른 반구형 천장. 그곳에서 아래로 무겁게 늘어진 샹들리에에는 크리스털 물방울이 무수히 반짝였다. 아라베스크 무늬 카펫과 돌로 된 난로. 그 위에 장식된 거대한 태피스트리. 붉게 타는 난로 좌우로는 높이가 3미터는 되어 보이는 그리스 석상이 세워져 있었다.

콘솔 테이블과 장식장, 아르누보 양식의 카우치, 고양이 다리 모양 팔걸이가 달린 로코코풍 의자 등은 언뜻 봐도 알 수 있을 만큼 오래된 물건이었다.

그 앤티크 의자 중 하나에 느긋하게 앉아 있는 첫째 형 레오나르도가 천천히 입을 열었다.

[우리는 그저 아무 이유 없이 네가 유학 가는 데 반대하고 있는 게 아니야. 루카, 그건 너도 알지?]

굵게 웨이브 진 검은 머리에, 마찬가지로 어둠처럼 새카만 칠흑 같은 눈동자. 어딘지 모르게 고귀함을 풍기는 높은 콧날과 관능적인 모양을 지닌 입술.

형은 처음 만난 모든 사람들이 숨을 삼킬 만큼 훌륭한 미모의 소유자이지만, 지금 내 앞에 앉은 그는 뚜렷하고 진한 눈썹을 험상궂게 찌푸리고 있었다. 용맹하면서도 강한 빛을 발하는 눈동자가 가만히 쳐다보자, 친동생인 나조차 그만 몸을 웅크릴 뻔했다.

보통 사람과는 확연히 일선을 긋는, 그저 그곳에 있기만 해도 보는 사람을 압도하는 강렬한 오라가 형의 온몸에서 피어올랐다. 하지만 아마 이 정도의 박력이 없으면 29살의 젊은 나이에 '패밀리'를 통솔할 수 없을 것이다.

나는 큰형의 예사롭지 않은 존재감에 압도되지 않도록 의자 팔걸이를 꽉 잡고 눈을 위로 살며시 뜨며 호소했다.

[그건……, 잘 알아.]

[정말로 제대로 잘 알고 있는 거야?]

옆에서 재차 확인한 사람은 둘째 형 에두아르였다. 그는 레오의 옆에 있는 팔걸이 의자에 앉아 긴 다리를 우아하게 꼬고 있었다.

큰형과는 타입이 전혀 다르지만, 이 둘째 형도 아름답다.

흐르는 듯한 플래티나 블론드 헤어에 쿨한 아이스블루색 눈동자. 세련된 동작과 눈부시게 화려한 미모는 배우였던 프랑스인 어머니를 닮았다……고 한다.

'닮았다고 한다'고 말한 이유는 내가 에두아르의 어머니였던 여성을 모르기 때문이며, 안타깝게도 그녀는 내가 태어나기 훨씬 전에 세상을 떠나고 말았다.

우리 세 형제는 어머니가 각각 다르지만, 세 사람 다 어릴 적에 친어머니를 잃었다는 점에서는 경우가 같았다.

[우리 로셀리니 일족은 평범한 집안이 아니야. 여러 가지로 복잡한 사정을 안고 있어.]

나는 에두아르의 말에 얌전한 표정으로 고개를 끄덕였다.

그건 물론 알고 있다.

로셀리니 가문은 이탈리아에서 시칠리아 땅을 발상지 삼아 200여 년 이어진 명문가로(선조 중에는 귀족의 피를 이은 자도 있다고 한다. 실제로 큰형 레오나르도의 어머니는 시칠리아 귀족의 후예였다.), 대대로 와인, 올리브 오일, 그리고 시칠리아 오렌지 제조와 교역을 해 왔다.

그 재력을 기반으로 우리 아버지 대부터 다방면으로 사업을 확대했으며, 아버지의 사업 수완도 있었던 덕분에 큰 성공을 거두었다. 호텔, 레스토랑, 의류 사업 등, 현재는 로셀리니 그룹으로서 세계를 상대로 폭넓은 사업을 펼치고 있다. ── 겉으로는 이렇게 통하지만, 사실 로셀리니 가문에는 그와 반대되는 또 하나의 얼굴이 있었다.

시칠리안 마피아인 점.

로셀리니 가문의 당주는 대대로 로셀리니 패밀리를 통솔해 왔다. 물론 표면적으로는 공표하지 않고 있다. 사업 쪽이 유명해진 지금으로서는 일가친척 외에 그 비밀을 알고 있는 사람은 극히 일부였다.

4대 카포(보스)였던 아버지 카를로 에르네스토 로셀리니가 은퇴한 지금은 패밀리 수령의 자리와 로셀리니 그룹의 CEO 직함을 둘 다 큰형 레오나르도가 물려받았다.

지금 우리 세 사람이 모인 영주관 스타일의 저택도 5대째 당주인 레오가 책임지고 관리하는 시칠리아의 본가로, 통칭【팔라초 로셀리니】라 불리고 있었다. 우리 세 형제는 1500년대에 지어져 귀족이 거주해왔던 이 저택에서 태어나고 자랐다.

그러나 현재는 내가 피렌체, 작은형 에두아르가 밀라노, 은퇴한 아버지가 로마에 각각 떨어져서 저택을 두고 지내기 때문에 가족 중에서 본가에 남은 사람은 큰형뿐이다.

오늘 나는 그 레오나르도의 호출을 받아서 온 것이다.

오는 손님들마다 입을 모아 "마치 비스콘티의 영화 속에 길을 잃고 들어온 것 같다."라며 감탄하는 저택 안에서도 가장 아름답다고 하는 2층 형의 방에 도착하여 문을 열자 에두아르가 먼저 와 있어서 깜짝 놀랐다.

로셀리니 그룹의 호텔, 의류 사업 부문을 맡고 있는 에두아르는 로셀리니 가문이 마피아라는 어두운 단면을 가진 점을 몹시 싫어하여 패밀리의 유대가 강한 시칠리아 본가에는 좀처럼 오지 않았다.

게다가 나 말고 중직을 맡고 있는 두 형은 무척 바쁘기 때문에 세 형제가 한곳에 모이는 일은 꽤 드물었다. 이【팔라초 로셀리니】에서 세 사람이 얼굴을 마주하는 건 작년 여름에 있었던 내 생일 파티 이후 처음일지도 모른다.

[우리에게는 이중의 의미로 적이 있어.]

작은형 에두아르가 여전히 아름다운 눈썹을 찡그리고 있었다.

[로셀리니 그룹의 자산을 노린 영리(營利) 유괴의 위험에 노출될 가능성은 항상 있는 데다, 마피아 패밀리 사이의 항쟁에 휘말릴 가능성도 없는 건 아니야.]

레오나르도도 에두아르의 발언에 수긍하며 고개를 크게 끄덕였다.

[안타깝지만 에두가 말한 대로다.]

큰형 본인도 반년 전에 패밀리 내부의 항쟁으로 오른쪽 어깨와 오른쪽 다리에 총을 맞아 부상을 당했기 때문에 그 말에는 무게가 있었다.

[그렇기 때문에 네가 우리 눈이 닿지 않는 곳에 가는 것을 쉽게 용인할 수 없다.]

[우리는 너를 지킬 의무가 있어. 네 어머니가 돌아가실 때 "루카를 지키겠다."고 맹세했으니까.]

[설령 네가 아무리 바란다고 해도 극히 평범한 일반인과 같은 생활을 하기는 어렵다는 사실을 잘 알지?]

두 형은 내가 끼어들 틈을 주지 않고 다그치듯이 말을 거듭했다.

패밀리의 존재를 두고 의견이 대립하는 형들은 평소에는 사이가 별로 좋지 않지만, 내 일만 되면 일치단결하여 훌륭한 조합을 발휘하는 것이다.

두 형은 한 살 차이지만 막내인 나만 큰형과 여덟 살이나 나이 차가 나는 데다, 내가 열 살 때 어머니를 잃었기 때문일지도 모른다.

형들도 각각 어머니를 잃었지만, 여하튼 갓난아기일 때 있었던 일이었기 때문에 "돌아가셔서 외롭거나 슬프다는 감정도 없었다."고 한다. "어머니가 주는 온기와 애정을 알고 나서 어머니를 잃은 네가 훨씬 힘들 거야."라는 말도.

그 때문인지 이 두 형에 더불어 아버지까지도 나를 엄청나게 과보호하고, 언제까지나 제 몫을 못하는, 아니, 아이처럼 취급하는 점이 남 모르는 나의 고민이었다.

다정하고 현명하고 아름다운 데다 강하기까지 한 형들을 사랑하며, 아버지를 진심으로 존경하고는 있지만.

[그건……, 그러니까 다 알아.]

나는 요 반년 동안 몇 번이나 들었는지 모르는 '형들이 유학을 반대하는 이유'에 내심 몰래 한숨을 쉬면서도 오늘 몇 번이나 [알아.]라는 말을 되풀이했다.

[여태까지도 줄곧 보디가드가 붙어 있던 생활이었잖아.]

철이 들었을 무렵부터 내 곁에는 반드시 누군가가 있었다. 그 누군가는 때때로 메이드이기도 하고, 시중을 드는 스태프이기도 하고, 호위이기도 했다. 외출할 때는 차로 환송이 필수. 그 생활은 고등학교 진학을 위해 본가를 나와 피렌체로 이주하고 나서부터도 변함이 없었다. 레스토랑에 식사를 하러 나갈 때도, 학교에 갈 때도 보디가드가 따라왔다. 혼자가 될 수 있는 시간은 내 방에 있을 때뿐. 그것도 문 밖에 보디가드가 따라오는 —— 그런 생활을 20년 동안이나 보내 온 것이다.

[하지만 그래서 이탈리아를 떠나고 싶은 거야. 이곳에 있으면 아버지나 형들한테 보호받으면서 나도 모르게 편하게 응석이나 부리고⋯⋯, 언제까지고 자립하지 못할 것 같으니까.]

나는 눈앞에 있는 두 형에게 열심히 호소했다.

이미 성인인데도 지금의 나는 혼자서는 뭐 하나 제대로 할 수 있는 일이 없다. 아르바이트를 하면서 돈을 벌기는커녕, 창피한 얘기지만 이 나이가 되도록 여태까지 스스로 돈 관리를 해본 적조차 없다.

그런 나라도 언젠가 지금의 형들과 마찬가지로 로셀리니 그룹의 한 부문을 맡게 될 날이 찾아올 것이다. 많은 사람들 위에 서서 회사를 경영해야 하는 날이 머지않아 다가올 것이다.

그런 생각을 하면 엄청나게 불안했다. 같은 경우에서 자라도 현재 훌륭하게 회사와 그룹을 지휘하고 있는 형들과 달리 나에게는 타고난 카리스마 같은 것도 없는 데다, 애당초 원래 사람들 위에 설 만한 그릇도 아니다.

검은 머리에 검은 눈동자의 조합은 레오나르도와 같지만, 외모에서 주는 인상은 육식동물과 초식동물만큼 달랐다. 피부색이 하얀 점은 에두아르와 마찬가지인데도 그와 같은 화려함과도 전혀 인연이 없었다.

형들의 손에 쏙 감싸이고 마는 달걀형의 작은 얼굴에는 남자치고는 검은자의 면적이 비교적 큰 눈, 가는 콧날, 작은 입술이 오밀조밀하게 배치되어 있었다. 스무 살이 지나도 얄팍한 몸은 전혀 다부져지지 않았다. 키는 이미 옛날에 포기했지만.

말라깽이에 작은 키, 동안……

젊었을 땐 이탈리아의 댄디 가이라고 칭송받았다던 아버지와도 전혀 닮지 않았다.

정말로 아버지나 형들과 같은 피가 흐르고 있는지 의심스러워질 정도로 수수하고, 이렇다 할 장점도 없는 —— 루카 에르네스토 로셀리니.

저 집은 삼남만 쓸모없는 애라고 사람들이 험담하고 있다는 사실도 알고 있었다.

그렇기 때문에 남들보다 곱절로 노력해야만 하는 것이다.

로셀리니 일족의 이름을 더럽히지 않기 위해서라도.

가족의 간섭이 미치지 않는 먼 이국 땅에서 조금이라도 사회성을 익히고 정신적으로 자립하고 싶었다. 그러기 위해 올해 초에 몰래 일본에 있는 대학교의 편입 시험을 보고 무사히 합격 통지를 받았다. 아버지로부터는 간신히 몰래 허락을 받았고, 이제 최후의 난관을 돌파하기만 하면 된다.

하지만 이 최후이자 최대의 난관 —— 두 형이 역시 예상대로 만

만치 않았다. 반년 전에 처음 유학하고 싶다는 소망을 전했을 때는 당연히 기각. 반대를 무릅쓰고 본 편입 시험에 합격했다고 보고해도 고개를 끄덕여주지 않았다.

'하지만 아무튼 지금의 난 이대로 괜찮을 리가 없으니까.'

4월 입학까지 2개월도 안 남은 현시점에서 아직 패밀리의 총의를 얻지 못한 데 점점 초조해진 나는 하루라도 빨리 형들을 설득해야만 한다는 생각에 요 일주일 동안 매일같이 전화와 문자로 "직접 얼굴을 보면서 얘기하고 싶어."라고 간절히 애원했다.

그런 집요한 공세가 효과가 있었는지, 큰형으로부터 겨우 호출이 온 것이다.

[응석 부리고 싶으면 응석 부려도 돼. 형제잖아.]

[그래. 사양할 것 없다, 루카.]

두 형이 어서 가슴으로 뛰어들라는 듯이 두 팔을 벌리자, 나는 고개를 좌우로 크게 저었다.

[그런 뜻이 아니라!]

절실하게 초조해하는 나의 마음은 아무래도 우수한 형들에게는 전해지지 않는지, 맞물리지 않아 뒤죽박죽인 대화가 이어지자 살짝 울 뻔했다.

[나 혼자서 뭘 할 수 있는지 확인하고 싶어. 형들의 손을 빌리지 않고 뭘 할 수 있는지 날 시험하고 싶단 말이야. 이대로 있으면……, 난 언제까지고 제 몫도 못하고, 패밀리의 일원으로서 인정받지 못할 거야…….]

이야기를 하는 동안에 점점 감정이 고조되면서 목소리가 떨렸다. 그런 자신의 한심스러움에 입술을 꽉 깨물었다. 이래서 어엿한 어른으로 인정받지 못하는 것이다.

내가 무심코 울먹이고 만 탓인지, 평소에는 무슨 일이 있어도 흔들리지 않는 형들이 보기 드물게 동요를 드러냈다.

[누가 너를 패밀리의 일원으로서 인정하지 않는다고 했는데!]

레오나르도가 미간을 찌푸리며 격분하였고, 에두아르도 격렬한 말투로 부정했다.

[아무도 네가 제 몫을 못한다는 생각 따윈 하지 않아!]

[그럼 유학을 허락해줘.]

그러나 나의 바람을 들은 두 사람 다 복잡한 표정을 지었다. 한동안 입을 꾹 다물고 있던 레오나르도는 신음하듯이 말을 흘렸다.

[네가 우리 손에서 떠나가다니…….]

에두아르가 하늘을 올려다보았다.

[게다가 일본과 이탈리아는 시차가 여덟 시간이나 돼.]

[미안해. 하지만 줄곧 꿈이었어. 한 번이라도 좋으니까 어머니가 태어나고 자란 일본에서 지내보고 싶었거든.]

[루카…….]

형들의 아름다운 얼굴이 어딘가 고통스러운 듯 일그러졌다.

[부탁이야. 레오나르도 형, 에두아르 형. 딱 2년이니까. 2년이 지나고 대학교를 졸업하면 반드시 이쪽으로 돌아올게. 제대로 회사를 이어서 형들 일도 도울 테니까.]

두 형이 얼굴을 마주하더니, 이윽고 동시에 무거운 한숨을 휴우 내쉬었다.

[아무래도 네 결의는 변하지 않을 것 같구나.]

나는 매서운 표정을 지은 채 거듭 확인하는 레오나르도가 가진 박력에 압도되지 않도록 복근에 힘을 꽉 주었다. 그대로 눈앞의 얼굴을 똑바로 쳐다보며 고개를 끄덕였다.

[응. 변하지 않아.]

[그렇다면……, 어쩔 수 없지.]

다음 순간, 형이 내뱉은 한숨 섞인 낮은 목소리를 듣고는 귀를 의심했다.

'거짓……말.'

환청인가 생각도 들었지만, 레오나르도는 뭔가를 달관한 것 같은 태연한 표정으로 의자 등받이에 기대었다.

[레오……, 괜찮겠어?]

에두아르가 확인하자, 레오나르도가 어깨를 움츠렸다.

[어쩔 수 없잖아? 루카도 언제까지고 어린애가 아니고. 게다가 이 일에 대해서는 아버지가 찬성하고 계시니까.]

[레오나르도 형!]

정신을 차려 보니 나는 의자에서 일어나 큰형에게 뛰어가고 있었다.

[고마워!]

복받치는 환희를 느끼며 큰형의 목을 부둥켜 안았다. 마찬가지로 다정하게 안아준 레오나르도가 내 두 팔을 잡고 약간 거리를 두었다. 그는 내 얼굴을 아래에서 들여다보며 작게 웃었다.

[네가 우는 게 가장 타격이 크거든.]

그 미소가 지금까지와 조금 다르게 보여서 약간 놀랐다.

왠지 무척 부드럽달까, 감싸 안듯이 따뜻하달까. 그러고 보니 아버지로부터 보스의 자리를 이어받고 나서 몇 년 동안 그 무거운 책임 때문인지 큰형의 이런 온화한 미소를 본 적이 없는 듯한 기분이 들었다.

'레오나르도 형이……, 변했나?'

[나한테는 키스 안 해줄 거야?]

토라진 듯한 목소리가 귀에 닿자마자, 황급히 옆에 있는 의자로 이동했다.

[에두아르 형도! 정말 좋아해!]

나는 작은형을 꼭 끌어안고 뺨에 키스를 했다. 에두아르도 마찬가지로 뺨에 키스를 해주었다.

[쓸쓸해지겠어.]

어렸을 때 곧잘 그랬던 것처럼 작은형이 내 머리를 쓰다듬으며 정말로 쓸쓸하다는 듯 중얼거렸다.

[메일 보낼게. 전화도 할게.]

[매일 연락해야 돼.]

[응, 약속할게. 고집 부려서 미안해.]

형들에게 미안하다고 생각하는 한편, 억누르지 못하는 기쁨이 가슴속에서 서서히 복받치는 것을 느꼈다.

요 반년 동안 계속해서 끈질기게 설득과 애원을 해 온 성과가 드디어 결실을 맺은 것이다.

'포기하지 않고 노력하길 잘했어!'

가슴이 뭉클 뜨거워진 나는 다시 한 번 진심으로 형들에게 감사 인사를 했다.

[두 사람 다 정말 고마워.]

그러자 너그러운 웃음을 짓던 그들이 갑자기 표정을 다잡더니 어흠, 하고 헛기침을 했다.

[그런데.]

레오나르도가 목 언저리의 옷깃에 손가락을 집어넣고 살짝 풀면서 말을 꺼냈다.

[유학 가는 데 조건이 하나 있어.]

[⋯⋯조건?]

나는 수상쩍어하며 되물었다. 미소가 사라지더니 금세 얼굴이 굳는 것을 스스로도 알 수 있었다. 들떠 있던 기분이 공기가 빠진 풍선처럼 슈욱 사그라들었다.

그와 동시에 '역시⋯⋯'라는 생각도 들었다.

이상하긴 했다. 본가를 나와 피렌체 저택에 옮겨 살 때조차 난리 법석이었던 형들이 그렇게 쉽게 나를 놓아줄 리가 없었다.

실망감에 낙담하면서도 조심스레 의견을 구했다.

[조건이라니⋯⋯, 뭔데?]

그러자 레오나르도가 쩌렁쩌렁 울리는 테너톤의 목소리로 누군
가를 불렀다.

[기다리게 했군. ……들어와.]

그 부름에 응하듯이 메인룸과 이어지는 커넥팅룸의 문이 철컥 열
리더니, 한 남자가 모습을 드러냈다.

허리 위치가 높고, 팔다리가 길며, 훤칠하고 균형 잡힌 장신의 남
자.

보고 있는 이쪽의 마음이 긴장될 만큼 쭉 뻗은 등줄기. 어깨가 넓
고 가슴팍이 두꺼워서 스리피스 슈트가 잘 어울렸다. 금욕적으로
보일 정도로 꽉 맨 넥타이와 한 가닥 흐트러짐 없이 쓸어 넘긴 애시
브라운색 머리.

수려한 이마와 이지적으로 생긴 눈썹. 날카롭고 높은 콧날. 은색
테 안경 속의 청회색 눈동자. 단정한 입술. 지나치리만큼 영리하게
정돈된 샤프한 외모는 조금 차갑다는 인상을 줄 정도였다.

안광을 날카롭게 빛내며 온몸에서 '수완가 오라'를 내뿜는 그 남
자를 두 눈을 크게 뜨고 쳐다보았다.

[막시밀리안?!]

'어, 어째서 그가 이곳에?'

전혀 예상도 하지 못했던 몇 년 만에 보는 그 모습에 허를 찔린
나는 멍하니 중얼거렸다.

[지금 로마에 있는 것 아니었어……?]

[우리가 불렀어. —— 막시밀리안, 옆으로 더 와.]

레오나르도의 재촉을 받고 천천히 앞으로 걸어 나온 남자가 내 1미터 앞 정도 되는 거리에서 발길을 멈추었다. 그는 양팔을 옆구리에 딱 대고 고개 숙여 인사했다.

[루카 님. 오랜만에 뵙습니다.]

막시밀리안 콘티는 우리 형제의 유년 시절 시중을 담당했던 남자로, 성인이 되고 나서는 아버지의 오른팔이 되어 현재는 레오나르도의 보좌역으로서 로셀리니 그룹 전체의 매니지먼트 업무를 담당하고 있다. 나와는 띠동갑 이상 나이 차이가 나며, 현재 35살이다. 그러나 실제 나이 이상으로 차분해 보이고 위압감이 있었다.

누구보다 엄하며 잔소리가 심하고 살짝 심술궂은 막시밀리안은 어린 나에게 있어서 친형들보다도 무서운 존재였다.

[그가 바로 우리가 제시하는 조건이다. 막시밀리안이 동행한다는 조건을 받아들인다면 네 유학을 허가할게.]

[말도 안 돼…….]

불시의 공격으로 큰 대미지를 받은 것 같은 충격에 머릿속이 새하얘져서 순간적으로 반론의 말이 나오지 않았다.

형들의 간섭에서 벗어나고 싶어서 일본에 유학을 가는 건데, 그런 형들보다 성가신 감시자가, 게다가 하필이면 막시밀리안이 따라오다니……, 최악이다.

예기치 못한 전개에 동요한 나는 격하게 혼란스러워하면서도 제대로 돌아가지 않는 혀로 형들에게 확인했다.

[도, 동행이라니, 언제까지?]

[네가 혼자서 제대로 해 나갈 수 있다는 확신을 가지게 될 때까지.]

작은형의 대답을 듣고는 살짝 울컥했다. 그 말은 요컨대 나를 신용하지 않는다는 거야?

[다시 말해 막시밀리안은 감시인이라는 거네.]

[후견인이야.]

같은 뜻이잖아.

나는 곁눈으로 막시밀리안의 가면 같은 무표정한 얼굴을 힐끔 보고 나서 항의했다.

[감시 같은 거 안 해도 혼자서 잘할 수 있어.]

[감시하려고 그러는 게 아니야. 너를 지키기 위해서야.]

즉각 레오나르도가 정정했고, 에두아르도 고개를 끄덕였다.

[너는 평범한 유학생이 아니야. 가령 일본에 있다고 해도 방심할 수 없다고.]

[……아, 아니, 그래도.]

이대로 있으면 형들이 강행해버릴 것 같은 절박한 초조함에 휩쓸려 열심히 말했다.

[왜 막시밀리안인데? 감시인이라면 다른 누구라도…….]

[소중한 너를 아무래도 좋은 사람에게는 맡길 수 없어.]

[그래. 막시밀리안이기 때문에 안심하고 맡길 수 있는 거야.]

진지한 표정으로 다그치는 형들에게 나는 필사적으로 매달렸다.

[하지만 막시밀리안도 일이 있잖아?]

막시밀리안이 현재 로셀리니 그룹을 뒤에서 지탱하는 중요 인물이라는 사실은 틀림없다. 너무 바빠서 작년에 있었던 내 스무 살 생일 축하 파티에도 오지 못했을 정도였으니까. 현실적으로도 그가 없어지면 아버지도 레오나르도도 곤란할 것이다.

[일본에 있는 동안 일은 어떻게 할 거야?]

[전화와 컴퓨터, 그리고 인터넷 환경만 있으면 세계 어디에 있어도 일은 할 수 있습니다. 원래 저의 일은 밖으로 얼굴을 드러내는 부류의 일이 아니거든요.]

마지막 저항을 깨끗이 일축한 막시밀리안이 안경테를 가운뎃손가락으로 쭈욱 밀어 올리고 나서 그 영리한 눈빛으로 나를 꿰뚫어 보았다.

[만약을 위해 말씀드립니다만, 이건 돈 카를로의 결정입니다.]

[아버지?]

[그래. 막시밀리안을 후견인으로 동행시키는 건 아버지의 의향이야.]

레오나르도가 막시밀리안의 말을 엄숙하게 긍정했다.

'그렇구나…… 아버지의 명령……이라서.'

틀림없이 그래서 막시밀리안도 이런 성가신 일을 받아들일 수밖에 없었던 것이다.

그리고 아버지의 결정이 아니었다면 레오나르도도 그렇게 쉽게 보좌역인 막시밀리안을 놓아주지 않았을 것이다.

[이 조건을 받아들이지 않는 한, 우리는 네 유학을 인정하지 않을 거야.]

나는 형의 입에서 나온 최후 통첩에 실망하며 어깨를 떨구었다.

그건 그야말로 다짐이었다.

후계자에게 길을 열어주기 위해 자리에서 물러나 장남에게 가독(家督)을 물려주었다고는 해도 아직까지 로셀리니 가문에서 아버지의 위광은 더없이 컸다.

그런 아버지의 결정이라고 하니 끽 소리도 안 나왔다. 쓸모없는 삼남이 아버지를 거스르다니, 당치도 않은 일이었다.

물밀듯이 밀려드는 절망에 입술을 꽉 깨물었다.

[어떻게 할래? 조건을 받아들일래, 유학을 포기할래?]

나는 비정한 선택을 강요하는 에두아르에게 천천히 시선을 향했다.

둘 중 하나라고 한다면 선택의 여지는 없었다.

일본행을 포기할 정도라면 ── .

[알겠어……. 조건을……, 받아들일게.]

힘없이 갈라진 목소리로 중얼거린 순간, 형들이 동시에 무릎을 치며 만면에 미소를 지었다.

[그래, 좋아, 이걸로 정해졌어.]

[아버지한테도 보고할 수 있겠군.]

드디어 반년 동안의 공방에 결착이 났다는 듯 후련한 두 사람의 표정을 원망스러운 눈빛으로 바라보던 나는 문득 위쪽 비스듬한 위치에서 시선을 느끼고 얼굴을 들었다.

[……흑.]

막시밀리안이 청회색 눈동자로 나를 가만히 쳐다보고 있었다. 눈과 눈이 마주치자 나는 어깨를 움찔 떨었다.

[왜, 왜 그래?]

내가 그의 동행을 싫어해서 기분이 상한 걸까? 하지만 그 역시도 속으로는 내 감시 역할 따윈 번거롭고 귀찮다고 여기고 있을 것이다.

어릴 때라면 또 몰라도, 스무 살이나 된 남자를 돌보다니.

'틀림없이 성가신 임무를 억지로 떠맡았다고 생각하겠지…….'

싫은 소리 한마디 날아오겠거니 각오하고 있자, 차분한 저음이 귀에 닿았다.

[루카 님께서 정말로 자립하셨다고 느꼈을 때, 저는 로마로 돌아오겠습니다.]

[뭐?]

[그 점은 약속 드리겠습니다.]

다시 말해 막시밀리안의 감시에서 해방되고 싶다면 나 자신이 열심히 생활하면서 '자립했다'는 사실을 주위에 인정하게 만들 수밖에 없다는 뜻인가?

아마도 막시밀리안 본인도 마음속으로는 하루라도 빨리 해임되기를 바라고 있을 터. 그 점에 있어서는 서로의 이해 관계가 일치한다.

그렇다고 해서 마음이 가벼워지는 것도 아니지만.

그래도 막시밀리안과 한 약속이 그나마 위안이라며 자신을 위로할 수밖에 없었다.

제1장

도쿄, 4월.

하늘에서 팔랑팔랑 춤추며 떨어지는 꽃잎.

나는 옅은 핑크색 꽃잎으로 샤워를 하며 넋을 잃은 채 눈을 가늘게 떴다.

바람에 춤추는 벚꽃을 바라보는 동안에 태어나서 처음으로 혼자서 걷고 있다는 것과 익숙하지 않은 도쿄의 거리에 있다는 것 때문에 긴장했던 몸이 천천히 풀어져 갔다.

이탈리아에도 벚꽃은 있지만 이렇게 섬세하진 않았다. 일본의 벚꽃은 색이 옅고 꽃잎도 얇아서 어딘가 덧없는 느낌이 든다. 어쩌면 종류가 다를지도 모르지만.

'정말……, 예쁘다.'

벚꽃이 핀 가로수길에서 발길을 멈추고 하늘에서부터 끊임없이 쏟아지는 꽃잎을 손바닥으로 받아 냈다.

꽃이 개화하는 시기에 맞추어 와서 다행이다. 만개하는 시기는 매우 짧은 데다, 벚꽃 전선이 도쿄에 상륙하는 철은 그 해의 기후에 따른다는 이야기도 들었기 때문에 걱정하고 있었다. 만약 앞으로 며칠 늦게 일본에 왔다면 제 시기에 맞추지 못했을지도 모른다.

봄이 찾아온 일본에서 벚꽃을 보는 건 나의 오래된 꿈이었다. 손바닥에 있는 꽃잎을 가만히 바라보며 그 꿈이 이루어진 기쁨을 차근차근 곱씹었다.

옛날에 어머니가 좋아했던 기모노 중 한 벌이 벚꽃을 모티브로 한 무늬였다. 나는 그 은은한 색을 띤 아름다운 기모노를 입은 어머니를 정말 좋아했다.

[이건 무슨 꽃이에요?]

아직 어렸던 내가 기모노 소매를 당기며 묻자, 어머니가 [벚꽃이란다.] 하고 알려주었다.

[일본에서는 봄이 되면 벚꽃이 한꺼번에 피거든.]

일본이라는 곳이 어머니가 태어난 나라라는 사실은 알고 있었다.

어머니가 고향을 떠나온 이유나 이미 오랫동안 고향 땅을 밟지 못했다는 사실을 안 것은 꽤 나중 일이었지만.

[벚꽃 가로수길이 벚꽃색으로 물들고, 엄청나게 많은 꽃잎이 바람에 춤추는 그 모습이 정말로 아름답단다…….]

어딘가 그리워하는 듯한 표정으로 중얼거리는 어머니의 말을 들으며 어린 마음에 그 환상적이며 아름다운 풍경을 보고 싶다는 생각이 들었다.

[어머니, 저랑 같이 일본에 벚꽃을 보러 가요.]

[그래. 루카가 조금 더 크면 할아버지와 아키라를 만나러 가자.]

결국 약속은 이루지 못한 채 어머니는 병으로 쓰러지고 말았지만, 어머니가 돌아가신 후에 나는 아버지에게 그 벚꽃 무늬 기모노를 가지고 싶다고 간청하여 물려받았다.

그리고 이번에 어머니의 유품이기도 한 그 기모노를 도쿄까지 가지고 왔다.

이루지 못한 약속 대신에 적어도 어머니의 기모노와 함께 일본에서 지내고 싶었기 때문이다.

*　　　*　　　*

나, 루카 에르네스토 로셀리니가 줄곧 동경하던 일본 땅을 밟은 지 벌써 사흘이 지났다.

벚꽃이 보고 싶기도 해서 사실은 더 빨리 일본에 오고 싶었지만, 동행하기로 한 막시밀리안의 업무 인수인계가 언제 끝날지 예상이 되지 않아 좀처럼 이탈리아를 출발하지 못했다.

아무래도 마지막 한 달 동안은 레오나르도나 에두아르, 그 밖의 다른 중역들과 매일같이 회의를 거듭하고, 게다가 틈틈이 이탈리아

국내는 물론 유럽 각국의 거래처를 뛰어다닌 듯했다.

아무리 도쿄에서 원격 조작이 가능하다고는 해도, 로셀리니 그룹 전체의 매니지먼트에 관련된 막시밀리안이 본국을 떠나기 때문에 그만큼 일이 커지는 것도 당연하다고 하면 당연했다.

그 힘든 상황을 알게 된 나는 막시밀리안에게 전화로 [혼자서 먼저 가 있을까? 한동안은 호텔에서 지내도 되고.]라고 제안해 보았지만, 곧바로 『말도 안 됩니다!』라며 거부당하고 말았다. 그렇게 무서운 목소리를 낼 필요는 없잖아……. 그런 생각에 조금 울컥했지만, 엄청난 박력에 그 이상 억지를 부릴 수도 없었다…….

그래서 결국 나와 막시밀리안 두 사람이 도쿄 땅을 밟은 것은 대학교 새학기 개강까지 일주일도 남지 않은 4월 초순이었다.

'그러니까 나를 보살피는 일은 거절해버리면 됐을 텐데.'

형들도 형들이다. 그룹에 있어 그렇게나 중요한 위치에 있는 막시밀리안을 암만 동생이 예쁘다고 해도 일본에 같이 보내다니, 역시 아무리 생각해도 이상해.

하지만 뭐……, 그 사람들이 나와 관련된 일만 되면 판단력이 둔해지는 건 어제오늘 시작된 일이 아니다. 게다가 막시밀리안 본인은 거절하고 싶어도 아버지의 명령이라면 따를 수밖에 없을 테고.

한숨을 푹 쉰 나는 내리쏟아지는 벚꽃 한가운데를 걷기 시작했다.

벚꽃 가로수길을 빠져나가 인도를 한참 걷다 보니 사거리와 마주쳤다. 신호등을 기다리는 동안 가방 지퍼를 열어 안에서 손바닥

크기만 한 지도를 꺼냈다. 도쿄 23구 도로 지도와 전철, 지하철 노선도가 실린 편리한 지도는 집에서 나오기 직전에 막시밀리안이 휴대전화와 함께 건네준 물건이었다.

전철과 지하철을 타는 법은 어제 막시밀리안과 함께 가장 가까운 역까지 가서 실전으로 강습받았다. 일본어는 어렸을 때부터 어머니에게서 배웠기 때문에 본토 사람과 거의 다르지 않을 정도로 구사할 수 있는 데다, 자유롭게 읽고 쓰기도 가능하다.

혼자서 전철을 타는 건 처음이었기 때문에 조금 두근두근했지만, 일본의 전철 역은 사인 시스템이 탄탄해서 헤매는 일도 없이 무사히 환승까지 할 수 있었다. 전철 안도 깨끗하고, 출발 시간과 도착 시간도 정확해서 학교 다닐 때 불편한 점은 없을 것 같았다.

차로 바래다주고 데리러 오는 건 피하고 싶었기 때문에 다행이었다.

될 수 있으면 학교의 다른 학생들과 다르지 않은 평범한 생활을 하고 싶었다. 다른 학생들 안에 자연스럽게 융화되고 싶었다. 항상 보디가드가 붙어서 학생들에게 경원시되던 피렌체 대학교 생활의 전철은 피하고 싶었다.

그러기 위해서는 하루라도 빨리 일본 생활에 적응해야만 한다.

'오늘은 그러기 위한 첫걸음이야.'

마침 신호등이 초록색으로 바뀌어 좌우를 확인한 나는 신중하게 한 발을 내디뎠다.

어젯밤에 있었던 일이다.

무슨 일이 있어도 내일 외출하고 싶은 곳이 있다고 말을 꺼내자, 예상대로 막시밀리안의 수려한 얼굴이 수심에 찼다. 그날 —— 즉, 오늘은 본국과 화상 통화로 회의가 있어서 막시밀리안 본인은 아파트를 벗어날 수 없었기 때문이다.

처음에는 "혼자서 외출하시기엔 아직 너무 이릅니다."라며 반대 당했지만, "어차피 앞으로 학교에는 혼자서 다니게 되니까 빨리 연습해서 적응해 두는 편이 좋잖아?"라고 설득해서 억지로 간신히 외출 허가를 받아 냈다.

막시밀리안은 마지못해 '해가 지는 오후 다섯 시까지는 반드시 돌아올 것'을 조건으로 내 외출을 인정했지만, 낮에 외출하기 직전에 현관에서 이루어진 교육 지도는 30분에 달했다.

덧붙이자면 일본 땅을 밟은 순간부터 이탈리아어는 금지당했고, 그와의 대화는 모두 일본어로 주고받고 있다. 막시밀리안도 10대 때 일찍부터 어머니에게서 일본어를 배웠기 때문에 일본어는 거의 완벽하게 마스터한 상태였지만, "서로 보다 높은 수준을 목표하기 위해서는 매일 착실하게 단련해야 합니다."라는 것이 그의 주장이었다.

"모르는 것이 있거나 길을 잃었을 때는 곧바로 이 휴대전화로 저한테 연락을 주시기 바랍니다. 등록 번호 1번을 누르면 제 휴대전화로 연결되도록 해 놓았습니다. 아셨죠?"

"응, 알았어."

"그리고 누가 말을 걸거나 어디 가자고 해도 절대로 따라가시면 안 됩니다."

"모르는 사람은 따라가지 않아."

"아는 사람이라도 마찬가지입니다. 만일 억지로 데리고 가려 하는 경우에는 큰 소리로 소리치며 저항하세요. 이쪽에 치한 격퇴용 전기충격기를 준비해 두었으니, 만일의 경우에 사용하십시오."

"여자도 아니고. 그렇게까지 야단스럽게 준비하지 않아도 괜찮아……."

"아닙니다. 조심해서 나쁠 건 없습니다. 가져가시는 김에 방범 버저도 가지고 가세요."

"주머니에 이렇게 많이 안 들어가."

"그래서 어깨 끈이 달린 가방을 준비했습니다. 자, 이걸 어깨에 크로스로 메세요. 아시겠죠? 낮에도 방심은 금물입니다. 어두컴컴한 뒷골목 같은 데는 절대로 발을 들이지 않도록 하세요. 반드시 지나다니는 사람이 많은 넓은 길로 다니세요. 등 뒤에서 차가 오면 길 가장자리로 몸을 붙인 채 거리를 두고 지나가게 하세요."

"알겠어. 그렇게 할게."

"지갑은 챙기셨습니까? 지폐는 네 종류, 동전은 여섯 종류입니다. 또한 자동판매기에 따라 고액 지폐를 사용할 수 없는 경우도 있으니 주의하시고요. 선불형 전자머니 카드도 들어 있으니 대중교통을 이용할 때는 그걸 쓰세요. 그리고 도중에 뭘 사서 먹는 건 될 수 있는 한 피하십시오. 저녁밥을 드시지 못하게 되니까요."

"……알았어."

너무 많은 주의 사항 때문에 외출하기 전부터 녹초가 되어 가던 무렵,

"다섯 시까지 꼭 들어오세요. 그럼 조심해서 다녀오십시오."

그렇게 말한 막시밀리안은 겨우 현관에서 배웅해주었다. ……그럴 줄 알았는데, 엘리베이터에 함께 타더니 결국 아파트 입구까지 배웅했다.

'이제……, 어린애가 아니란 말이야.'

불평 한마디 하고 싶었지만, 실은 보디가드나 수행원 없이 하는 외출은 태어나서 처음 있는 경험이었다. 영리 유괴가 빈번하게 일어나는 이탈리아에서는 혼자 걸어다니는 건 우선 있을 수 없는 일이었다. 일본에서는 내 얼굴이 알려지지 않았고, 세계에서 1, 2위를 다툴 만큼 치안이 좋은 나라이기 때문에 막시밀리안도 마지못해 허락해주었을 것이다.

누구에게도 감시받지 않고 자유롭게 밖을 걸어다니는 해방감과 흥분과 긴장감으로 처음에는 한심하게도 다리가 떨렸다. 하지만 걷는 동안에 점점 익숙해졌고, 목적하던 역에 내려섰을 무렵에는 주위의 풍경을 즐길 여유도 생겼다. 아까 걸었던 벚꽃 가로수길 덕분에 마음이 꽤 편해졌다.

"슬슬……, 이 주변일 텐데."

아파트가 있는 아자부 주변은 근대적 건축물이 많았지만, 이 주위의 주택가에는 오래된 일본 가옥이 쭉 늘어서 있었다. 한 집 당 부지 면적도 넓었다. 이른바 고급 주택가라는 지역일지도 모른다.

일본에 와서 기모노를 입은 사람을 거의 보지 못해 실망했지만, 이곳이라면 일본옷 차림으로 걸어다녀도 거리에 완전히 융화될 수 있을 것 같았다.

차분하고 조용한 거리와 손안에 있는 지도를 비교해 보면서 걷기를 5분.

“여기다.”

하얀 벽 담장에 적힌 번지 표식을 보고 발길을 멈추었다.

드디어 찾아낸 목적지는 고급 주택가 안에서도 유달리 풍격이 있는 일본 가옥이었다.

담장 둘레를 따라 걸으며 기와로 지붕을 이은 대문 앞까지 다다랐다.

문패에는 진한 먹색으로【스기사키】라고 쓰여 있었다.

── 틀림없어.

그렇게 생각한 순간, 가슴이 두근거리기 시작했다.

드디어 여기까지 왔다.

대문으로 다가가서 꽉 닫힌 격자문 틈으로 안을 들여다보았다. 정원 건너편에 단층 건물의 모습이 얼핏 보였지만, 유감스럽게도 거리가 멀었다. 귀를 기울여 보았지만, 쥐죽은 듯 조용한 저택 안에서는 사람이 사는 기척이 느껴지지 않았다.

갑자기 초인종을 누를 용기가 나지 않았던 나는 저택 주위를 다시 반 바퀴 돌았다. 마침 대문 뒤쪽까지 가자 하얀 벽 담장이 끊어졌다. 그곳은 일부분이 대나무로 만들어진 울타리로 되어 있었다.

대나무와 대나무 사이로 들여다보자, 손질이 잘 된 일본 정원의 모습을 살짝 엿볼 수 있었다.

먼저 눈에 들어온 것은 커다란 벚꽃 나무 한 그루.

시칠리아에 있는 【팔라초 로셀리니】의 파티오에도 꽤 오래된 올리브 나무가 있지만, 나무 줄기의 굵기로 추측해봐도 그 올리브 나무와 수령이 비슷할 것 같았다.

정원의 절반을 덮을 만큼 자란 가지에서 꽃잎이 팔랑팔랑 떨어지며 나무 옆에 있는 연못의 수면을 벚꽃색으로 물들이고 있었다.

환상적인 풍경을 보며 저도 모르게 넋을 놓고 있던 나는 곧바로 어깨를 흠칫 떨었다.

"아……."

정원 한구석에 기모노를 입은 한 노인의 모습을 시야 한쪽에 포착했기 때문이다. 마치 동상처럼 움직이지 않아서 곧바로 그 존재를 알아채지 못했다.

백발의 노인은 미동도 없이 벚꽃 나무를 올려다보고 있었다. 나는 주름이 깊은 그 옆얼굴을 숨을 죽이고 바라보았다. 그의 이목구비에서 기억 속에 있는 어머니의 모습을 발견하고 심장이 쿵쾅 뛰었다.

이윽고 나는 그가 의자에 앉아 있는 게 아니라 휠체어에 앉아 있음을 깨달았다. 무릎 담요에 가려져 있는데, 설마 다리가 안 좋은 걸까?

'할아버지.'

마음속으로 살며시 그렇게 불러보았다.

하지만 목소리를 낼 용기는 나지 않았다.

"…………."

무의식적으로 두 손을 꽉 쥐며 말없이 노인을 지켜보고 있는 사이에 어디선가 "주인님." 하고 목소리가 들려왔다.

그 직후, 정원 안쪽에서 초로의 남성이 나타나더니 노인에게 다가갔다.

"날이 조금 차가워졌습니다. 슬슬 안으로 들어가시죠."

노인이 말없이 고개를 끄덕이자, 남자가 휠체어를 회전시키며 천천히 정원 안쪽으로 밀고 갔다. 나는 두 사람의 모습이 시야에서 사라질 때까지 지켜보고 나서 살며시 울타리에서 몸을 뗐다.

우선 오늘은 여기까지.

어디 있는지 알았으니, 앞으로는 언제든지 오고 싶을 때 올 수 있다.

나는 스스로를 그렇게 타이르고는, 일본 가옥을 뒤로했다.

*　　*　　*

어머니가 할아버지에게 절연당한 사실. 그 이유를 나에게 가르쳐준 사람은 또 한 명 있는 나의 형이었다.

그의 이름은 '하야세 아키라'라고 하며, 나이는 나보다 아홉 살위. 내가 그와 처음 만난 것은 반년 전 일이었다.

어머니가 젊은 시절 아버지와 결혼하기 전에 일본인 남자와 결혼했으며, 그 사람과의 사이에 아이가 한 명 있다는 사실은 알고 있었다. 하지만 멀리 일본에서 지내는 그와는 그때까지 얼굴을 마주할 기회가 없었다.

나는 어머니로부터 그에 대한 이야기를 곧잘 들으며 커서 그런지 일본에 있는 또 한 명의 형에게 줄곧 동경을 품고 있었다. 만난 적도 없고 어디 사는지도 모르는 그의 존재는 언젠가 일본에 가고 싶은 이유 중 하나이기도 했다.

하지만 그 —— 아키라 씨는 애당초 나, 즉 이부(異父)동생의 존재 자체를 몰랐나 보다.

그의 아버지와 이혼한 후에 어머니가 이탈리아에 건너온 사실도, 가정 교사로서 일하던 저택의 주인과 재혼하여 나를 낳은 사실도 몰랐던 것 같았다.

그런 그를 큰형 레오나르도가 찾아내어 시칠리아로 데리고 온 것이 작년 여름. 그 후에도 그는 일본에 돌아가지 않고 이탈리아에 머물렀다. 현재는 로셀리니 그룹의 직원 중 한 사람으로서 레오나르도의 보좌역을 맡고 있다.

그가 아직 【팔라초 로셀리니】에 손님으로서 체재하던 무렵의 일인데, 나는 간절히 만나기를 바라 마지않던 형이 그라는 사실을 모른 채 예기치 못한 첫 만남을 가졌다.

그는 어머니와 무척 닮았다. 나도 모르게 숨을 삼킬 만큼 닮았다.

갸름하고 하얀 얼굴. 가는 눈썹. 눈꼬리가 깊이 쭉 찢어진 두 눈. 머리 색이 반사하여 비치는 듯한 검은 눈동자. 오똑한 콧날에 얇은 입술.

그러면서도 결코 여성적이지 않으며, 늠름하고 시원하며 투명한 위엄에 넘쳐 있었다⋯⋯.

꽤 시간이 지난 후에 그의 아버지였던 사람이 하야세파라는 야쿠자 조직의 두목이며, 할아버지에 해당하는 사람은 '전설의 노름꾼'이었다는 이야기를 듣고 납득했다. 일본의 임협이라는 것이 시칠리아의 마피아와 거의 동의어인 존재라는 지식은 있었기 때문이다.

가을 무렵에 레오나르도의 소개를 받아 정식으로 그와 대면하였고, 그때 처음으로 같은 어머니를 가진 형제로서 대화를 나누었다.

"루카, 네가 동생이라서 무척 기뻐."

아키라 씨는 오랫동안 동경했던 사람을 앞에 두고 긴장한 나를 다정하게 꺼안으며 그렇게 말해주었다.

그 말을 듣자 가슴이 뜨거워져서 살짝 눈물짓고 말았다.

아버지가 돌아가시고 나서 줄곧 외톨이였다고 하는 그와 만나 서로 안아줄 수 있어서 진심으로 다행이라고 생각했다.

우리 이부형제를 바라보는 레오나르도도 무척 기뻐 보였다.

그러고 나서 우리는 소파에 나란히 앉아 이런저런 이야기를 나누었다.

그때, 그가 어머니와 어머니 본가의 관계를 이야기해준 것이다.

어머니는 야쿠자의 두목이었던 아키라 씨의 아버지와 결혼한 일로 인해 격식이 높은 명문가인 본가에서 절연당했다. 그러나 그 후, 딸을 걱정한 어머니 —— 우리의 할머니가 근심한 나머지 병으로 쓰러지고 말았다. 간병하고 싶었지만 본가의 문턱을 넘는 것을 허락받지 못한 어머니를 위해 아키라 씨의 아버지는 일부러 "아키라를 두고 나가."라며 아내를 내쫓았고, 일방적으로 이혼을 선고했다. 남편이 변심했다고 믿어버린 어머니는 상심한 채 본가로 돌아가 할머니의 마지막을 지켜보았다.

그러나 엄격한 할아버지의 화는 할머니가 돌아가신 후에도 풀리지 않았고, 어머니는 또다시 본가를 나가게 됐다 —— .

어학에 뛰어났던 어머니는 이탈리아로 건너갔고, 당시 아이들의 가정 교사를 찾고 있던 시칠리아의 로셀리니 가문에 고용되었다.

그 이야기를 듣고 나서 나는 어머니가 때때로 그리워하는 듯 일본에 대한 추억을 이야기하면서도 마지막까지 일본으로 돌아가지 않았던 이유를 겨우 알게 됐다.

어머니는 할아버지를, 그리고 일본에 남겨 두고 온 아들을 만나고 싶어도 만날 수 없었던 것이다.

"모든 것을 잃고 쫓기듯이 일본을 떠난 어머니의 심중을 생각하면 새삼스러운 말 같지만 가슴이 아파. 그렇기 때문에 아들로서 진심으로 어머니가 시칠리아에서 새로운 거처를 찾고 새로운 가족을 꾸려서 정말 다행이었다고 생각해."

나도 아키라 씨의 절실한 목소리를 듣고는 고개를 크게 끄덕였다.

그 후, 올해 들어 내 유학이 정식으로 정해진 다음 날에 레오나르도가 전화를 했다. 그리고『만약 네가 만나길 원한다면.』이라며 일본에 있는 할아버지의 주소를 가르쳐주었다.

『나도 다음에 일본에 돌아가면 할아버지를 찾아볼 생각이야. ……만나주실지 어떨지는 모르지만.』

레오나르도와 전화를 바꾼 아키라 씨의 울적한 목소리가 내 가슴에도 푹 꽂혔다.

……그렇다.

할아버지는 아직 어머니를 용서하지 않았을지도 모르는 것이다.

의절한 딸의 자식인 우리도 할아버지에게는 미워해야만 하는 존재일지도 모른다.

할아버지는 특히 야쿠자를 끔찍하게 싫어했다고 한다. 그 피를 이어받은 아키라 씨는 물론, 나에게도 마피아의 피가 흐르고 있으니 조건은 같다.

얼굴을 마주하고 거절당할 가능성을 생각하니 마음이 위축됐다. 할아버지에게 면회를 신청하여 "당신의 손자입니다."라고 밝힐 용기는 아직……, 지금의 나에게는 없었다.

*   *   *

약속한 다섯 시 5분 전.

약 네 시간에 이르는 모험에서 무사히 귀가한 나는 아파트 입구 조작판에 오른손을 가져다 댔다. 그러고 나서 센서가 장문(掌紋)을 인식하고 조합할 때까지 기다렸다. 이 보안 시스템은 등록된 장문에만 반응하는 최신식 시스템이라고 한다.

도쿄에서 주거를 찾는 데 있어 막시밀리안이 무엇보다 중요시한 점이 바로 '안전성'이었다. 더불어 대학교 근처에 있고, 나름대로 넓은 —— 그 세 가지 조건을 충족한 곳이 이 아자부에 있는 아파트였던 것이다.

삐 소리와 함께 자동 잠금장치가 반응하며 나무로 된 문이 소리 없이 스르륵 미끄러졌다. 내가 입구 로비로 발을 들여 놓는 것과 거의 동시에 응접실에 놓인 팔걸이 의자에서 키가 큰 남자가 슥 일어났다.

"다녀오셨습니까."

"막시밀리안……."

나는 예상치 못한 마중에 깜짝 놀라 멈춰 섰다.

'언제부터 여기서 기다리고 있었을까?'

"4시 56분. 약속 시간에 정확히 돌아오셨네요."

손목시계의 글자판에서 나에게로 시선을 옮긴 막시밀리안이 잘했다고 말하기라도 하듯이 안경알 안쪽의 청회색 두 눈을 가늘게 떴다.

나는 영리하게 다듬어진 그 얼굴을 살며시 올려다보고는, 나직한 목소리로 중얼중얼 변명을 했다.

"일부러 밑에서 기다리고 있지 않아도 집까지 잘 돌아갈 수 있어."

"집으로 들어가시죠."

그러나 그 항의는 깨끗이 무시당했다. 옆에 선 막시밀리안에게 재촉당한 나는 석연치 않은 기분을 꾹 참으며 번쩍번쩍 광이 나게 닦인 대리석 바닥을 걷기 시작했다.

베이지를 기초로 한 모노톤으로 정리된 내부, 시크하고 현대적인 인테리어로 통일된 공간은 디자이너즈 호텔 로비 같았다.

태어나고 자란 【팔라초 로셀리니】도, 피렌체에 있는 저택도 오래된 건축물인 데다 내장도 장식이 꽤 화려했기 때문에 나는 이런 근대적인 분위기가 신선하게 느껴졌다.

막시밀리안이 홀에 나란히 설치된 네 대의 엘리베이터 중에서 한 대의 버튼을 눌러 열었다. 그러고는 한 손으로 문을 저지하며 나를 먼저 태우고 나서 자신도 올라 타더니 방 열쇠 기능을 겸한 카드를 투입구에 끼워 넣었다. 카드를 끼워 넣은 채로 최상층 '15' 버튼을 누르자 기반이 반응하여 슬라이드 도어가 스르륵 닫혔다. 이 카드를 끼워 넣지 않는 한 '15' 버튼이 반응하지 않는 구조이기 때문에 카드키를 가진 15층 주민 말고는 플로어 그 자체에 출입할 수가 없게 되어 있었다.

입구의 장문 시스템과 이 엘리베이터와 방문 잠금장치 —— 이 3중 방호벽이 이탈리아에서 있었던 보디가드의 대역인 셈이다.

'그리고……, 막시밀리안.'

나는 아버지의 오른팔이자, 또한 최강의 보디가드이기도 했던 장신의 남자를 곁눈으로 슬쩍 엿보았다. 170센티미터인 나와 그는 키가 15센티미터 이상 차이 나기 때문에 고개를 기울이지 않으면 얼굴이 보이지 않는다.

수려한 이마에서 높은 콧날에 걸친 날카로운 라인이 조각상 같았다(독일 게르만의 피가 흐른다는 소문이 있는데, 충분히 납득이 간다). 애시브라운색 머리는 평소처럼 올백 스타일로 쓸어넘겼다. 하얀 셔츠에 넥타이와 베스트가 아무래도 그의 일상복인 듯하다. 외출할 때는 그 위에 재킷을 걸쳐 입는다. 함께 생활하기 시작한 지 사흘이 지났지만, 아직까지 그가 그것 이외의 편한 옷차림을 하고 있는 모습을 본 적이 없다. 넥타이를 느슨하게 푼 모습조차 ── .

내가 일어났을 때는 이미 몸단장을 완벽하게 마친 상태인 데다, 밤에도 나보다 늦게까지 깨어 있기 때문에 어떤 차림으로 자는지도 몰랐다. 애당초 막시밀리안이 잔다는 것부터가 머리에 퍼뜩 떠오르지 않았다. 아침, 점심, 저녁 함께 식탁을 에워싸고 있으니 어떻게 식사하는지는 알지만.

'왠지 사이보그 같아.'

무의식중에 그런 실례되는 감상을 품고 있으려니 갑자기 막시밀리안이 말을 걸었다.

"할아버님께서는 어떻게 지내시던가요?"

"응?"

불의의 기습을 받아 놀란 나는 막시밀리안을 향해 자세를 고쳐 잡았다.

"어, 어째서 알고 있는 거야……? 설마 미행했어?!"

내가 큰 소리를 내도 막시밀리안은 눈썹 하나 까딱하지 않았다.

"아니요. 저는 회의가 있었기 때문에 움직이지 못했습니다."

"그럼 어떻게 알았어?"

"루카 님께서 일본에서 우선 가장 보고 싶어 하시는 분이라면 할아버님 말고는 안 계시지 않습니까?"

그가 조용한 목소리로 지적하자 한순간 말문이 턱 막힌 나는 입술을 꽉 깨물었다.

── 뭐든 다 꿰뚫어 보고 있구나.

태연하게 있는 남자를 살짝 노려본 참에 엘리베이터가 멈추었다.

"도착했습니다."

'열림' 버튼을 손가락으로 누르는 막시밀리안의 옆을 빠져나가 먼저 내렸다. 진회색 카펫을 밟으며 복도 맨 끝까지 걸어갔다. 내가 문 앞에서 발걸음을 멈추자, 막시밀리안이 나의 어깨 너머로 카드 키를 투입구에 끼워 넣었다.

문을 열자 넓은 현관이 나타났다. 일본 사람들은 이곳에서 신발을 벗는 것 같지만, 우리에게는 그런 습관이 없기 때문에 신발을 신은 채 실내로 들어갔다.

뒤에서 문이 쾅 닫히는 소리가 들린 순간, 나는 저도 모르게 한숨을 내쉬었다.

'이제 또 막시밀리안과 단둘뿐⋯⋯.'

마음속으로 중얼거림과 동시에 힘이 빠졌다.

막시밀리안이 감시인으로 동행하기로 정해졌을 때부터 어느 정도 각오는 하고 있었지만, 좁은 아파트에서 둘이서 지내는 생활이 이토록 숨이 막힐 줄은 예상도 못했다.

어렸을 적에도 【팔라초 로셀리니】에서 함께 지냈지만 저택이 어마어마하게 컸던 데다, 막시밀리안은 사용인들 방이 있는 3층에서 생활했기 때문에 이런 식으로 아침부터 밤까지 24시간 내내 얼굴을 마주한 적은 없었다.

지금은 침실은 따로 쓰지만, 부엌도 욕실도 함께 쓴다…….

그래도 일본의 주택 사정을 감안하면 거실에 부엌, 방이 네 개인 집은 넓은 편인가 보다. 외국인 거주자 전용 아파트라서 다른 집에 비해 천장이 높고, 부엌도 방도 욕실도 넉넉하게 지어졌다고 한다.

단독주택이나 더 넓은 집을 고려하지 않은 것도 아닌 듯하지만, 막시밀리안의 말에 따르면 "도심에서 너무 넓은 주택에 살면 학교 친구분들 사이에서 화제에 오를 가능성이 있습니다. 그런 소문이 퍼지는 데 따라 예기치 못한 문제가 발생할 위험성도 있기 때문에 될 수 있으면 피하는 편이 현명하겠죠."라고 한다.

로셀리니 그룹이라는 뒷배경을 숨기고 지내는 이상, 그 말도 가장 일리가 있다고 생각했다. 그래서 막시밀리안이 고른 이 아파트에 납득하고 이사 온 거지만.

'아무리 그래도……, 갑갑해.'

보디가드가 붙었던 생활에서 해방되어 동경하던 일본에서 지내기 시작했는데, 개방적인 기분이 들기는커녕 날이 갈수록 숨이 막혀 가는 것 같았다.

"루카 님."

복도에 멍하니 서 있던 나는 거실에서 나를 부르는 소리에 깜짝 놀라 어깨를 떨었다.

"저녁 식사는 이제 준비하려고 합니다만, 여섯 시에 드셔도 괜찮으십니까?"

"아……, 응."

고개를 끄덕이고 나서 다시 한 번 막시밀리안의 얼굴을 쳐다보고는, 한동안 머리를 굴린 다음 조심스레 말을 꺼냈다.

"저기……, 나도 도울까?"

"루카 님?"

"……식사 준비 말이야. 그……, 대단한 건 아니지만."

내 제안에 막시밀리안이 의외라는 듯 길게 찢어진 눈을 휘둥그레 뜨더니 얼마 안 있어 고개를 가로저었다.

"아니요, 괜찮습니다. 마음은 정말 감사하지만, 루카 님을 번거롭게 해드릴 수는 없습니다."

"하지만……."

이곳에서 함께 지내기 시작하고 나서 세 끼 식사, 청소, 빨래와 같은 집안일 일체를 막시밀리안에게만 맡기는 점이 마음에 걸렸다. 확실히 막시밀리안은 뭘 시켜도 유능한 데다 무슨 일이든 실수 없이 처리하지만, 아무리 생각해도 집안일은 그가 본래 가진 능력을 살리는 일 같지는 않았다.

사실 이 일에 대해서도 한번 이야기를 나누면서 "가정부를 고용하면 어때?"라고 제안해 보았지만, "일본에는 아직 신용할 수 있는 사람이 없습니다."라는 말로 거절당하고 말았다.

"일면식도 없는 사람을 방에 들일 정도라면 제가 하겠습니다. 오랫동안 혼자 살아서 익숙하니까요."

뭐라 일절 반박하지 못하게 하는 말투로 그렇게 단언하니 더 이상은 강하게 말할 수 없었다.

"제가 준비하고 있는 동안 루카 님께서는 내일모레부터 시작하는 대학교 강의를 예습하고 계십시오. 저는 루카 님께서 면학에 전념하실 수 있는 환경을 갖추기 위해 여기에 있는 거니까요. 유년 시절부터 친근히 접해 오셨기는 해도 일본어로 수업을 받는 건 처음 경험하시지 않습니까?"

"…………."

나는 진지한 얼굴로 정론을 말하는 그를 보며 말없이 풀이 죽은 채 내 방에 틀어박혔다.

*　　　*　　　*

"하아……, 피곤해."

방에 들어가자마자 책상 위에 가방을 놓고 침대 가장자리에 털썩 주저앉았다. 외출해 있던 동안에 긴장한 탓인지 이제야 피로감이 한꺼번에 밀려왔다.

침대에 풀썩 쓰러져 벌러덩 누운 채 천천히 눈을 감았다. 눈을 감고 가만히 있으니 문 건너편에서 어렴풋이 부엌 물소리가 들려왔다.

적어도 조금이라도 도와줄 수 있으면 좋을 텐데.

태어나서 여태껏 식칼을 잡아보기는 커녕 설거지조차 해본 적 없는 나는 아마도 주방에 함께 서봤자 발목만 잡을 것이다. 그렇게 생각하니 기가 죽은 나머지 아까도 더 이상 아무 말도 할 수 없었다.

'막시밀리안……, 힘들겠지?'

익숙지 않은 땅에서 본국과 일하는 한편, 감시자로서 나를 감시하면서 아무것도 할 줄 모르는 내 생활을 돌봐주기까지 하고…….

막시밀리안이 얼마나 힘들지 상상함에 따라 서서히 나 자신이 한심하다는 생각이 들었다.

나와 막시밀리안의 관계는 옛날부터 전혀 변하지 않았다.

어렸을 적, 영리하고 똑똑한 형들에 비해 요령이 없던 나. 그래도 막시밀리안은 끈기있게 공부를 가르쳐주었다.

뭘 해도 굼뜬 나를 어이없어하지 않고 —— 하지만 결코 도와주지 않고 —— 스스로 풀 수 있게 될 때까지 언제까지고, 몇 시간이라도 기다려주었다.

그리고 가까스로 문제를 풀면 "참 잘하셨습니다."라는 말과 함께 머리를 쓰다듬어 주었다.

언제나 생긋 웃지도 않으며 선을 딱 긋고 반드시 존댓말을 하는 막시밀리안이 그때만은 다정하게 미소 지어 주는 것이 기뻐서, 그에게 더 칭찬받고 싶다는 오로지 그 마음 하나로 열심히 노력했던 나…….

그러는 동안에 점점 어떻게 공부해야 할지 요령을 파악하여 막시밀리안을 번거롭게 하는 일도 거의 없어졌다. 고등학교, 대학교에서 로셀리니의 이름에 먹칠하지 않을 정도의 성적을 거둘 수 있었던 것도, 이번 편입 시험에 합격할 수 있었던 것도 근원을 따지자면 막시밀리안 덕분이다. 그에 대해서는 정말로 감사하고 있다.

지금으로부터 10년 전, 아버지와 함께 로마로 거처를 옮긴 막시밀리안은 동시에 우리 형제를 돌보던 역할도 그만두면서 아버지의 오른팔이 되었다. 얼마 후 아버지와 동행하여 전 세계를 바쁘게 돌아다니게 되면서 시칠리아에는 거의 돌아오지 않았다.

갑자기 먼 존재가 되어버린 막시밀리안과 가끔씩【팔라초 로셀리니】에서 얼굴을 마주해도 무척이나 어른스러워 보이는 그와는 예전처럼 터놓고 이야기할 수 없게 되고 말았다…….

나이를 먹으면서 소원해졌고, 어느새 파티가 아니면 만나지 않게 되었다. 그것도 "잘 지내시는 것 같아서 다행입니다.", "막시밀리안도 잘 지내는 것 같네." 같은 무난한 대화를 한두 마디 나누는 정도.

그랬으니 갑자기 10년 만에 함께 지내게 되어도 어떻게 대처하면 좋을지 몰랐다.

막시밀리안과 어떤 식으로 어울려야 좋을까?

"모르겠어…….”

나는 어찌할 바를 모르겠다는 목소리로 혼잣말을 하고는, 오른팔로 얼굴을 가렸다.

제2장

대학교에서 강의가 시작되었다.

내가 편입한 곳은 히로오에 광대한 캠퍼스를 거느린 사립 대학교로, 학력 수준은 일본의 사립 대학교 중에서 1, 2위를 다툰다고 한다. 특히 경제학부는 미국에서 강사를 초빙하거나 교환유학생을 받아들이는 등 해외와의 교류도 활발하며, 국내에서도 정상의 위치를 차지하고 있었다.

그만큼 역시나 편입 관문이 높은 데다, 시험도 어려웠다. 그래도 피렌체에서 다니던 대학교보다 떨어지는 학교라면 아버지나 형들을 설득하지 못할 것 같아서 1년 동안 필사적으로 노력했던 것이다.

그래서 그 노력이 결실을 맺어 합격 통지가 왔을 땐 정말로 기뻤다.

그리고 실제로 오늘부터 다니기 시작한 대학교는 캠퍼스에 나무와 꽃이 많고, 건물도 깨끗하고 분위기도 밝은 데다(피렌체에서 다니던 대학교는 역사가 있는 만큼 애석하게도 건물 자체는 낡았다.) 부족함이 없는 환경이었다. 도서관이나 미디어 센터와 같은 설비도 알찼다.

내심 꽤 긴장하면서 들은 첫 강의가 끝나고 나는 수업 내용을 문제없이 이해한 데 안도하면서 대강의실에서 나갔다. 일반적인 읽고 쓰기, 대화는 괜찮을 거라는 자부심이 있었지만, 과연 대학교 강의에 통용될까 걱정했기 때문이다.

'다행이야. 어떻게든 따라갈 수 있겠어.'

안도한 순간 공복을 느꼈다. 손목시계를 보니 12시 15분. 점심 시간이다. 10분만 걸으면 히로오의 번화가로 나갈 수 있지만, 우선 시험 삼아 학식을 먹어보고자 학교 부지 안을 걷기 시작했다.

어젯밤에 막시밀리안이 "도시락을 준비할까요?"라고 물었지만, 그러기 위해서는 그가 일찍 일어나야만 한다는 생각에 거절했다. 더 이상 막시밀리안의 잡무를 늘리고 싶지 않았다.

아침 일찍 받은 안내에 따르면, 캠퍼스 안에는 본관 지하의 대식당과 남관 생활협동조합 안의 학생 식당, 서관 1층 카페테리아 총 세 개의 학생식당이 있다. 날씨가 좋아서 카페테리아에 가기로 했다.

어떤 시설이 어디에 있는지는 유학생용 오리엔테이션 세미나에서 설명을 받았기 때문에 광대한 캠퍼스 안을 그다지 헤매지 않고 서관에 있는 카페테리아에 도착할 수 있었다.

"우와……, 굉장하다."

유리로 된 한쪽 면에서 햇빛이 눈부시게 비쳐 들어오는 밝은 공간, 2백 석이나 되는 광대한 홀에 많은 학생들이 북적거리고 있었다. 웅성웅성, 시끌시끌, 수다를 떨면서 점심을 먹는 그들 대부분이 나와 마찬가지로 검은 눈에 머리색도 갈색 아니면 검은색이었다. 한 사람 한 사람 머리 색깔과 눈동자 색, 피부색이 다른 것이 당연하던 환경에서 온 입장에서 보니 약간 이상한 광경이었지만, 새삼 일본에 왔다는 감격이 복받쳐 올랐다.

그래도 그 덕분에 사람들 속에 순조롭게 융화될 수 있었다. 유학생이라는 점만으로 엄청나게 튀지 않아서 감사했다.

"될 수 있으면 쓸데없는 주목은 받지 않도록 하시는 것이 가장 좋습니다. 행동을 제약할 필요는 없지만, 학생으로서, 그리고 로셀리니가의 일원으로서 절도를 지키는 언동에 유의하시기 바랍니다."

나오기 전에 막시밀리안은 그렇게 거듭 주의를 주었다. '등교할 때의 마음가짐'을 뇌리에 되새긴 나는 의자와 테이블이 쭉 놓여 있는 홀을 한 바퀴 둘러보았다. 벽쪽 일각에 있는 꾸불꾸불하게 생긴 긴 카운터를 포착했다. 카운터 안이 주방인지 하얀 가운을 입은 직원들이 서서 바삐 움직이는 모습이 보였다. 그 꾸불꾸불하게 생긴 카운터를 따라 학생들이 일렬로 나란히 서 있었다.

"저기에 줄을 서는 건가?"

일단 나도 모두를 따라 줄 제일 끝에 섰다. 순서를 기다리는 동안에 앞쪽에 있는 학생들의 행동을 관찰해보았다. 그들은 손에 든 쟁반 위에 자신이 먹고 싶은 음식이 담긴 그릇을 진열대에서 집어 올려놓고 있었다.

'그렇구나.'

카운터를 따라 앞으로 나아가면서 순서대로 음료와 음식을 쟁반에 올리고, 마지막에 저쪽 계산대에서 정산을 하는 거구나. 시스템을 파악한 나는 쌓여 있는 쟁반 중에서 하나를 집어들고 카운터 건너편을 들여다보았다.

먼저 처음에 보인 것은 음료 코너였다. 여기서는 망설임 없이 탄산이 아닌 미네랄 워터 병을 집었다.

다음 코너는 샌드위치와 파니니, 베이글, 우동, 메밀국수, 주먹밥과 같은 탄수화물이 쭉 놓여 있었다.

종류가 너무 많아서 이것저것에 눈이 쏠리고 말았다. 식사는 기본적으로 피렌체 저택 전속 요리장에게 맡겨 왔기 때문에 여태까지 스스로 고르거나 주문한 적은 거의 없었다. 게다가 애당초 이탈리아에는 음식 종류가 이렇게 많이 없다.

이것저것 망설인 끝에 하나로 정하지 못한 나는 결국 '아보카도와 루꼴라 파니니'와 '치즈 햄 바게트 샌드위치'를 둘 다 쟁반에 올렸다.

다음은 샐러드. 다섯 종류 중에서 '두부와 쑥갓을 넣은 한국식 샐러드'를 골랐다.

사이드 디시는 '펜네 아라비아타'를 선택.

메인 디시. 아무래도 이건 주방에 주문하는 것 같았다. 다 맛있어 보여서 꽤나 이것저것에 눈이 쏠렸지만, 최종적으로 코코넛과 향신료의 냄새에 이끌려서 '타이식 그린카레 치킨 볶음'으로 정했다. 주방 직원이 카레볶음을 그릇에 담아주는 동안에 돌체인 쇼콜라 무스를 집었다. 벌써 쟁반이 가득 찼다. 마지막에 스프를 담을 수 있을까? 쟁반을 또 하나 집어 오는 편이 나을까? 망설이면서도 옥수수 포타주와 미네스트로네와 된장국 중 어느 것을 먹을까 메뉴판을 지그시 보던 그때였다.

"이제 그만 고르는 편이 좋을 것 같은데?"

어깨 너머로 누가 말을 거는 바람에 깜짝 놀라 어깨를 떨었다. 조심조심 등 뒤를 돌아보자, 나와 비슷해 보이는 나이 대의 청년과 눈이 마주쳤다.

"아……."

키가 크고 이목구비가 또렷한 —— 레오나르도나 에두아르와는 다른 타입이지만 —— 꽤 아름다운 청년이었다. 샤기커트를 한 밝고 찰랑찰랑거리는 머리카락과 마찬가지로 밝은 색을 띤 눈동자. 긴 소매 니트와 청바지로 감싸인 팔과 다리가 길고 늘씬했다.

얼핏 보면 패션잡지 모델 같은, 그야말로 현대적인 외모의 일면식도 없는 청년이 갑자기 말을 걸어서 내심 동요하고 있으려니, 단정한 얼굴을 한 그가 미간을 찌푸리며 말했다.

"이미 쟁반에 안 담기잖아. 정말로 이렇게나 많이 먹을 수 있어?"

"응?"

확인하는 그의 목소리에 재촉당해 새삼 시선을 아래로 향한 나는 빈틈없이 꽉 찬 쟁반을 보고 이제야 전율했다.

확실히……, 이만 한 양을 다 먹을 자신은 없었다.

"지금 이대로라면 확실히 천 엔은 넘을걸?"

그가 당혹스러워하는 내 얼굴에 지그시 시선을 보내며 말을 거듭했다.

"학식에서 천 엔 넘게 먹는 건 운동부 맹자(猛者) 정도라니까. 저기, 그렇게 말랐으면서 사실은 푸드 파이트 챔피언은 아니지?"

"푸드 파이트 챔피언?"

무슨 뜻인지 몰랐지만, 어느 쪽이냐 하면 입은 짧은 편 —— 요일주일 동안 막시밀리안도 미간을 찌푸릴 정도 —— 이기 때문에 고개를 좌우로 저었다.

"아니에요."

"그럼 이거랑 이건 과할 것 같으니까 먹지 마."

그가 그렇게 말하자마자 '아보카도와 루꼴라 파니니'와 '치즈 햄바게트 샌드위치'를 쟁반 위에서 휙 가져갔다.

"그쪽이라면 카레볶음하고 펜네랑 샐러드로 충분할 것 같은데. 디저트 들어가는 배는 따로 있다고 쳐도 말이야. 여기서 파는 건 양도 제법 많으니까."

충고하는 그의 쟁반을 보니 가지를 넣은 드라이카레와 다진 고기 크로켓, 감자 샐러드가 놓여 있었다. 키가 크고, 자세히 보니 다

잡힌 근육질인 그가 세 가지 음식 —— 이라면 분명히 내가 고른 여섯 가지 음식은 용량 초과일 것이다.

"저기, 모든 코너에서 성실하게 고르지 않아도 된다고."

"……그래도 되나요?"

코스 요리처럼 꼭 모든 카테고리에서 하나씩 고르는 줄 알았다.

"그래, 먹고 싶은 음식을 먹고 싶은 만큼 집으면 돼. 샐러드만이라도 괜찮고, 디저트만이라도 괜찮고, 뭐하면 음료만이라도 괜찮아."

"아, 그렇구나."

"그럼 이건 돌려 놓는다?"

그가 납득하며 고개를 끄덕이는 나에게 양해를 구하고는, 바게트 샌드위치와 파니니를 진열대에 다시 가져다 놓아주었다. 친절한 사람이다.

"고맙습니다."

감사 인사를 했더니 그가 어깨를 살짝 움츠렸다. 스타일이 좋아서 그런지 그런 동작이 무척 세련되게 보였다.

"쓸데없는 간섭이었다면 미안해. 하지만 아까부터 뒤에서 보고 있자니 아무리 그래도 너무 많이 담는 것 같아서 신경이 쓰였거든."

"아니에요, 고맙습니다. 덕분에 적당히 잘 담았어요."

나는 그에게 꾸벅 인사하고 나서 계산을 하기 위해 계산대로 갔다.

"860엔입니다."

재킷 주머니에서 지갑을 꺼내 계산을 마쳤다. 잔돈으로 동전을 받아 지갑에 넣고 안도의 한숨을 한 번 내쉬었다. 아직 돈을 다루는 데 익숙하지 않아서 아무래도 일일이 긴장하고 만다.

'다 카드로 계산할 수 있으면 편하겠지만.'

그런 생각을 하고는 곧바로 부정했다. 스스로 돈을 관리하는 것도 훌륭한 사회 공부이다. 언젠가 틀림없이 도움이 될 것이다.

빈 자리가 있나 둘러봤지만, 공교롭게도 모든 자리가 다 차 있었다. 빈틈없이 학생들로 가득 찬 플로어를 쟁반을 든 채 어슬렁거리고 있으려니, 뒤에서 중얼거리는 소리가 들렸다.

"역시나 새 학년 새 학기, 엄청 붐비네. 만석이잖아."

어느샌가 아까 그 친절한 청년이 대각선 뒤쪽에 서 있었다. 또다시 눈이 마주치자마자 그가 말을 걸어 왔다.

"저기, 혹시 여기 카페테리아에 오늘 처음 왔어?"

"네. 편입한 지 얼마 안 되어서요."

"편입? 어디서?"

"이탈리아 피렌체에서 왔어요."

내 대답을 들은 그가 능숙하게 한쪽 눈썹을 치켜 올렸다.

"흐음, 이탈리아에서 온 유학생이구나. 혹시 혼혈이야?"

"아버지가 이탈리아인이고, 어머니가 일본인이세요."

"아, 역시. 그래서 그렇게 귀엽게 생겼구나."

납득했다는 듯 중얼거린 말의 마지막 부분을 듣고는, 나는 엉겁결에 그의 얼굴을 보았다. 태어나서 여태까지 육친이 아닌 사람에게서 귀엽다는 말을 들은 적은 없었기 때문에 무척 당황스러웠다.

"카페테리아에 들어왔을 때부터 엄청 눈에 띄었거든. 얼굴이 엄청 작고 키가 커서 어디 외국 피라도 섞였나 싶어서 보고 있었어."

눈에 띄었다는 말을 듣고 덜컥 겁이 난 직후,

"오, 자리 비었다."

몸을 빙글 돌린 그가 두 학생이 일어난 자리에 성큼성큼 다가가더니, 테이블 위에 쟁반을 잽싸게 올려놓았다. 그는 의자를 끌어 자리를 확보하고 나서는 나를 향해 손짓하였다.

"이쪽, 이쪽!"

그가 부르자, 나도 다급히 2인석 테이블로 다가갔다.

"같이 앉아도 괜찮아요?"

"앉아, 앉아. 어차피 밥을 먹는다면 귀여운 애랑 같이 먹는 편이 즐겁잖아."

아까부터 '귀엽다'니, 여자애도 아니고…….

그런 생각을 했지만, 근본적으로 나쁜 사람은 아닌 것 같다고 판단한 나는 감사히 의자를 당겨 그의 앞에 앉았다. 새삼 마주 보고 앉자마자, 그가 "아직 자기 소개를 안 했네?" 하고 말을 꺼냈다.

"토도 카즈키. 법학부 3학년."

"스기사키 루카. 경제학부 3학년이에요."

스기사키라는 성은 아버지와 결혼하기 전에 어머니가 쓰던 성이었다. 로셀리니의 이름을 드러내지 않기 위해 막시밀리안이 그 이름으로 대학교 관련 절차를 다 해결해주었다. 지금 살고 있는 아파트도 스기사키 명의였다.

"루카라. 보통 남자라면 이름에 따라오지 못하지만, 그쪽이라면 용서가 되네."

생긋 웃는 바람에 어떻게 반응해야 좋을지 난처했다. 당혹스러운 나머지 말없이 고개를 숙인 채 포크로 펜네를 쿡쿡 찔렀다. 재미없는 녀석이라고 생각하면 어쩌지? 걱정은 됐지만, 눈만 쓱 치켜 올려 쳐다본 그의 얼굴은 이렇다 하게 신경 쓰지 않는 듯 보였다. 그는 드라이카레를 수저로 푹 떠서 입으로 가져다 대며 질문했다.

"3학년이면 스무살?"

"아……, 네."

"그럼 동갑이니까 서로 사양할 필요 없겠네. 나도 스기사키라고 부를 테니까, 너도 존댓말 쓰지 마."

어느새 '그쪽'에서 '너'로 변해 있었다. 마치 무척 친한 사이 같아서 위화감을 느끼는 것과 동시에 낯간지러운 느낌이 등줄기를 타고 올라왔다.

"스기사키는 어디 살아?"

"아자부."

"아자부면 학교까지 걸어올 수 있고, 위치 완전 최고잖아? 자취해?"

"아니……, 친척이랑 같이 살아."

막시밀리안은 대외적으로는 친척이라고 하고 있었다. 형제라고 하기에는 나이가 너무 차이 나고, 얼굴도 안 닮았기 때문이다.

"친척이라면 일본인?"

"이탈리아 사람."

"이쪽에 친척은 없어?"

"······할아버지가 한 분 계셔. 스기사키라는 성도 외가 쪽 성이야."

토도의 붙임성 있는 말투와 싹싹한 분위기 탓일까? 정신을 차려 보니 나는 처음 만난 사람을 상대로 꽤 편하게 사생활에 대해 털어 놓고 있었다.

지금까지 누군가와 이야기를 할 때는 반드시 모두가 '로셀리니의 삼남'이라는 눈으로 봤기 때문에 나도 항상 내 뒷배경을 의식하지 않을 수 없었다.

그 점은 대학교 친구 사이에서조차 예외가 아니었기 때문에 이런 식으로 극히 평범한 학생끼리 대화할 수 있는 게 왠지 기뻐서 말이 자연스럽게 막힘없이 술술 나왔다. 물론 그렇게 말은 해도 로셀리니에 관련한 점은 절대 비밀이지만.

지장이 없는 범위에서 토도의 질문에 얼추 대답을 끝내자, 이번에는 그의 가족과 취미 쪽으로 이야기가 흘러갔다.

도쿄 출신. 세타가야에 있는 단독주택에서 부모님과 같이 살고 있으며 형이 한 명. 남동생을 대신하는 개가 한 마리(프렌치 불독이고, 장난치기를 무척 좋아하는가 보다. 개가 얼마나 장난꾸러기인지 한참을 들었다).

게다가 토도가 좋아하는 음악이나 영화에 대한 이야기를 듣고 있는 사이에 어느새 점심을 다 먹었다. 너무 즐거워서 점심 식사를 끝내기가 아쉬울 정도였다.

점심을 다 먹었으니 이제 헤어지는 건가? 이럴 때는 헤어질 때 어떻게 해야 할까? 휴대전화 번호 같은 걸 물어봐도 될까?

평범한 교우 관계와는 인연이 없던 나는 이런 첫걸음 중 첫걸음에서 실패하고 말 것인가.

어떡하지? 어떡하지? 내심 결단을 내리지 못하고 망설이고 있으려니, 나보다 훨씬 빨리 쟁반 위의 음식을 깨끗이 다 비운 토도가 갑자기 나에게 물었다.

"스기사키, 오후 일정은 어떻게 돼?"

"한 시부터 강의 듣고 나면 끝나는데."

"나도 앞으로 강의 하나만 들으면 끝나. 그럼 혹시 강의 끝나고 시간 있으면 시부야 안 갈래? 내가 가이드가 되어서 가이드북에 실리지 않은 사람들이 잘 모르는 곳을 안내해줄게. 여기 온 지 일주일 됐으면 아직 도쿄의 겉부분밖에 못 봤지?"

"정말?!"

생각지도 못한 제안에 저도 모르게 몸을 내밀었다.

"정말."

나의 야단스러운 반응을 재미있어하는 건지, 토도가 웃었다.

"근데 그렇게 솔직하게 기뻐하지 마. 귀엽기도 하지."

놀리는 듯한 말에 묘하게 얼굴이 붉어졌다.

수업이 끝나고 누군가와 함께 거리로 나가다니, 태어나서 처음 있는 일이니까.

"세 시 반에 서쪽 강의동 게시판 앞에서 보자. 아, 일단 핸드폰 번호 알려줘."

"핸드폰?"

"휴대전화 번호."

"아, 그렇구나……. 저기, 잠깐만. 지금 꺼낼게."

서로의 휴대전화 번호를 교환하고 있는 동안에도 들뜬 마음을
억누를 수 없었다.

'어쩌면 이건 친구가 생긴 상황인가?'

아니, 역시나 그렇게 단정하기에는 성급할지도 모르지만, 그래도
적어도 앞으로 토도가 친구가 되어줄 가능성이 아예 없는 건 아니
잖아.

일본 대학교에서 '스기사키 루카'로서 지내다 보면 언젠가는 마
음을 터놓을 수 있는 친구가 생길지도 모른다고 남몰래 기대하긴
했다. 그래도 첫날부터 이런 상황이 생기다니, 기쁜 오산이었다.

신나서 들뜬 기분으로 오후 수업을 듣고, 강의가 끝나자마자 바
로 만나기로 한 곳으로 향했다. 약속 시간보다 훨씬 일찍 도착해버
리는 바람에 손목시계를 노려보며 토도를 기다렸다.

정말로 와줄지 걱정스러운 마음에 가슴이 두근거렸지만, 토도는
약속 시간에 맞춰서 게시판 앞에 나타났다.

"기다렸어?"

"아니, 나도 지금 막 온 참이야."

사실은 20분 동안 기다렸지만 굳이 입 밖에 내진 않았다. 부담스
러운 녀석이라고 생각되는 게 싫었던 데다, 실제로 앞으로 어떤 일

이 펼쳐질지 이래저래 상상하면서 기대감에 가슴을 두근거리며 기다리는 시간도 즐거웠기 때문이다.

"그럼 갈까?"

둘이서 어깨를 나란히 하고 정문을 나가자, 바로 앞 도로 갓길에 은색 세단이 정차되어 있다는 것을 깨달았다.

"굉장하다. 마세라티 이그젝티브 GT잖아?"

'마세라티?'

토도가 중얼거리는 말을 듣고 안 좋은 예감이 든 다음 순간이었다. 운전석 문이 철컥 열렸다.

문을 지탱하는 길고 아름다운 손가락. 아스팔트를 밟는 광이 나도록 닦인 가죽 구두. 이윽고 실버그레이색 스리피스 슈트에 감싸인 장신의 남자가 몸을 구부리며 차에서 내렸다.

"막시밀리안!"

나는 생각지도 못한 감시자가 등장하는 바람에 크게 소리쳤다.

"모시러 왔습니다."

정중하게 머리를 숙인 막시밀리안이 천천히 고개를 들어 나를 빤히 응시했다.

"아……."

안경알 너머에 있는 청회색 두 눈동자에 꿰뚫린 나는 마른침을 꿀꺽 삼켰다.

마중을 온다는 얘기는 안 했잖아? 그런 말 못 들었어.

그렇게 불평을 하고 싶었지만, 목이 꽉 막혀서 목소리가 나오지 않았다.

"근데……, 저기……, 난 이제부터 이 친구랑……."

"그와?"

"시, 시부야에 가기로 약속했어."

간신히 끝까지 쥐어짜 낸 목소리는 한심하게도 그렇다고 알 수 있을 정도로 갈라져 있었다. 딱히 나쁜 짓은 아무것도 하지 않았는데도 왠지 모르게 찜찜한 기분이 물밀듯이 밀려 올라왔다.

내 옆에 서 있던 토도를 힐끔 본 막시밀리안이 천천히 그를 향해 자세를 고쳐잡고 입을 열었다.

"이름이 어떻게 되시죠?"

"아……, 토도라고 합니다."

붙임성 있고 겁이 없는 토도 또한 유창한 일본어를 구사하는 무표정한 이탈리아인으로부터 의혹의 화살이 향하자 당황한 것 같았다. 막시밀리안의 온몸에서 뿜어져 나오는 조용한 기백에 압도된 것처럼 표정이 굳어 있었다.

막시밀리안이 조금 경직된 토도의 표정을 가만히 응시한 채 서서히 거리를 좁히더니, 한 발짝 앞에서 발걸음을 멈추었다. 그 모습을 비교해 보자니 막시밀리안은 일본인 중에서는 장신인 부류에 속하는 토도보다 키가 5센티미터는 더 컸다.

안경테를 가운뎃손가락으로 슥 밀어 올린 막시밀리안이 값을 매기는 듯한 차가운 눈빛으로 토도를 흘겨보았다.

"실례지만 루카 님과는 관계가 어떻게 되십니까?"

말은 정중했지만, 확연히 심문하는 말투였다.

"어떻게 되냐고 물어보셔도⋯⋯, 오늘 낮에 카페테리아에서 처음 만났을 뿐인데⋯⋯."

나는 당혹스러워하는 표정으로 말을 얼버무리는 토도를 보며 마음이 초조해졌다.

'큰일이야.'

일본에서 처음으로 친구가 생기려고 하는데, 이러면 평소와 같은 전철을 밟게 될 것이다.

모처럼 말을 주고받게 되어도 삼엄한 보디가드에게 압도되어 어느샌가 소원해져버린 이탈리아 학교 친구들과 마찬가지로⋯⋯.

"같은 학부 친구분이신가요?"

"아니요⋯⋯, 나, 아니, 저는 법학부예요."

'그건 싫어. 또 그 무미건조한 학교 생활을 반복하는 건 싫다고!'

그렇게 생각한 찰나, 막시밀리안에게 달려간 나는 담담히 질문을 이어 가던 그의 팔을 쭉 잡아당겼다.

"그만해!"

막시밀리안이 천천히 토도에게서 시선을 거두어 나를 보았다. 나도 차갑게 다듬어진 그의 얼굴을 똑바로 올려다보았다. 위압적인 눈빛에 눌려 지지 않도록 눈과 복근에 힘을 꽉 주고 호소했다.

"알았어. 오늘은 이제 얌전히 같이 집에 갈게."

그러니까 더 이상 토도를 위협하는 건 그만둬!

'미움받단 말이야!'

"……."

내가 필사적으로 애원하자, 막시밀리안의 두 눈이 서서히 가늘어
졌다.

*　　*　　*

"루카 님을 지키는 일이 돈 카를로, 레오나르도 님, 에두아르 님
으로부터 분부받은 저의 역할입니다."

조수석에 나를 태우고 자신은 운전석에 탄 막시밀리안이 문을
닫자마자 낮은 목소리로 말했다.

"지킨다는 게 뭔데? 토도는 친구란 말이야."

나 또한 험악한 분위기를 더 악화시킬 것을 알면서도 말을 되받
아쳤다.

"친구분이라고 하셔도 오늘 막 만나신 참이죠. ── 안전벨트를
매십시오."

나는 울컥하여 미간을 찌푸린 채 안전벨트를 매면서 반론했다.

"나쁜 사람 아니야. 내가 카페테리아에서 갈팡질팡하고 있었더
니 이것저것 알려주었다고……."

"식당에서 친절하게 대해주었다고 해서 나쁜 사람이 아니라는
보장은 없습니다. 무슨 속셈이 있는 사람에 한해 처음에는 친절을
가장해서 접근하는 법입니다."

마치 토도가 나쁜 사람이라고 단정하는 듯한 말투에 한순간 화

가 치밀었다.

"토도에 대해 아무것도 모르는 주제에 단정하지 마!"

말끝이 거칠게 나왔음에도 불구하고 표정 하나 변하지 않고 똑바로 차창을 바라본 막시밀리안이 냉정한 목소리로 되물었다.

"그럼 루카 님께서는 그 청년에 대해 무엇을 알고 계시죠?"

"이것저것 알고 있어! 세타가야에서 부모님이랑 살고 있고, 형이 한 명 있고, 프렌치 불독을 기르고……."

"개를 귀여워한다고 해서 나쁜 사람이 아니라는 보장은 없습니다."

"이제 됐어, 바보 같아!"

울컥해서 고함친 순간, 막시밀리안이 슬쩍 눈길을 주었다.

"상스러운 말투로 자신의 품위를 떨어뜨리는 행동은 자중하십시오. 언제 어느 때라도 로셀리니가의 일원이라는 긍지와 위엄을 잊지 마십시오."

"………윽."

옛날 어린 시절에 무슨 일이 있을 때마다 반복하던 똑같은 말로 어른이 된 지금의 나를 또다시 냉소적으로 타일렀다. 막시밀리안은 애 취급을 당해 뺨을 붉히고 입술을 꽉 깨문 나를 그 감정을 읽을 수 없는 청회색 눈으로 한동안 말없이 쳐다본 후, 낮은 목소리로 말했다.

"아무튼 정체가 확실하지 않은 사람과 단둘이 있게 되는 상황은 말도 안 됩니다."

그게 결론이라는 양 단정하더니, 시동을 걸고 마세라티를 출발시켰다.

'그게 무슨 말이야?!'

입 밖으로 내면 또 잔소리를 들을 것을 알고 있었기 때문에 가슴속으로 '바보, 멍청이, 막시밀리안, 이 바보야!' 하고 난폭한 감시자를 욕했다.

운전에 집중하는 조각상 같은 옆얼굴에서 고개를 홱 돌린 나는 그 이후로 아자부까지 막시밀리안과 말을 섞지 않았다.

막시밀리안도 그 이상 말을 걸어 오지 않았고, 서로 시선조차 마주치지 않는 상태로 아파트까지 올라갔다. 험악한 분위기를 질질 끈 채 아무 말 없이 방에 들어가려던 나의 등을 향해 막시밀리안이 말을 걸었다.

"저녁은 어떻게 하시겠어요?"

"필요없어."

뒤도 돌아보지 않은 채 내뱉듯이 대답하고 방문을 열었다.

쾅!

"후우."

손을 뒤로 돌려 문을 닫은 나는 그대로 등을 기댄 채 깊은 한숨을 흘렸다.

결국 토도와 시부야에 갈 예정은 흐지부지되고 말았다.

헤어질 때 "또 보자."라고 말은 해주었지만.

틀림없이 까탈스러운 친척이 붙어 있어서 아주 성가신 녀석이라고 여겼을 것이다.

'이미 끝난 걸지도 몰라. 두 번 다시 같이 뭐 하자는 말 안 해주겠지.'

그렇게 생각하자 마음이 추욱 가라앉았다. 한때는 친구가 생길지도 모른다며 들떠 있었던 만큼 침울한 마음도 더더욱 거셌다.

실망한 나머지 후들거리는 다리로 침대까지 비틀비틀 다가가 풀 소리를 내며 벌렁 엎드려 누웠다.

"막시밀리안 탓이야……. 바보, 바보……, 애 취급 하지 마!"

욕을 하면서 오리털 베개를 주먹으로 퍽퍽 때렸다. 그래도 전혀 마음이 가라앉지 않아서 신발을 두 발에서 잡아 뽑듯이 벗어서 바닥에 내동댕이쳤다. 막시밀리안이 보면 틀림없이 눈살을 찌푸리며 "로셀리니가의 일원이라는 긍지와 위엄을."이라며 항상 하는 그 말을 입에 담을 만큼 예의범절이 바르지 못한 행동이었다.

하지만 그렇게라도 하지 않으면 온몸에 충만한 분노의 감정이 진정되지 않을 것 같았다.

"제기랄!"

마지막으로 간직해 두었던 욕을 퍼붓자(태어나서 처음 입에 담았다.) 겨우 아주 조금 마음이 진정된 나는 베개를 끌어안고 뒹굴 드러누웠다.

"음험하고 심술궂지, 은근히 무례하지, 고압적이지, 답답하지."

천장을 노려보며 막시밀리안을 향한 욕을 생각나는 한 늘어놓았다.

"너무 고지식하지……, 융통성이 없……지."

욕지거리를 입에 담다 보니 등교 첫날의 피로도 곁들어서인지 열을 머금은 머리가 점점 혼탁해졌다. 무거워진 눈꺼풀이 아래로 처지더니 서서히 의식이 희미해졌고, 아무래도 어느샌가 심통이 난 채 잠이 들고 말았나 보다.

"음………."

문득 잠에서 깨어 살짝 눈을 떠보니 방이 어두웠다.

"어라? ……지금 몇 시지?"

달빛에 손목시계를 비추어 보았다. 10시 35분.

시간을 보고 놀라 벌떡 일어났다.

"우와……, 거짓말 같아. 여섯 시간 이상을 자버린 거야……?"

불규칙한 시간에 자버린 탓인지 머리가 살짝 아팠다.

그건 그렇다 치고 윗옷도 벗지 않고 잠들어 버리다니, 어지간히 피곤했었구나. 첫날이라서 무의식중에 긴장하고 있었을지도 모른다.

푹 자서 그런지 배 언저리에 쌓여 있던 울컥거리는 기분은 꽤 진정된 상태였다. 그러나 이윽고 그와 번갈아 다른 감각이 위장을 지배하고 있음을 깨달았다.

나는 침대 위에서 베개를 끌어안고 혼잣말을 했다.

"……배고파."

입 밖에 내서 말했더니 더욱더 배가 고파졌다. 참을 수 없을 만큼 공복을 느낀 나는 침대에서 내려와 방 출입구로 느릿느릿 향했다.

막시밀리안에게 저녁밥은 안 먹겠다고 딱 잘라 거절해 버렸지만,

부엌에 가면 뭔가 남아 있을지도 모른다.

살며시 문을 연 나의 시야에 하얀 냅킨이 확 들어왔다.

"이게 뭐지······?"

방 앞 복도에 놓인 쟁반을 들어 냅킨을 벗겨보았다.

은으로 된 쟁반 위에는 내가 좋아하는 음식만 놓여 있었다.

고르곤졸라 무스를 올린 브루스케타. 판체타 파니니. 제노바식 라타투이. 스패니시 오믈렛. 그리고 탄산이 들어가지 않은 미네랄 워터.

"이건······, 막시밀리안이?"

'······기억해주고 있구나.'

어렸을 적에 내가 좋아했던 음식.

10년도 더 지났는데 제대로 기억해주고 있었다.

왠지 가슴이 미어지며 괴로워졌다.

그렇게 언짢게 굴었는데······.

고개를 휙휙 흔들며 서서히 치밀어 오르는 죄책감을 물리쳤다. 낮의 그 일은 아무리 생각해도 막시밀리안이 잘못했다. 나에 대해 간섭이 지나쳤던 데다, 처음 만난 토도에 대해서도 은근히 무례했다.

그러니까······, 낮에 있었던 일을 사과할 생각은 없지만, 야식을 준비해준 데에는 감사 인사를 해야겠지.

그렇게 생각하고 쟁반을 든 채 거실에 얼굴을 내밀어 보았지만, 그곳에 막시밀리안의 모습은 없었다. 쟁반을 일단 식탁 위에 놓고 나서 내 방과는 거실을 사이에 끼고 반대쪽에 위치한 그의 방까지 갔다. 막시밀리안의 방은 문이 살짝 열린 채 2센티미터 정도 되는 틈에서 빛이 새어 나오고 있었다.

가까이 다가갈수록 딸깍딸깍 마우스를 조작하는 소리, 키보드를 치는 소리, 이탈리아어로 누군가와 대화하는 소리가 들려왔다.

'일하는 중인가?'

그렇다면 방해해선 안 된다는 생각에 몰래 문 틈으로 안을 엿보았다.

책상을 향한 막시밀리안의 넓은 등이 보였다. 그는 컴퓨터를 조작하면서 전화로 지시를 내리고 있었다. 전화 상대는 아마 로마에 있는 부하일 것이다.

이탈리아는 현재 서머 타임이다. 일본과 시차가 일곱 시간 나기 때문에 그쪽 근무 시간대는 이쪽의 밤부터 새벽에 걸친 시간이 되어버린다.

좁은 거실에서 얼굴을 마주하고 있기가 숨이 막혀서 매일 밤 아홉 시에는 내 방에 들어가버렸기 때문에 막시밀리안이 일하는 모습을 보는 건 처음이었다.

아마 막시밀리안은 틀림없이 내가 방에 틀어박힌 후에 매일 이런 식으로 새벽이 다 되는 시간까지 일을 했을 것이다. 그리고 아침에는 아침대로 나를 위해 일찍 일어나고…….

하지만……, 이렇게 되리라고 사전에 예상할 수 있었을 텐데.

알면서도 어째서 현장을 떠나면서까지 나와 함께 일본에 온 걸까?

그런 질문에 곧바로 머릿속에서 대답이 번뜩인 나는 살며시 자조의 웃음을 지었다.

　'그야……, 당연히 아버지한테서 부탁받아서 그런 거지.'

　지금까지도, 그리고 앞으로도 계속 막시밀리안에게는 주인인 우리 아버지 돈 카를로가 최우선이며, 인생의 전부일 것이다. 아버지의 명령에는 절대 복종.

　그의 마음속에 자리 잡은 우선 순위를 뼈저리게 느낀 것은 아버지가 시칠리아에 있는 본가【팔라초 로셀리니】를 떠나기로 했을 때였다.

　[막시밀리안, 가지 마. 내 곁에 있어!]

　당시, 나는 어머니를 잃은 직후였다.

　막시밀리안은 그런 나에게 추가로 타격을 가하듯이 그동안 보살펴주던 그와의 이별에 충격을 감추지 못하고 애원하는 나를 뿌리치고는 아버지를 수행하는 식으로 로마에 있는 저택에 주거를 옮기고 말았다.

　그는 나보다도 아버지를 택한 것이다.

　그때 받은 충격과 마음의 상처가 또렷이 되살아나서 주먹을 꼭 쥐었다.

　[루카 님께서도 이제 슬슬 저에게서 자립하여 어른이 되셔야 합니다.]

　감정이 보이지 않는 목소리로 나를 차갑게 내동댕이친 주제에.

　이제 와서 손바닥 뒤집듯이 어린애 취급이나 하다니.

'이제 와서……, 치사해.'

갈 곳 없는 짜증이 마음 깊은 곳에서 부글부글 치밀어 오르는 바람에 바빠 보이는 막시밀리안의 등에서 시선을 돌렸다. 발길을 홱 돌린 나는 결국 막시밀리안에게 말을 걸지 않고 문에서 떨어졌다.

* * *

성가신 녀석이라고 멀리할 줄만 알았는데, 그날 밤 열한 시쯤에 토도에게서 문자가 왔다. 혹시 내가 낮에 있었던 일을 신경 쓰고 있을 거라 생각해서 문자를 주었을지도 모른다.

『내일 수업 몇 교시까지 있어? 괜찮으면 점심 같이 먹을래?』

짧은 내용을 본 순간, 축 처져 있던 기분이 단숨에 들떴다. 나는 익숙지 않은 손놀림으로 문자를 쳐서 겨우겨우 답장을 보냈다.

『오늘은 미안했어. 난 2교시부터 나가. 점심 같이 먹어주면 기뻐.』

몇 번인가 문자를 주고받은 끝에 만날 장소와 시간을 정했다.

다음 날 오후, 토도와 카페테리아에서 만났다.

"근데 무섭더라, 그 안경 쓴 사람."

오늘은 어제와 마찬가지로 2인석에 마주 보고 앉아 토도가 포크로 파스타를 휘감으며 카르보나라가 담긴 접시 위에서 감탄 섞인 목소리로 중얼거렸다.

"무표정한데도 엄청 박력 있더라. 위협의 오라를 가차없이 뿜어대서 진짜 겁먹었어."

"기분 언짢게 해서 미안해……. 그래도 막시밀리안은 신경 안 써도 돼."

"신경 안 써."

토도가 대담하게 씨익 웃으며 입가를 치켜 올렸다. 아무래도 진심으로 신경 쓰지 않는 것 같아서 안도했다.

"근데 정말로 친척이야? 너를 '루카 님'이라고 부르던데?"

"아……, 그게, 먼 친척인데, 우리 아버지 밑에서 일하고 있어서 그런지 옛날부터 나한테도 그렇게 딱딱한 말투로 얘기하더라고."

"그렇구나."

토도는 그렇다고 전혀 거짓말도 아닌 변명을 의심하지 않고 납득해주었다.

그날은 수업이 끝난 후, 어제의 약속을 실행에 옮기고자 토도와 시부야에 나갔다.

그로부터 약 다섯 시간이 지난 밤 여덟 시 무렵.

보는 것도 듣는 것도 다 새롭고 자극적인 시부야의 거리를 만끽한 내가 흥분을 식히지 못한 채 살고 있는 아파트 입구 로비로 발을 들이자, 일전의 어느 날과 마찬가지로 막시밀리안이 응접실에서 일어났다.

"다녀오셨습니까."

평소와 다름없이 포커페이스를 관철하고는 있지만, 그 얼굴에 어렴풋이 떠오른 안도의 표정을 알아채고 연락도 하지 않고 다른 곳에 들렀다 온 것을 살짝 후회했다.

하지만 연락하면 가지 말라고 반대할 것이 눈에 뻔히 보였으니까.

막시밀리안이 아무리 감시인이라 할지라도 내 교우 관계에까지 참견할 권리는 없다. 판별력이 없는 어린아이라면 또 몰라도, 나는 이미 스무 살을 넘긴 성인이기 때문이다.

친구 정도는 스스로 고를 것이고, 게다가 수업은 제대로 듣고 있으니 그 이외의 자유 시간에 대해 가타부타 말을 들을 처지는 아니다.

그렇게 생각한 나는 무슨 말을 하고 싶어 하는 듯한 막시밀리안을 무시하고 종종걸음으로 로비를 지나쳤다. 그러나 뒤에서 쫓아온 막시밀리안에게 엘리베이터 홀에서 따라잡히고 말았다.

"루카 님."

"왜?"

버튼을 눌러 엘리베이터가 오길 기다리면서 그가 있는 쪽은 보지 않은 채 말로만 대답했다.

"지금까지 그 토도라는 청년과 함께 계셨습니까?"

── 올 것이 왔다!

예상했던 질문을 받자, 이번에는 휙 돌아서서 도발적인 눈빛으로 막시밀리안을 올려다보았다.

"그런데……? 안 돼?"

안경알 너머에 있는 청회색 두 눈과 시선이 딱 마주치자 어깨가 떨릴 뻔했지만 필사적으로 참았다.

여기서 조금이라도 주눅이 들면 지는 거야. 틈을 보여서는 안 돼.

아무리 막시밀리안이 압박을 줘도 단호하게 뿌리쳐야 돼.

모처럼 생긴 친구와의 교우 관계에는 절대로 말참견하게 두지 않을 거야.

그렇게 기합을 넣는 나를 아무 말 없이 내려다보고 있던 막시밀리안이 천천히 입을 열었다.

"토도 카즈키, 스무 살. 부속 고등학교에서 법학부로 올라왔고, 현재 3학년. 학점도 착실하게 따고 있고, 수업 태도도 성실하며, 성적은 꽤 우수하다고 합니다. 세타가야에서 부모님, 프렌치 불독과 동기 중. 모친은 전업주부. 부친, 형 두 사람 다 제대로 된 일을 하고 있습니다."

"……무슨 소리야?"

담담하게 이어지는 목소리에 미간을 팍 찌푸렸다.

"정체는 분명한 것 같네요."

막시밀리안이 오히려 아쉽다는 듯 결론을 내린 직후, 나는 눈을 크게 떴다.

"설마……, 알아봤어?"

막시밀리안이 멍하니 중얼거리는 나의 의심을 아무렇지도 않게 긍정했다.

"루카 님의 학우가 되기에 어울리는 사람인지 아닌지를 판별하는 것도 제 일이니까요."

"말도 안 돼!"

머리가 확 뜨거워졌고, 정신을 차려 보니 큰 소리를 내고 있었다.

간섭이 과한 것도 정도가 있다.

이러면 이탈리아에 있었을 때와 전혀 다르지 않다. —— 다르기는커녕 전보다 심하다!

24시간 태세로 막시밀리안의 감시 아래에 있는 것과 마찬가지였다.

"……토도가 나와 어울리는지 아닌지는 내가 스스로 판단해."

화가 나서 떨리는 목소리로 항의했지만, 막시밀리안은 눈썹 하나 까딱하지 않고 거부했다.

"그렇게는 안 됩니다. 루카 님을 지키는 것이 제 일……."

"일, 일……! 이제 됐어! 부탁이니까 내버려 둬! 난 이제 어린애가 아니란 말이야!"

나는 화를 터뜨린 것과 거의 동시에 때마침 열린 엘리베이터 안으로 뛰어들어갔다.

제3장

막시밀리안을 1층에 내버려 두고 먼저 집으로 돌아온 나는 내 방으로 뛰어들어 왔다.

쾅 소리를 내며 문을 거칠게 닫고는, 평소에는 잠그지 않는 방문까지 찰카닥 잠갔다.

그렇게 혼자가 되고 나서도 아직 분노와 흥분은 진정되지 않았다.

이런 생활, 이제 못 참아!

아마 막시밀리안은 틀림없이 나의 행동을 하나하나 이탈리아에 있는 아버지나 형들에게 보고하고 있을 것이다. 추궁해봤자 "그게 제 일이니까요."라고 아무렇지도 않게 말해버리는 냉철한 표정이 눈에 선했다.

막시밀리안에게는 모든 것이 '일'. 나와 함께 지내는 것도, 나를 이래저래 돌봐주는 것도, 야식을 만들어주는 것도 다 '일'인 것이다.

하지만 그건……, 어쩔 수 없는 일이라는 건 알고 있다. 그가 아버지의 명령을 거역할 수 없는 것도 그의 입장에서 보면 어쩔 수 없는 일이다.

그래도 아버지와 형들의 보살핌에서 자립하고 싶어서 일본에 왔는데, 이대로라면 예전과 상황이 전혀 다르지 않다. 온종일 보디가드가 붙어 다니는 생활과 마찬가지……, 아니, 그들은 내 사생활까지는 파고들지 않았으니 지금이 오히려 훨씬 나쁘다.

'……최악이야.'

일본에 와서 함께 생활하기 시작한 지 약 일주일. 한정된 공간을 막시밀리안과 공유하는 일은 숨이 막혔지만, 그도 스스로 원해서 나와 함께 있는 것도 아니니까 그 점은 서로 마찬가지라고 여기면서 이런 상황이어도 어떻게든 잘 지내보고자 노력했다고 생각한다.

그가 정한 아파트로 이사 와서 방문은 잠그지 않는다거나 밤에는 되도록 밖에 돌아다니지 않는다거나 하는 그가 정한 규칙은 지켰고, 교육적 지도에도 따랐다. 어쨌든 함께 생활해야만 한다면 될 수 있는 한 분쟁은 일으키고 싶지 않았으니까.

하지만 이제 더 이상은 함께 지낼 수 없었다.

예전에, 아직 일본에 오기 전에 [루카 님께서 정말로 자립하셨다고 느꼈을 때, 저는 로마로 돌아오겠습니다.]라고 약속해 주었지만, 언제인지도 모르는 그런 불확실한 미래 따위를 기다리고 있을 수는 없었다.

막시밀리안이 생각을 바꾸지 않는 한 무리였다.

나의 인격과 인권을 제대로 인정하고, 자유 의지를 존중해주지 않는 한……

짜증이 나서 엄지손톱을 깨물고 있으려니, 등 뒤에서 똑똑 노크 소리가 들려왔다.

"루카 님."

막시밀리안의 목소리가 전에 없이 온순하게 들렸지만, 지금은 아직 이야기를 나누고 싶지 않아서 대답하지 않았다.

"…………."

몇 초 동안의 무거운 침묵을 깨듯이 문 너머에서 낮은 목소리가 들려왔다.

"아까는 루카 님의 마음도 생각하지 못하고 말씀드려서 죄송했습니다."

막시밀리안이 사과했어?!

나는 놀란 나머지 숨을 삼켰다. 그러자 다시 저음의 목소리가 연이어 들려왔다.

"하지만 역시 제 입장으로서는 그분의 정체를 확인하고, 교제를 하시게 될 경우 루카 님의 신변에 그 어떤 위해도 미치는 일이 없을 것이라는 확신을 얻지 못하는 한, 교우 관계를 인정할 수는 없습니다."

결국……, 그 얘기야?

한순간 부드러워졌다고 기대한 만큼 맥이 탁 풀렸다.

"이번에 토도 씨가 학우로서 어울리는 분이라는 사실을 알게 되어 저도 안도했습니다. 학부는 다르지만, 우수한 친구분이 생기신 것은 바람직한 일입니다."

이제 와서 그런 식으로 좋게 마무리하려 한들 그의 뻔뻔한 속내만 느껴졌다.

"단, 앞으로의 일에 관련해서 하나만 약속해주세요. 집에 돌아오시는 시간이 다섯 시를 넘기는 경우에는 반드시 연락주십시오. 어두워지고 나서 혼자 길을 걸으시는 것도 위험합니다. 제가 차로 마중 나가겠습니다."

'근데……, 자신의 용모가 사람들의 시선을 끈다는 자각은 없는 걸까?'

그렇지 않아도 눈에 띄는 막시밀리안이 외제차로 마중을 온다면 나까지 쓸데없는 주목을 받게 되고 말 것이다.

절실한 위기를 느낀 나는 딱딱하게 굳은 목소리로 거절했다.

"마중 오지 않아도 혼자서도 괜찮아."

"하지만."

"도쿄는 해가 져도 밝은 데다, 사람도 많으니까 걱정없어. 나도 충분히 조심할게."

"……그럼 마중을 갈지 가지 않을지는 그 자리에서 판단하겠습니다만, 연락만큼은 잊지 마시고 꼭 부탁드립니다. 저녁도 차려야 하니까요."

마지막에 조심스럽게 덧붙인 말을 듣고 퍼뜩 깨달았다.

확실히 저녁밥을 먹을지 말지 분명히 하지 않으면 준비하는 입장에서 봤을 때 귀찮고 곤란할 것이다.

그 점에 대해서는 미안하다고 반성한 나는 작은 목소리로 대답했다.

"알았어……."

문 건너편에 있는 막시밀리안이 안도의 숨을 내쉬는 듯한 기척이 느껴졌다. 그러더니 약간 사이를 두고 지시를 구했다.

"오늘 식사는 어떻게 하시겠습니까?"

혹시 저녁밥을 먹지 않고 나를 기다리고 있었던 걸까? 죄책감이 가슴을 슬쩍 스쳤지만, 토도와 먹은 오코노미야키로 배가 부른 상태였다.

"먹고 왔으니까 안 먹어."

"…………."

무슨 말을 하고 싶은 듯 몇 초 동안 침묵이 감돌았다. 그러나 다음에 들려온 것은 감정을 알 수 없는 목소리였다.

"알겠습니다. 가보겠습니다."

나는 막시밀리안이 문 앞에서 떠나가는 것을 확인하고는, 참고 있던 숨을 배 깊숙한 곳에서부터 휴우 내뱉었다.

어째서 이렇게 숨이 막힐까?

이유는 모르지만, 막시밀리안과 이야기를 하는 것만으로도 피곤해지고 만다.

적어도 시칠리아에서 함께 지내던 무렵에는 이렇지 않았다.

옛날부터 감정 표현이 풍부한 타입은 아니었던 데다, 말하는 방식도 지금과 변함없이 딱딱하고 서먹서먹했지만, 그래도 좀 더 붙임성이 있었다. 저렇게 쌀쌀맞지 않았다. 금욕적이고 고결하며 자신에게도 타인에게도 엄격한 사람이었지만, 나를 향한 눈빛의 본질은 따스했다.

그래서 나도 그에게 더더욱 솔직하게 이런저런 이야기를 할 수 있었고, 때로는 상담을 하거나 어리광도 부릴 수 있었다.

지금은 이래저래 보살펴주고 온갖 잔소리를 하면서 간섭하는 주제에 중요한 부분에서 선을 긋는 것 같아서……. 있는 힘껏 감정을 배제한 눈빛과 목소리 톤. 아주 조금이라도 그 본심의 일면을 보이기를 거부하는 것 같은 거절의 오라를 온몸에서 내뿜으면 나도 어떻게 대해야 좋을지 모르겠다.

적절한 거리감을 파악하지 못해서 어색하고, 이야기를 하기만 해도 긴장하는 바람에……. 그런 자신에게 또 짜증이 나서 ──.

'역시 이제 못 견디겠어.'

게다가 숨이 막힐 뿐만 아니라, 막시밀리안과 함께 지내는 한 그의 감시에서 벗어나지 못할 뿐더러 진정한 자유도 손에 넣지 못할 것이다.

이곳을 나갈 수밖에 없다. 그리고 이번에야말로 진정한 독신 생활을 감행하는 것이다.

좋았어!

결론에 달한 나는 책상 의자를 당기고 앉아서 노트북을 폈다.

이 아파트를 나간다면 앞으로 살 집이 필요하다.

인터넷으로 알아보니 일본의 주택 임대는 계약 시스템이 복잡했다.

아무래도 보증금, 사례금이라는 것이 계약에 있어 매달 내는 월세와는 별도로 필요한 듯하나 액수는 일정하지 않는 데다, 해약 시 보증금은 돌아오지만 사례금은 돌아오지 않는가 보다. 그 액수도 월세 몇 개월치 금액인지 건물에 따라 다르기 때문에 더더욱 까다로웠다.

'이 아파트도 막시밀리안한테 다 맡겼으니……'

거의 한 시간 동안 부동산 관련 사이트를 돌아다니면서 알게 된 것은 아무튼 이사에는 목돈이 필요하다는 점. 특히 대학교 근처는 땅값이 비싸고, 월세도 높은 것 같았다.

가능하다면 대학교 근처가 좋지만, 그렇게 사치스러운 이야기를 할 때가 아닐지도 모른다.

대학교까지 가는 교통 수단은 양보한다 치더라도 최소 수십 만 엔 단위의 자금이 필요했다.

현재 생활비는 모두 막시밀리안이 쥐고 있었다. 은행 계좌와 신용카드도 막혔고, 나는 매일 아침 정해진 금액을 그에게서 '용돈'으로 받을 뿐이었다. 여태까지는 그 점에 아무런 불만도 없었다.

남은 돈은 밤에 막시밀리안에게 돌려주었지만, 내일부터는 몰래 확보해 두어야겠다. 그래도 하루치 용돈을 아무리 절약해서 차근

차근 모은다 하더라도 목돈이 될 때까지는 상당한 시간이 소요될 것이다. 애당초 일본에 체재하는 기간은 2년 한정이기 때문에 몇 년이나 걸리면 아무 의미가 없다.

게다가 자립하기 위한 자금까지 부모님의 신세를 진다는 것도 왠지 좀 싫었다.

될 수 있으면 독립 자금은 자력으로 모으고 싶지만, 한심하게도 여태까지 단 한 번도 '보수의 대가인 노동'을 해본 적이 없기 때문에 구체적으로 어떻게 하면 좋을지 모르겠다.

돈이라는 건 어떻게 벌면 될까?

나는 여태까지 미처 품은 적이 없었던 미지의 현안을 주체하지 못하고 어찌할 바를 몰랐다.

* * *

솔직히 말하자면, 태어나서 지금까지 단 한 번도 돈에 궁했던 적이 없었다.

특별히 뭔가를 갖고 싶을 때는 말만 하면 누군가가 사다주었고, 옷이나 구두나 가방 같은 일상용품의 대부분은 저택에서 일하는 스태프들이 미리 부족하지 않게 갖추어 놓았다(지금은 막시밀리안이 다 준비해주고 있다).

그 때문인지 기본적으로 물욕도 별로 없고, 무언가를 절실히 갖고 싶어 한 적도 없다.

하물며 돈 자체를 갖고 싶어 한 적은 과거에 한 번도 없었다.

하지만 지금의 나는 진심으로 돈을 갖고 싶었다. 그것도 스스로 일해서 손에 넣은 돈을.

—— 내가 그토록 갈망하는 독신 생활을 위해.

'아마 아르바이트를 하는 게 가장 빠른 길이겠지? 하지만 나라도 할 수 있는 아르바이트가 뭐 있을까?'

우선 게시판에 구인 광고가 있을지도 모르니까 내일 들러 봐야 겠다.

다음 날 하루 강의가 모두 끝난 후, 나는 게시판을 향해 걸어갔다. 잠시 후 누가 등을 툭 쳐서 돌아보자, 오늘 처음으로 얼굴을 마주한 토도가 서 있었다.

"토도."

"여어. 너도 끝났어? 그럼 같이 차라도……, 하자고 하려 했는데, 나, 이제 아르바이트 하러 가야 되지, 참."

"아르바이트……."

그 말에 반응한 나는 저도 모르게 지금 대학교에서 유일하게 생긴 친구에게 한 발짝 바싹 다가갔다.

"토도는 무슨 아르바이트 해?"

토도가 나의 기세에 당황한 표정을 지었다.

"왜? 너, 설마 아르바이트 찾아?"

"응."

진지한 얼굴로 고개를 끄덕이자, 토도가 "흐음." 하고 중얼거리며 한동안 생각에 잠기더니 또다시 입을 열었다.

"음식점도 괜찮아?"

로셀리니 그룹 중에는 레스토랑 부문이 있다. 언젠가 내가 이을 지도 모른다는 가능성을 생각하면 현장에서 일할 수 있는 건 귀중한 체험이다. 하지만 주류를 취급하는 가게라면 시간대도 늦을 테니 역시나 무리일 것 같아서 되물었다.

"음식이라면, 예를 들면 어떤 쪽?"

"카페 같은 데."

"아……, 카페라면 아마 괜찮을 거야."

그렇다면 귀가 시간이 그렇게 늦어지지 않을 테니, 막시밀리안에게 비밀로 하고 일하는 것도 불가능하지는 않을 듯했다.

"그럼 말이야, 우리 삼촌네 가게를 소개해줄까? 나도 일주일에 세 번 오후부터 일하는데, 분위기도 좋고 가정적인 느낌이라서 스기사키한테도 맞을 거야. 마침 이제 갈 거니까, 괜찮으면 같이 갈래?"

"그래도 돼?!"

뜻밖에 펼쳐진 운 좋은 전개에 내 목소리가 들떴다.

"사실을 말하자면, 주위에 누구 성격 괜찮은 녀석 있으면 소개해 달라고 삼촌한테서 부탁받았거든. 저번 달에 아르바이트 하던 여자애가 한 명 그만두는 바람에 근무 시간 조절하는 게 힘들어서 말이야."

　　*　　　*　　　*

　토도의 삼촌이 경영하는 작은 카페는 에비스와 다이칸야마의 중간쯤, 에비스와 좀 더 가까운 곳에 있었다. 번화가에서는 조금 떨어진 세련된 주택가 안에 위치했고, 주위에는 잡화점과 옷가게, 구제 옷 가게 등이 띄엄띄엄 흩어져 있었다.

　의류 회사와 사무실 등이 입주한 상가 건물 1층이【café Branche】였다.

　유럽을 연상시키는 돌바닥으로 된 입구에, 가게 이름이 흰색으로 프린트 된 검은색 어닝. 작고 아담한 테라스에는 하얀 파라솔이 펼쳐진 오픈 테라스석이 두 자리 있었으며 테라코타 화분이 색채를 곁들이고 있었다.

　"왠지 유럽에 있는 카페 같아."

　"그렇지? 삼촌이 예전에 일 때문에 파리에 주재했을 때 좋아했던 카페를 이미지 삼아 지었나 보더라고."

　"파리에서 일하셨어?"

　"외교관이었어. 여기는 뭐, 취미가 심해져서 차렸다고나 할까? 요리랑 손님 맞이가 취미인 사람이거든."

　토도가 세월이 느껴지는 오래된 나무 문을 밀어 열자, 높은 천장의 개방감 있는 공간이 눈앞에 펼쳐졌다. 두 면 전체가 유리로 되어 있어서 실제 면적보다 넓게 느껴지는 것일지도 모른다.

　"어서 오세요!"

하얀색 긴 소매 니트에 검은색 하의, 검은 타블리에[1] 복장을 한 여자가 기세 좋게 돌아본 바로 다음 순간, 입구에 있는 토도를 보고 어깨를 움츠렸다.

"……뭐야? 카즈키잖아."

"사람 보고 뭐냐니? 아사미, 사장님은?"

"지금 뒤에서 야마다랑 이야기 중이서."

"부르러 갔다올 테니까 잠깐만 기다려."

토도가 말하자, 나는 고개를 끄덕였다. 가게 안쪽으로 들어가는 그의 등을 지켜보고 나서 가게 안을 휙 둘러보았다.

돌로 만들어진 벽에 나무로 된 바닥, 목재 가구로 통일된 내장은 자연이 느껴졌으며, 군데군데 놓인 관엽식물의 초록색이 악센트를 주고 있었다.

가게 중앙에 열 명 가까이 앉을 수 있을 법한 커다란 테이블이 하나, 벽 쪽에 6인용 천연 나무 카운터, 그 밖에 2인용 자리가 여섯 개 있었는데, 그 대부분이 손님들로 가득 차 있었다.

혼자서 책을 읽는 여자 손님, 여대생처럼 보이는 두 손님에서부터 일로 미팅 중인 듯한 양복을 입은 남자 손님까지 고객층은 각양각색이었다. 아까 토도와 이야기하던 여자를 포함한 점원 두 사람이 주문을 받거나 식기를 치우면서 바쁘게 일하고 있었다.

가게 안쪽은 오픈 키친이며, 하얀 유니폼을 입은 점원 두 사람이 있었다. 그 두 사람 또한 스테인리스로 된 주방 안을 바지런히 바쁘

---

1 타블리에: 앞 스커트에 에이프런 모양의 늘어진 천이 겹쳐진 오버드레스.

게 움직이고 있었다.

만약 채용된다면 저들과 함께 일하게 되는 것이다.

'발목을 잡지 않도록 잘할 수 있을까?'

그런 걱정을 가슴에 품으며 민첩한 움직임을 바라보고 있으려니, 이윽고 가게 안쪽에서 토도와 60대 정도 되어 보이는 남자가 나왔다.

"안녕하세요, 만나서 반가워요. 카즈키 삼촌이에요."

인사를 한 사람은 과연 어딘가 토도의 모습이 있는, 딱 잡힌 체형에 키가 큰 남자였다. 흰색 셔츠에 청바지라는 아이템을 무척 자연스럽게 소화하고 있었다.

흰색이 섞인 턱수염이 햇빛에 그을린 얼굴 삼분의 일을 덮고 있었지만, 안경 안쪽의 눈이 온화하게 웃고 있어서 얼굴이 무섭다는 인상은 느껴지지 않았다. 처음 만나는 어른을 앞에 두고 긴장했던 나는 사장님의 다정한 분위기에 내심 안도했다.

"스기사키 루카 씨. 카즈키와 같은 대학교 3학년이라고 하던데."

사전에 토도가 연락해서 나를 데리고 가겠다고 이야기해 주었기 때문에 이미 대략의 정보는 전해진 것 같았다.

"네. 학부는 다릅니다."

"이탈리아에서 온 유학생이라면서요? 나도 로마에는 3년 정도 산 적이 있거든요."

"그러세요? 지금 아버지께서 로마에 살고 계세요."

"어디 출신인가요?"

"시칠리아에서 태어나서 열다섯 살 때부터 피렌체로 거주지를 옮겨 지내고 있었습니다."

"시칠리아! 휴가 때 몇 번 갔었는데, 참으로 아름다운 섬이었어요. 꽃이 흐드러지게 피고, 나뭇가지가 휘어질 정도로 열매가 달리고, 그야말로 지중해의 정원이라는 정취가 느껴지더군요. 아그리젠토의 그리스 신전도 정말 멋졌고, 해안선에 있는 작은 트라토리아[2]에서 먹었던 성게는 일품이었죠. 아직까지 잊혀지지가 않아요."

오랜 해외 생활 때문인지, 토도의 삼촌과 이야기를 하고 있자니 왠지 진짜 삼촌과 이야기를 하고 있는 것 같은 기분이 들었다. 잡담을 나누면서 어깨에서 힘이 꽤 빠졌을 즈음, 그가 갑자기 말했다.

"일본어는 전혀 문제없는 것 같네요."

"네? 아, 네. 어머니가 일본인이어서 말을 하기 시작한 무렵부터 일본어로 이야기했거든요."

사장님은 나의 대답을 듣고는 고개를 끄덕거리고 나서 물었다.

"이런 음식점에서 아르바이트 한 경험은 있나요?"

"그게……, 저, 실은 아르바이트 자체가 처음이에요."

내가 주뼛거리며 대답한 직후, 사장님이 다시 나의 얼굴에 가만히 시선을 집중했다.

"흐음……."

똑바로 쳐다보는 시선을 느끼며 두 손을 살며시 꽉 쥐었다.

한 번 정도 경험이 있다고 대답하면 좋았을걸. 살짝 후회했다. 하지만 거짓말로 인해 결과적으로 가게에 폐를 끼쳐버리게 되면 그

---

2 트라토리아: 가볍게 이용할 수 있는 이탈리아의 소규모 대중 레스토랑.

야말로 돌이킬 수 없다. 소개해준 토도한테도 미안하고…….

역시 안 될까? 거절당하려나? 그렇게 각오한 그때였다.

"그럼 처음에는 홀에서 먼저 일해주고, 조만간 적응하면 주방 일도 도와주는 걸로 해요."

"아, 그럼……."

사장님이 두 눈을 천천히 크게 뜨는 나를 보며 생긋 웃었다.

"만약 괜찮으면 내일부터라도 도와줘요. 보다시피 우리 가게는 적은 인원으로 돌아가고 있어서 서빙 업무뿐 아니라 뒤쪽 일도 이래저래 하게 될 텐데, 그래도 괜찮겠어요?"

"네! 괜찮습니다."

바로 대답하자, 토도가 나의 어깨를 뒤쪽 비스듬한 위치에서 툭 쳤다.

"그럼 다시 한 번 아르바이트 동료로서도 잘 부탁할게."

나는 그가 내민 오른손을 꽉 잡았다.

"나야말로 잘 부탁할게."

"가게 오픈 시간은 오전 열 시부터 밤 열 시까지. 그 시간대 중에서 스기사키 씨가 일할 수 있는 시간을 신청해주면 근무 시간은 이쪽에서 조정할게요. 아르바이트비는 우선 시급 900엔부터, 교통비는 별도로 지불할게요. 그렇게 해도 될까요?"

"네."

아마 처음에는 쓸모가 없을 테니 급료를 받는 것도 죄송할 정도지만.

"그 밖의 자세한 사항은 카즈키한테 물어봐 주겠어요?"

"알겠어요. 설명해 둘게요."

토도가 삼촌의 요청을 떠맡았다.

"저……, 부족하지만, 잘 부탁드리겠습니다."

"부족하다니, 좋은데?"

내가 꾸벅 인사하자, 사장님도 깊이 주름진 얼굴에 활짝 미소를 지었다.

"카즈키가 데리고 왔다는 건 틀림없이 좋은 친구라는 뜻이니까."

"폐를 끼치지 않도록 열심히 하겠습니다."

나는 조카가 보증한 사람이라면 안심이라며 호쾌하게 웃는 사장님에게 다시 한 번 머리를 숙였다.

"그럼 손이 비면 설명해줄 테니까, 그때까지 빈 자리에 앉아서 기다리고 있어."

나는 근무에 들어간 토도를 기다리기 위해 딱 한 자리 비어 있는 카운터석에 앉았다. 그리고 나서 다시 가게 안을 —— 이번에는 세세한 부분까지 살펴보았다. 돌로 된 벽은 많은 사진과 그림으로 꾸며져 있었고, 장식용 앤티크 물건과 가구가 이곳저곳에 자연스럽게 놓여 있었다. 아마 사장님이 각지에서 사 온 물건일 것이다. 자세히 보니 테이블이나 의자도 각각 디자인이 묘하게 달랐다.

어수선한 것 같으면서도 신기하게 통일감이 있는 그 레이아웃에서 르네상스 양식 안에 아랍권과 그리스에서 다양하게 받은 영향이 혼재하는 【팔라초 로셀리니】와 공통되는 취향을 느끼자, 그 때문인지 왠지 모르게 마음이 차분해졌다.

'채용되어서 다행이야.'

내일부터 이곳에서 일하게 되었다.

"열심히 하자."

감개가 서서히 솟구치자 작게 혼잣말을 했다.

아르바이트를 소개해준 토도와 채용해준 사장님, 두 사람의 은의에 보답하기 위해서라도.

── 맞다.

막시밀리안한테는 꼭 비밀로 해야 돼.

들키면 틀림없이 반대할 테니까.

나는 내일부터 시작되는 아르바이트 생활 최대의 난관이자 요주의 사항을 가슴에 새겨 넣었다.

*　　*　　*

그날 밤, 나는 주뼛거리며 막시밀리안에게 "내일부터 세미나 강의 담당 교수님 자료 정리를 도와드릴 거라서 늦게 올 거야."라고 말을 꺼냈다.

아니나 다를까, 막시밀리안은 예상대로 처음에는 좋은 표정을 짓지 않았지만, 결국에는 마지못해 "면학의 일환이라면 어쩔 수 없죠."라며 인정해주었다.

"단지."

물론 그 말만으로 끝내지 않고 단단히 못을 박았다.

"늦어도 여덟 시에는 돌아오도록 하십시오. 너무 밤늦게까지 일어나 계시면 다음 날 수업에 지장이 생길 테니까요. 오실 때는 역까지 마중 나가겠습니다."

역에서 고작 2분 거리인 데다 통행인이 많고 밝은 길이라서 마중 오지 않아도 된다고 말하고 싶었지만, 거짓말을 하면서 속이고 있다는 죄책감도 한몫하여 그 이상은 강하게 나가지 못했다.

막시밀리안과 통금 시간은 여덟 시로 약속한 나는 다음 날 오전 중에 사장님께 전화해서 일곱 시에 끝날 수 있도록 근무 시간을 짜 달라고 부탁드렸다. 그래도 오후 수업이 없는 날에는 한 시부터 여섯 시간은 일할 수 있기 때문에 사장님한테서 "고마워."라는 말을 듣고 안도했다.

오후가 되어 학교 강의가 끝나자마자 서둘러 【café Branche】로 이동하여 유니폼으로 갈아입고 나서 매장 수습 직원으로 일하기 시작했다. 직원들에게 소개가 끝난 후, 그날 우연히 근무 시간이 있던 토도로부터 자리로 안내하는 방법, 주문 받는 방법, 쟁반을 잡는 방법, 텀블러와 컵&컵받침을 놓는 방법, 빈 접시를 치우는 방법 등, 우선 접객의 기본 중 기본을 배웠다.

"'한 분이신가요?'⋯⋯, '흡연석으로 안내해 드릴까요?'⋯⋯, '지금 시간에는 테라스 자리와 가게 안쪽 자리 중에서 편하신 자리로 고르실 수 있습니다.'⋯⋯, '괜찮으시면 짐을 맡아 드리겠습니다.'"

매뉴얼 대응을 중얼거리며 머리에 집어 넣고 있으려니, 회사원처럼 보이는 남자 손님이 들어왔다.

"실전이 중요하지. 자, 가봐!"

토도에게 등을 힘껏 떠밀려 히익 소리를 지를 뻔했지만 열심히 참았다. 나는 얼굴이 경직된 채 어설픈 동작으로 남자에게 다가가 "어서 오세요." 하고 말을 걸었다.

"한 분이신가요?"

"네, 될 수 있으면 금연석으로 안내해줄래요?"

"알겠습니다. 그럼 이쪽으로 오세요."

첫 손님을 간신히 자리로 안내하고 주문도 무사히 받았다.

"6번 테이블 손님, 블렌드 커피 주문 받았습니다."

주방에 전하자마자, 토도가 팔꿈치로 쿡 찔렀다.

"거봐, 하면 되지?"

"카즈키, 엄청 거들먹거리네."

지나가던 아르바이트 직원 아사미 씨가 웃기다는 듯이 놀렸다.

"시끄러워. 스기사키는 내 제자니까 괜찮아."

"뭐, 루카가 솔직하고 귀엽긴 하지."

루카라고 했지만, 그녀가 나보다 한 살 연하였다.

전문대생이라는 아사미 씨와 토도, 그리고 나를 포함하여 아르바이트 직원은 세 명. 상근 직원 네 명 —— 그중에 20대 후반인 주임과 부주임, 파티시에 총 세 명이 조리 스태프 —— 에 사장님을 더한 여덟 명이 【café Branche】의 구성원이었다. 그렇기는 해도 시간제이기 때문에 가게에 항상 있는 사람은 다섯 명 전후. 점심 시간이

나 바쁜 밤 시간대에는 매장 직원들도 접객뿐만 아니라 음식을 담거나 음료를 만들거나 설거지를 하는 등 주방 업무를 돕는다. 사장님도 예외는 아니다.

낮에는 음료나 디저트를 주문하는 손님들이 대부분이지만, 여섯 시가 지나면 와인이나 맥주 등 주류 주문도 늘어나기 때문에 더욱더 바빠진다.

'내가 세계 각국에서 먹으면서 맛있다고 느꼈던 맛을 제공하고 싶다.'라는 사장님의 고집도 있어서 스페인 요리나 에스닉 요리, 남미 요리를 중심으로 각양각색의 메뉴가 50종류 이상(도저히 하루 만에 다 외울 수 없었다). 작은 접시에 담아서 내보내는 요리인 타파스나 핀초스가 인기가 있어서 잘 나가는가 보다. 서퍼 타임(저녁 식사 시간)의【café Branche】는 카페라기보다 바 같았다.

아무튼 선배들의 지시에 따라 정신 없이 일하는 동안 첫날이 끝났다. 일곱 시 반에 가게를 나왔을 때는 허벅지가 퉁퉁 부어 올라 있었다. 피곤해서 녹초가 되었지만, 기분은 이상하게도 한층 들뜬 상태였다.

그 후로 일주일이 눈 깜짝할 사이에 지나갔다.

집에서 학교→학교에서 가게→그리고 다시 집. 그 순회 코스 사이에 몰래 할아버지의 모습을 보러 가는 등 시간을 빡빡하게 돌리며 활동하다 보니 그야말로 시간이 초속으로 지나갔다.

카페 일에도 조금씩 익숙해졌지만, 기본을 완벽하게 끝내도 동료들과의 협력이나 손님과 의사 소통을 하는 방법, 여러 가지 서비스, 메뉴명, 음식을 그릇에 보기 좋게 담는 방법, 정리 방법 등등, 외워야만 하는 점이 자꾸자꾸 나왔다.

매일 외우고 경험하는 일이 모두 다 신선했고, '처음'의 연속이라 눈이 핑핑 돌 것 같았다.

물론 실수도 있었고, 내가 너무 일을 못해서 침울해진 적도 많았지만, 몸을 움직여서 일하는 것이 이렇게나 즐겁다는 사실을 태어나서 처음 알았다.

"교수님을 도와드리는 일은 진척 상황이 어떠신지요?"

아르바이트가 끝나고 전력으로 역까지 뛰어서 간신히 통금 시간까지 아파트에 미끄러지듯 들어와서 늦은 저녁을 먹고 있던 나는 정면에 있던 막시밀리안의 질문에 화들짝 놀랐다.

"아, 응……, 순조로워."

그로부터 일주일이 지났지만, 아무래도 막시밀리안은 아르바이트에 대해 눈치채지 못한 것 같았다. 세미나 교수를 돕는다는 나의 거짓말을 완전히 믿고 있었다.

'게다가 아르바이트로 돈을 모아서 이곳을 나가려고 하는 사실을 안다면.'

언제 어느 때라도 그토록 침착하고 냉정한 막시밀리안도 충격을 받을까?

눈을 위로 살짝 뜨면서 눈앞에 있는 단정한 얼굴을 힐끔 엿보았다.

"드세요."

마치 타고난 듯 아름답게 젓가락을 다루며 정어리 뼈를 깨끗이 발라준 막시밀리안이 내 쪽으로 접시를 밀었다. 몸에도 건강에도 좋다고 하는 막시밀리안의 주장으로 요새 식탁은 일본식 중심이 되었다.

"고……고마워."

"DHA와 양질의 단백질이 풍부하니, 남기지 말고 드세요."

아무것도 모르는 채 조금도 의심하지 않으며 바지런하게 몸을 아끼지 않고 보살펴주는 막시밀리안을 속이고 있는 것이다. 느닷없이 떳떳치 못한 마음이 점점 심해지면서 그와 반비례하듯 식욕이 없어졌다. 나는 조용히 젓가락을 놓았다.

"잘 먹었습니다."

"벌써 다 드셨어요?"

"응, 배불러."

나는 고개를 끄덕이고 재빨리 자리를 떴다.

"목욕은 어떻게 하시겠습니까?"

"으음, 어쩔까? 그냥 샤워할까?"

우유부단하게 망설이면서 거실 소파에 앉은 순간, 갑자기 피로감이 확 몰려와서 다시 일어날 수가 없었다.

익숙지 않은 육체 노동의 피로가 모르는 사이에 축적됐는지 급격하게 졸음이 쏟아졌다. 안 돼, 방으로 가야 해. 머릿속으로는 그렇게 생각하는데도 몸이 나른해서 움직일 수 없었다. 위쪽 눈꺼풀이 무겁게 아래로 늘어지면서 마침내 아래쪽 눈꺼풀과 척 달라붙었다.

'어쩌지…, 엄청 졸…려…. 그래도…, 여기서…, 자면…, 안 돼…….'

열심히 저항했지만 허무하게도 강력한 졸음에 팔을 붙들려 천천히 의식이 멀어져 가던 그때, 귓가에서 "루카 님." 하고 속삭이는 목소리가 들려왔다.

"이런 데서 주무시면 안 됩니다."

귀에 닿는 기분 좋고 깊이 있는 낮은 목소리를 졸음이 쏟아져서 혼탁해지기 시작한 의식 어딘가로 들었다.

"주무실 거면 침대에서……, 루카 님?"

"으…응……, 막…시밀리…안……?"

그리운 오드콜로뉴 향기가 코를 간지럽히더니, 등과 무릎 밑으로 단단한 무언가를 느꼈다 —— 고 생각한 바로 다음 순간, 몸이 붕 뜨는 느낌이 들었다.

어라? ……몸이 떴어? 떠 있어?

몸을 뒤척인 찰나, 얼굴 한쪽이 탄력 있고 단단한 무언가에 닿았다. 비몽사몽한 상태로 뜨거운 그것에 저도 모르게 뺨을 쓱쓱 비비면서 멍하니 생각했다.

누군가의 품 안에……, 있는 건가?

확인하려고 했지만, 눈꺼풀이 납덩이처럼 무거워서 도저히 눈이 떠지지 않았다.

힘센 팔이 버팀목이 되어 넓고 따뜻한 가슴에 폭 감싸인 나는 흔들흔들 흔들리는 느낌이 왠지 모르게 무척 기분 좋게 느껴졌다.

흔들, 흔들……. 마치 요람 같아. 어딘가……, 그리운 이 느낌.

그래. 나는 이 느낌을 먼 옛날에 알고 있었어.

이 품 안에 안기면 항상 마음이 차분해졌다. 이제 괜찮아. 날 지켜줄 거라고 마음속으로 안심이 되어서……

이건 어릴 적 꿈인가? 꿈을 꾸고 있는 건가?

부드럽게 흔들리는 그 느낌이 기분 좋아서, 밀착한 누군가의 체온이 따뜻해서 점점 의식이 서서히 멀어져 갔다 ── .

그 뒤로는 녹화 영상을 재생하는 것처럼 행복한 꿈을 반복해서 꾼 것 같은 기분이 든다. 아직 어머니가 살아계시던 무렵의 【팔라초 로셀리니】 꿈. 아버지와 어머니, 레오나르도와 에두아르, 집사 단테, 그리고 물론 막시밀리안도 함께……, 날마다 웃음이 끊이지 않던 무렵의……

오랜만에 편안하고 행복한 기분으로 문득 잠에서 깼다.

"…………"

정적이 감도는 어둠 속에서 눈을 뜬 나는 한순간 내가 어디에 있는지 모르고 혼란에 빠졌다.

"여기는……, 어디지?"

벌떡 일어나서 희미한 어둠에 잠긴 방의 모습을 멍하니 바라보고 있으려니, 이윽고 천천히 현실감이 돌아왔다.

일본, 도쿄, 아자부에 있는 아파트의 내 방 침대 위였다.

조금씩 상황을 파악함과 동시에 의문이 생겼다.

'어느새?'

분명 의식이 끊기기 전에는 소파에서 꾸벅꾸벅 졸고 있었다. 그런데 왜 지금 침대에서 자고 있었지?

거기까지 생각한 나는 미간을 찌푸렸다.

기억의 마지막에 어렴풋이 남아 있는 —— 요람 같은 흔들림.

그건 설마……?

"으아악!"

엄청난 추측에 도달하고선 소리를 지르다가 더 놀랄 만한 사실을 퍼뜩 깨닫고는 히익 소리를 내며 숨을 삼켰다.

내가 제대로 잠옷으로 갈아입은 사실을.

소파에서 꾸벅꾸벅 졸았던 건 샤워를 하기 전이었다.

그렇다는 건 이 잠옷은 막시밀리안이 갈아입혔다는 뜻?

그 사실을 자각한 순간, 얼굴이 확 뜨거워졌다. 저도 모르게 얼굴을 끼워 넣듯 뺨에 두 손을 댔다.

"마, 말도 안 돼."

……어릴 적이라면 몰라도, 스무 살이나 되어서 침대까지 막시밀리안에게 안겨서 온 것도 모자라, 막시밀리안의 손으로 파자마까지 갈아입다니!!

아니, 옷을 입고 자버린 내가 나쁜 데다, 그런 칠칠치 못한 상태였던 나를 막시밀리안이 보고도 그냥 지나칠 성격이 아니라는 것도, 남자끼리니까 창피해할 필요가 없다는 것도 알고 있다. 아마 막시밀리안은 아무렇지도 않게 생각하고 있을 것이다.

"하지만……, 그래도!"

역시 창피해!

옷이 벗겨진 기억이 전혀 없고, 막시밀리안이 하는 대로 가만히 있었다는 점이 창피함에 박차를 가했다.

수치심을 주체하지 못한 나는 베개를 끌어안고 침대 위를 뒹굴뒹굴 굴러다녔다. 5분 정도 몸부림치며 괴로워했더니 심장 박동이 겨우 정상 수치로 돌아왔다. 하지만 그 반동인지 탈진하여 몸을 추욱 늘어뜨린 채 베개에 입을 대고 툭 중얼거렸다.

"…………목 말라."

방금 막 일어나서 흥분한 탓일지도 모른다. 참을 수 없을 만큼 절박한 목의 갈증을 느낀 나는 침대에서 어기적어기적 내려와서 방을 나가 부엌으로 향했다.

아까 그런 상황도 있었으니 지금은 막시밀리안과 얼굴을 마주하기 거북했기 때문에 안쪽 문 뒤에서 슬그머니 부엌을 들여다보았다. 오렌지색 간접 조명이 비추는 부엌에는 인기척이 느껴지지 않았다.

다행이다. 이미 방에 들어가서 일하고 있나 보다.

나는 거실과 함께 갖추어진 부엌까지 가서 냉장고를 열었다. 그리고 컵에 따를 여유도 없이 그대로 타일 바닥에 선 채 미네랄 워터를 꿀꺽꿀꺽 목에 흘려 넘겼다.

'맛있어. 다시 살아나는 것 같아.'

차가운 경수(硬水)를 정신없이 마시고 있으려니, 등 뒤에서 달카닥 소리가 났다.

병을 손에 든 채 아무 생각 없이 돌아본 나는 깜짝 놀라 숨을 삼켰다.

"윽……."

거실 출입구에 막시밀리안이 서 있었기 때문이다.

정확하게 말하자면 젖은 머리에 반라 상태인 막시밀리안이 서 있었다.

허리에 배스타월을 감았지만, 상반신은 과장 없이 그야말로 알몸이었다. 샤워를 하고 나온 참인지, 이마에 내려온 머리카락이 몇 가닥이나 되는 물줄기를 만들며 물방울을 뚝뚝 떨어뜨리고 있었다.

완만한 융기를 그리는 어깨부터 위팔에 걸친 이상적인 라인. 탄력있는 가슴과 아름답게 조여진 복근.

항상 넥타이를 꽉 매고, 여름에도 밖에서는 겉옷을 거의 벗지 않는 그의 의외로 여겨질 만큼 근육질인 알몸을 눈앞에 두고 목소리도 내지 못한 채 그 자리에서 몸이 굳었다.

'거짓……말.'

이런 무방비한 모습을 본 적은 처음이라서…….

무엇보다 놀란 것은 안경을 쓰지 않았다는 점이다. 철이 든 무렵부터 막시밀리안이라고 하면 안경을 쓴 얼굴이 기본으로 머리에 새겨져 있었기 때문에 한순간 누군지 모를 정도였다.

어렴풋이 그럴 거라고 생각은 했었지만, 역시 무척이나 단정하고 예쁜 얼굴이었다. 빈틈없이 너무 잘 다듬어진 얼굴이라 살짝 무서울 정도였다.

평소에는 깔끔하게 쓸어올리는 앞머리가 이마에 내려와 있는 탓에 여느 때와는 다르게 남자다운 분위기도 감돌아서 그런지, 안경을

벗은 낯선 맨얼굴을 쳐다보는 사이에 심장 고동이 점점 빨라졌다.

혼자서 가슴을 두근거리면서 가만히 서 있었더니, 나의 시선을 알아챈 듯한 막시밀리안이 천천히 이쪽을 돌아보고는 초점을 맞추는 것처럼 두 눈을 서서히 가늘게 떴다.

이윽고 나의 존재를 인식한 듯이 깜짝 놀라 어깨를 떨더니, 보기 드물게 다급한 말투로 말하며 머리를 숙였다.

"실례했습니다."

그 직후, 재빨리 몸을 돌려 안쪽 문 건너편으로 자취를 감추었다.

"…………."

그의 모습이 시야에서 사라진 후에도 한동안 나의 뇌리에서는 생생하고 충격적인 막시밀리안의 영상이 사라지지 않았다.

* * *

"무슨 일 있어? 멍해져서는."

벽에 선 상태로 멍하니 생각에 잠겨 있던 나는 옆에서 질문하는 토도의 목소리를 듣고는 문득 제정신이 들었다. 그러고는 두 눈을 깜박거렸다.

"아, 미안해. 어제 잠을 잘 못 자서 좀 졸리길래."

오후 세 시. 주방이 전쟁터의 양상을 띠는 점심 시간의 물결이 일단락되고 티 타임에 들어간 【café Branche】의 가게 안은 오늘의 디저트를 먹기 위해 온 여자 손님 몇 팀으로 안정을 찾았다. 여섯 시 이후로 시작되는 다음 전투에 대비하여 주방 스태프들도 휴식에 들어갔다.

"왠지 묘하게 섹시한 표정을 짓고 있길래."

오늘 함께 근무하는 토도가 거듭 물어보길래 그의 얼굴을 수상쩍게 올려다보았다.

"섹시하다고……?"

순간적으로 무슨 뜻인지 몰라 되물었다.

"좋아하는 사람 생각이라도 했어?"

"좋아하는 사람?"

생각하고 있던 사람은 어젯밤의 막시밀리안이었다.

그가 안아서 침대까지 옮긴 후에 옷까지 갈아입혔다는 사실도 상당히 충격이었지만, 그 충격조차 반라의 막시밀리안과 마주치면서 싹 사라지고 말았다. 그 이후로 줄곧 충격의 반라 영상이 뇌리에서 사라지지 않았고, 침대에 돌아오고 나서도 뜬눈으로 밤을 꼬박 지새웠다…….

오늘 아침에도 왠지 모르게 찜찜한 기분을 지우지 못해 막시밀리안의 얼굴을 제대로 볼 수 없었다. 덧붙여서 말하자면 막시밀리안은 어젯밤 일 따윈 완전히 없었던 것처럼 '평소와 같았다'.

"아니야. 그런 게 아니라……."

나는 고개를 옆으로 저으며 부정하려 했지만, 토도에게 한 손으로 제지당했다.

"나 참, 괜찮아, 괜찮아, 숨기지 않아도 돼. 다 알아."

토도가 동지를 보는 듯한 동병상련의 눈빛으로 나를 보는 바람에 더더욱 난감했다.

"안다니?"

"나도 비슷해. 이룰 수 없는 상대를 짝사랑 중이거든."

"토도가?"

남녀 불문하고 인기 있는 그가 짝사랑을 하고 있다니 의외였다.

학교에서도 아르바이트 하는 가게에서도 밝고 싹싹한 토도는 언제나 사람들에게 둘러싸여 있었다. 내가 봐도 멋있고, 머리 좋고, 남들을 잘 보살펴주는 그가 인기 있는 것도 무척이나 납득이 갔다.

그리고 실은 몰래 어쩌면 아사미와 사귀는 게 아닐까 생각한 적도 있었기 때문에 짝사랑 중이라는 그의 고백은 꽤나 뜻밖이었다.

"스기사키는 말이야, 평소에는 생글생글 웃고 있으면서 이따금 엄청 애달픈 표정으로 한숨을 쉴 때가 있으니까……, 틀림없이 이루어지지 않는 사랑을 하고 있겠거니 하고 전부터 생각했었어."

애달픈 표정? 한숨? 내가?

그런 자각이 없었기 때문에 깜짝 놀랐다.

"나도 너랑 같으니까 알아. 나는 이렇게나 좋아하는데 왜 그 사람은 그렇지 않을까? 화가 나지만 어떻게 할 수가 없어서."

토도가 박정한 짝사랑 상대를 떠올리고 있는 듯 애달파 보이는 표정으로 중얼거렸다.

"…………"

토도의 마음과는 종류가 다르지만, 안타까운 그 마음은 나도 약간은 알 것 같았다.

노력해봤자 아무리 해도 '그'의 마음속에서는 첫 번째가 될 수 없다.

왜냐하면 '그'에게는 나보다도 소중한 사람이 있으니까.

그 사람에게 충성을 맹세하며 평생을 바치고 있으니까.

언젠가 물어본 적이 있었다.

[막시밀리안은 결혼 안 해?]

[저는 결혼할 생각이 없습니다. 이미 평생을 바쳐 충성을 맹세한 분이 계시거든요.]

그 이상 추궁하지 않아도 그 '평생을 바쳐 충성을 맹세한 분'이라는 사람이 천애 고아였던 막시밀리안을 고아원에서 거두어 성인이 될 때까지 키워준 아버지라는 사실은 알고 있었다.

'아버지를……, 이길 수 있을 리가 없어.'

나 같은 녀석이 맞겨룰 수 없을 만큼 강한 유대로 맺어진 아버지와 막시밀리안. 그런 사람을 마음에 그려봤자…….

또다시 정신을 빼놓고 있던 나를 현실로 다시 끌고 오듯이 문이 끼익 열리며 손님이 들어왔다. 그 손님은 점원이 안내하기 전에 자리가 빈 흡연석에 멋대로 앉아버렸다.

"아, 내가 주문 받으러 갈게."

나는 토도에게 그렇게 말하고는 벽에서 등을 뗐다. 저녁부터 또 바빠질 테니 언제까지고 멍하니 있을 수는 없었다.

"어서 오세요."

냉수와 메뉴를 쟁반에 올려놓고 주문을 받으러 갔더니, 손님이 나의 얼굴을 보자마자 말했다.

"매일 주문하는 걸로."

요 며칠 연속으로 모습을 보이고 있는 30대 남자 손님이었다.

"네, 카페라테 말씀이시죠?"

매일 거의 같은 시간에 와서 판에 박은 듯이 카페라테를 주문하기 때문에 자연스럽게 기억하고 말았지만.

"정확하게 기억해주고 있었네."

남자가 이를 보이며 기쁜 듯이 웃었다.

피부가 거무스름해서 하얀 이가 묘하게 튀었다. 오른쪽 안에 금니가 있었다. 연분홍색 셔츠에 검은색 정장 차림이었지만, 넥타이는 매고 있지 않았다. 두 번째 단추까지 푼 목덜미에서 금으로 된가는 체인 목걸이가 살짝 보였다. 왼쪽 팔목에는 골드 롤렉스. 오른쪽 가운뎃손가락에는 은반지를 끼고 있었다.

무슨 일을 하는 사람일까? 회사원으로는 안 보이는데.

언뜻 보기에는 무슨 직업에 종사하는지 알 수 없는 남자 손님을 무의식중에 관찰하고 있으려니, 갑자기 남자 손님이 물었다.

"이름이 뭐였지?"

"네?"

"이름 말이야, 자기 이름."

여태까지 한 번도 손님이 이름을 물어본 적이 없었기 때문에 당혹스러워하면서도 대답했다.

"스기사키입니다."

"성 말고 이름은?"

왜 그런 걸 알고 싶어 하는 거지? 그의 진의를 알 수 없었지만, 단 골에게 거짓말을 할 수도 없었다.

"……루카입니다."

"루카구나. 이름 귀엽다. 얼굴이랑 잘 어울리네."

"고……고맙습니다."

"난 쿠로베라고 해."

피부색이 검은 남자 손님이 재떨이를 끌어당기면서 이름을 댔다. 그러더니 재킷 앞가슴에서 담배를 꺼내 입에 물었다.

"잘 부탁해."

"아, 네."

담배를 문 입술로 씨익 웃어 보이길래 반사적으로 고개를 끄덕이고 말았다.

'이상한 사람이네.'

"카페라테 한 잔이요."

자리를 떠나 주방에 주문을 전하고 돌아온 내 옆으로 토도가 스윽 다가왔다.

"조심해."

"뭘?"

토도가 작은 목소리로 귓속말을 하길래 나 역시 목소리를 낮추고 되물었다.

"너를 노리는 것 같아."

"노린다니?"

"너를 목표로 하고 다니는 것 같아 보여. 첫날부터 너를 보는 눈 빛이 이상했어."

"목표라니……."

그렇게 말해도 단박에 이해가 되지 않았다. 왜냐하면 ── .

"저 사람, 남자인데?"

당연한 사실을 지적하자, 토도가 미묘한 표정을 지었다. 그러더니 인상을 쓰고 중얼거렸다.

"그런 녀석도 있어."

"그런 녀석이라니?"

토도가 그야말로 앵무새처럼 질문을 반복하는 나에게 망설이는 듯한 표정을 지으며 앞머리를 쓸어 올렸다. 그러더니 한숨을 휴우 쉬고 난 다음, 마치 어린아이를 타이르는 듯한 말투로 말했다.

"이유는 깊이 생각하지 않아도 돼."

"토도……?"

"아무튼 저 녀석은 조심해."

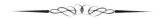

제4장

"스기사키 씨, 미안해. 내일 되면 야마다 씨도 복귀할 수 있을 것 같아."

"아니에요."

사장님이 미안하다는 표정을 지으며 사과하자, 나는 고개를 가로저었다. 이런 내가 조금이라도 도움이 될 수 있다면 순수하게 기뻤다. 게다가 사장님한테도 정말로 감사드리고 있으니까.

"가족분은 아무 말씀 안 하시고?"

사장님이 걱정하길래 이번에는 고개를 위아래로 흔들었다.

"괜찮아요."

나는 감기로 몸져 누운 상근 직원의 빈 자리를 메우고자 요 며칠 연속으로 밤 늦은 시간에 근무했다. 막시밀리안에게는 '세미나 수업 모임이 있다'고 거짓말을 하고 열한 시 넘어서 집에 가는 날도 오늘로 사흘 째. 집에 가서 목욕을 하거나 다음 날 강의 준비를 하는 사이에 정신을 차려 보면 심야 두세 시를 훌쩍 넘기고는 했다……

안경을 쓰지 않은 반라 상태의 막시밀리안과 거실에서 우연히 마주치고 만 그날 밤 이후로 그와 장시간 얼굴을 마주하기가 왠지 모르게 거북했기 때문에 아르바이트로 집에 가는 시간이 늦어져서 함께 식탁에 둘러앉지 않아도 되는 점은 다행스러운 일이었지만.

"그래도 역시 피곤해……."

열 시에 영업이 끝나고 가게 안을 다 정리하고 난 후, 휴게실에서 하품을 참으며 타블리에를 벗었다. 완벽한 수면 부족이었다.

유니폼에서 사복으로 갈아입은 나는 손목시계를 확인했다.

'열 시 반이구나. 오늘도 히로오 역에 열한 시 넘어서 도착한다고 에비스 역에서 막시밀리안한테 전화해야겠다…….'

벗은 유니폼을 사물함에 넣고는, 오늘 아침에 현관에서 본 막시밀리안의 얼굴을 떠올렸다.

"조심해서 다녀오십시오."

변함없이 철벽 포커페이스. 표정에는 드러내지 않지만, 아마 속으로는 틀림없이 내 귀가 시간이 늦는 점을 탐탁스럽지 않게 여기고 있을 것이다. 공부의 일환이라고 하니 감수하고 받아들이는 것일 테지만.

'그래도 뭐, 그것도 오늘로 마지막이니까.'

재킷을 걸치고 나일론 가방을 어깨에 멘 그때, 달칵 소리가 나면서 문이 열리더니 토도가 휴게실로 들어왔다. 그 또한 대타로 동원된 것이다.

"사장님이랑 이야기 끝났어?"

토도는 아까 가게 내부 청소가 끝난 후에 사장님께 불려갔다.

"다음 달에 할아버지 희수연이 있거든. 그 이야기였어."

옷을 갈아입기 시작한 토도를 기다려야 할지 말아야 할지 망설이고 있으려니, 그가 곁눈으로 나를 재촉했다.

"먼저 집에 가. 난 어차피 바이크 타고 가니까. 요새 매일 늦었으니까 조금이라도 빨리 집에 가는 편이 좋잖아?"

막시밀리안을 걱정하고 있는 건 알았다. 토도에게는 '친척이지만 아버지의 부하인 데다 감시자 같은 사람'이라고 말해 두었기 때문이다.

"응. 그럼 먼저 갈게."

"고생했어."

의자가 정리되고 조명도 꺼진 매장을 재빠르게 가로질러 주방 안쪽으로 향했다. 뒷문을 빠져나가 건물 뒤쪽 출구를 지나 밖으로 나갔다. 아직 조금 쌀쌀한 바깥 공기가 닿아 몸을 살짝 떨던 나는 골목길 벽에 등을 향하고 서 있는 그림자의 존재를 알아차리고는, 눈을 가늘게 뜨며 초점을 맞추었다.

허리 위치가 높고, 팔다리가 길며, 훤칠하고 균형 잡힌 장신. 넓은 어깨. 보고 있으면 이쪽이 긴장될 정도로 쭉 뻗은 등.

"앗……."

어두워서 상세한 부분까지는 확실히 보이지 않았지만, 그 실루엣만으로도 누군지 알아차린 나는 저도 모르게 큰 소리를 냈다.

"막시밀리안?!"

어, 어째서 이곳에 막시밀리안이?!

갑작스러운 일에 동요하고 있는 동안, 장신의 그림자가 건물 그늘에서 걸어 나왔다. 그러자 가로등 빛에 비친 그 영리한 미모가 드러났다.

"어, 어째서……?"

막시밀리안이 멍하니 서 있는 나에게 천천히 다가오면서 조용한 목소리로 말했다.

"루카 님께서 이 카페에서 일하고 계신 사실은 알고 있었습니다."

"알고 있었……어?"

"네."

"어, 언제부터?!"

막시밀리안은 조금 앞에서 발길을 딱 멈추고 험상궂은 표정으로 나를 내려다보며 말했다.

"2주쯤 전부터 알고 있었습니다."

"2주……."

즉, 아르바이트를 시작하자마자 바로?

아직 충격을 딛고 일어서지 못한 채 반쯤 멍하니 혼이 빠진 목소리로 물었다.

"알고 있었으면서……, 왜?"

"루카 님께서 한번 일해보고 싶어 하시는 마음도 이해가 갔고, 지금 이 시기에, 그것도 일본이 아니면 경험할 수 없는 어려운 체험일 거라는 생각도 들었기 때문에 이 건에 대해서는 일부러 보고도 못 본 척 하고 있었습니다."

정말로 하나부터 열까지 다 꿰뚫어 보고 있었다.

온몸에서 힘이 빠져나가는 듯한 감각에 사로잡혔다.

그런 줄도 모르고 필사적으로 숨기고 있던 내가 바보 같아서……. 막시밀리안은 일을 하기 위해 거짓말을 하거나 그럴 듯하게 꾸며 대던 나를 저 무표정 뒤에서 어떻게 생각하고 있었을까?

왠지 내가 막시밀리안의 손바닥 위에서 굴러다니기만 하는 존재인 것 같은 기분이 들어서 허무해졌다.

"하지만 이렇게 늦게까지 일하신다면 이야기는 달라집니다."

내가 상황을 이해할 때까지 기다리고 있던 듯한 막시밀리안이 또다시 입을 열었다.

"요새 매일 밤 잠이 부족하신 데다, 외식도 이어지고 있습니다. 이대로라면 몸이 견디지 못합니다. 언젠가 학업에도 영향을 끼칠 겁니다."

"…………."

수면 부족, 외식은 사실이었기 때문에 반론하지 못하고 입술을 꽉 깨물었다.

"같은 일을 해도 좀 더 몸에 부담이 적은 일이 얼마든지 있을 것입니다. 제가 루카 님께 어울리는 아르바이트를 찾을 테니, 우선 이 곳은 그만두시고…….”

“싫어. 그만두고 싶지 않아.”

나는 마지막까지 듣지 않고 그의 말을 가로막았다. 마치 떼쓰는 아이 같은 말투였지만, 여기서 물러날 수는 없었다.

“루카 님.”

“여기가 마음에 들어. 그리고 사장님도, 직원들도 다들 좋은 사람들이란 말이야. 그만두고 싶지 않아.”

“…………”

막시밀리안이 점점 열을 올려 말하는 나를 말없이 쳐다보았다. 감정을 읽을 수 없는 차갑게 다듬어진 그 얼굴과 대치하니 따끔거리면서 기분 나쁜 느낌이 미끄러지듯 등줄기를 스쳐 지나갔다.

‘만약…….’

만약 막시밀리안이 아버지나 레오나르도, 에두아르에게 아르바이트에 대해 보고해버리면?

분명히 큰 소동이 일어날 것이다. 틀림없이 “로셀리니가의 삼남이 카페 웨이터가 되다니 말도 안 된다.”라면서 두말없이 그만두게 할 것이다. 생활비를 위해 일할 필요는 없다, 그런 일을 시키려고 일부러 일본에 보낸 줄 아느냐. 그런 말을 들으면 그야말로 그 말 그대로라서 한마디도 받아칠 수 없을 것이다…….

등줄기를 타고 올라오는 초조함에 압도되어 한 발짝 발을 내디딘 나는 아버지와 형들이 파견한 ‘감시자’를 매달리는 듯한 눈으로 올려다보았다.

"부탁이야. 아버지랑 형들한테는 말하지 말아줘. 알게 되면 틀림없이 또 엄청 소란스러워질 거야."

처음에는 독립을 위한 돈이 필요해서 시작한 아르바이트였다. 하지만 지금은 이 가게와 같이 일하는 사람들이 좋아져서 함께 일하고 싶다는 마음이 강해졌다. 사람들과 헤어지긴 싫었다.

"이 가게를 그만두고 싶지 않아."

내가 절박하게 애원하자, 막시밀리안이 수려한 미간을 찌푸렸다.

"하지만⋯⋯."

"본인이 그만두고 싶지 않다고 하니까 자유롭게 하게 해주지 그래요?"

그 목소리에 어깨를 떨며 돌아본 나는 건물 출입구에 있는 친구의 모습을 인식하고는 이름을 불렀다.

"토도."

성큼성큼 다가온 토도가 나의 어깨를 잡는가 싶더니, 뒤로 쭉 밀어냈다. 그러더니 마치 감싸주는 것처럼 내 앞에 서서는 막시밀리안과 마주 보았다.

"감시인인지 뭔지 모르겠지만, 이제 어른이 다 된 이 녀석한테 그렇게까지 지시할 권리는 없잖아요?"

그를 상대하는 막시밀리안의 관자놀이가 꿈틀 떨렸다. 나는 금세 험악해진 그 얼굴을 보고는, 토도의 어깨 너머에서 눈을 휘둥그레 떴다.

이렇게까지 확실하게 감정을 드러내는 막시밀리안을 처음 보았기 때문이다.

그러나 토도도 겁먹지 않았다. 토도는 그가 뿜어내는 압박감에 지지 않고자 가슴을 펴고 거듭 말을 이었다.

"요 딱 사흘 동안은 직원이 갑자기 아파서 늦은 시간에 근무해 주었지만, 그것도 오늘로 끝이에요. 내일부터는 전과 마찬가지로 확실하게 여덟 시에는 돌려보낼게요."

"…………."

막시밀리안은 아무 말도 하지 않았다. 그저 안경 너머로 눈앞에 있는 토도를 강한 눈빛으로 응시할 뿐이었다. 자연스럽게 두 사람이 서로 노려보는 모양새가 되면서 시선과 시선의 불꽃이 튀었다.

바짝 팽팽해진 분위기를 견디지 못한 나는 긴장으로 굳어진 복구멍을 열었다.

"저, 저기……, 정말로 내일부터는 확실히 여덟 시에는 집에 들어……"

그 찰나, 막시밀리안이 토도에게서 시선을 떼고 나를 보았다.

"읏………!"

전류와 같은 충격이 등을 찌릿 관통했다.

그에게서 처음으로 받아 보는 격렬한 눈빛에 숨을 삼켰다.

그 청회색 두 눈동자에 감돌고 있는 것은 —— '분노'였다.

항상 어느 때든지 침착하고 냉정한 그가 나에게 처음으로 던진 노골적인 격정.

그의 눈동자에서 타오르는 파란 불꽃에 압도된 내가 말도 없이 그 자리에 서서 꼼짝을 못하고 있자, 막시밀리안이 낮은 목소리로 중얼거렸다.

"마음대로 하세요."

그는 그렇게 말하자마자 등을 휙 돌렸다.

"막시……"

그를 부르려던 갈라진 목소리가 도중에 끊겼다. 막시밀리안의 넓은 등이 더 이상 대화하기를 거부하고 있는 듯한 기분이 들었기 때문이다.

── 마음대로 하세요.

그가 그렇게 내치는 것처럼 될 대로 되라는 식으로 말한 적은 처음이었다.

'미움을……, 산 건가?'

그렇게 생각한 순간, 몸이 쓰윽 차가워지더니 두 다리가 경직되어 움직일 수 없었다. 뚜벅뚜벅, 저벅저벅, 구두 소리를 울리며 사라지는 막시밀리안을 쫓아갈 수도 없었다.

마음 어딘가에서 무슨 일이 있더라도 막시밀리안은 나를 싫어하지 않을 것이라고, 내버려 두지 않을 것이라고 생각했었다. 아무런 근거도 없이 그렇게 굳게 믿고 있었다.

하지만 아무리 완전무결한 막시밀리안이라도 인간이며……, 일에 사적 감정을 끼워 넣지 않는 점을 신조로 삼고 있다 하더라도 도저히 감정적으로 용서할 수 없는 일이 있을 것이다.

게다가 나는 딱히 막시밀리안의 주인도 아니다.

막시밀리안이 평생 충성을 바친 주군은 아버지.

그런 아버지의 명령이기 때문에 그는 어쩔 수 없이 내 옆에 있었던 것뿐이다……

"스기사키? 너, 괜찮아?"

마음을 쓰는 듯한 토도의 질문에도 대답을 할 수가 없었다.

"얼굴이 새파랗게 질렸어."

나는 몸이 가늘게 떨리는 것을 참으며 막시밀리안이 사라져 간 어둠을 바라볼 뿐이었다.

*   *   *

지하철 에비스 역에서 밖으로 나와 다이칸야마 방면을 향해 걷기 시작했다. 학교에서 아르바이트 하는 가게로 향하는 나의 발걸음은 불안정하게 휘청거렸다.

요새 계속 수면 부족과 식욕 부진이 이어져서 몸에 힘이 들어가지 않았다.

몸 상태가 좋지 않은 원인은 알고 있었다. 막시밀리안과의 냉랭한 관계 때문이다.

그렇다고는 해도 표면상으로는 예전과 전혀 변함없는 생활이었고, 막시밀리안의 보조도 아침부터 밤까지 여전히 완벽했다. 정중한 말투도 변함없었다.

하지만 역시 태도가 묘하게 차가워진 것 같다. 확실히 어디가 어떤 식으로 차가워졌다고는 말할 수 없지만.

그날 밤, 나의 상태를 걱정한 토도가 바이크로 아자부까지 데려다주었다. 그러나 아파트로 돌아온 무렵에는 이미 막시밀리안은 자기 방으로 들어가버려서 얼굴을 마주하는 일도 없었다.

그리고 다음 날 아침. 잠을 한숨도 이루지 못한 채 아침을 맞이한 내가 용기를 쥐어짜서 거실로 향하자, 막시밀리안은 힘이 쭉 빠질 정도로 간단히 "어젯밤에는 죄송했습니다." 하고 사과했다. 그 뒤로 아르바이트에 대한 이야기는 하지 않고 아침 준비를 시작해버리는 바람에 나도 더 이상은 아무 말도 할 수 없었다…….

그 이후로 막시밀리안은 마치 의도적으로 피하기라도 하는 것처럼 아르바이트에 대해 언급하지 않았다. 그리고 그렇게나 말이 많았던 모습이 마치 거짓말이었던 것처럼 잔소리를 일절 하지 않게 되었다. 그날 밤에 내뱉은 말 그대로 "마음대로 해라." 라고 말하기라도 하듯 간섭하지 않게 되었다. 그렇게 되니 우리 사이에는 대화가 거의 없어지고 말았다…….

막시밀리안이라면 일부러 캐묻지 않아도 내가 아르바이트를 시작한 이유 —— 이곳을 나갈 준비 자금을 모으기 위해 —— 는 벌써 눈치챘을 것이다.

그런데도 "아버지한테는 말하지 말아줘."라는 말이나 하면서 제멋대로 군 나한테 질리고 만 걸까?

'정말로 미움받은 걸지도 몰라…….'

그 사실에 다다르자 마음이 쿵 가라앉았더니, 그렇지 않아도 왕성하다고 할 수 없는 식욕이 사라졌다.

이래저래 결론이 나지 않는 생각만 계속해버려서 밤에도 잠이 잘 오지 않았다.

나를 미워하게 되어버린 막시밀리안과 얼굴을 마주하기가 괴로웠다.

지금까지는 내가 일방적으로 화를 내거나 화풀이를 해도 막시밀리안은 어른의 여유를 가지고 좋은 말로 달래주었다. 그래서 나도 마음속 어딘가에서 안심하고 그에게 토라지거나 떼를 써 왔던 것이다.

10년 만에 함께 살게 되고 나서부터 어느샌가 또다시 어렸을 때와 마찬가지로 응석 부리고 싶은 마음이 생겨나고 말았다.

바지런하게 돌봐주고 보살펴주는 것이 당연했다.

그러면서 무슨 짓을 해도 막시밀리안에게는 미움받지 않을 줄 알다니, 나는 어쩜 그렇게 오만했던 걸까?

요전 날 밤에 막시밀리안의 두 눈에 깃들어 있던 파란 분노의 불꽃을 떠올리고는, 아스팔트에 괴로운 한숨을 토해냈다.

── 마음대로 하세요.

내치듯이 매정하고 무자비한 말투가 뇌리에 되풀이되기 시작하자 발걸음이 점점 무거워졌다.

'난 참 바보야.'

이런 나를……, 포기해도 당연해.

목까지 후회로 푹 잠긴 채 고개를 숙이고 좁은 뒷골목을 터벅터벅 걷던 나는 가게까지 앞으로 5분 남긴 지점에서 문득 발걸음을 멈추었다. 가드레일을 꽉 잡은 자세로 몸을 웅크린 남자가 눈에 들어왔기 때문이다.

"어디 아프세요?"

반사적으로 옆까지 뛰어가서 웅크린 등에 말을 걸었다.

"괴로워서……."

남자는 심장 언저리를 손으로 누른 채 정말로 괴로워하는 목소리로 대답했다.

발작이라도 일어난 걸까? 주위를 둘러보았지만, 애석하게도 시야가 닿는 범위에는 아무도 없었다.

"누구 불러올게요."

그때, 고개를 든 남자를 본 나는 저도 모르게 "아!" 하고 소리를 지르고 말았다. 거무스름한 그 얼굴을 본 적이 있었기 때문이다.

"쿠로베 씨……?"

남자도 나를 보더니 "아, 자기구나." 하고 중얼거렸다. 【café Branche】의 단골 중 한 사람이었다. 얼굴을 아는 사람이라 한층 책임감이 강해졌다.

"맞다. 구급차!"

"그렇게 난리법석을 떨 일도 아니야."

휴대전화에 손을 뻗으려고 하자, 그가 그렇게 말하며 제지했다.

"지병이 발작한 거라서 말이야. 요 앞에 있는 회사에 가면 약이 있으니까, 그거 먹으면 금방 괜찮아져."

"거기까지 걸으실 수 있겠어요?"

그러자 남자가 얼굴을 찡그리며 고개를 가로저었다.

"미안하지만……, 못 걸을 것 같은데, 어깨 좀 빌려줄래?"

한순간 언젠가 토도가 "저 녀석은 조심해."라고 했던 말이 머리를 스쳤지만, 눈앞에서 괴로워하고 있는 사람을 내버려 둘 수 없었다. 게다가 그 이후로도 몇 번이나 접객했지만, 쿠로베는 항상 다정한 데다 필요 이상으로 들러붙은 적도 없었다.

"네. 괜찮아요. 저를 잡으세요."

나보다 키가 10센티미터는 큰 쿠로베를 지탱하기는 힘들었지만, 간신히 그의 유도에 따라 근처에 있는 좁고 긴 상가 건물까지 다다랐다. 쿠로베는 덜컹덜컹 흔들리는 꽤 오래된 엘리베이터 벽에 기대어 괴로운 듯 숨을 내쉬고 있었다.

"괜찮으세요?"

"응……, 그럭저럭. 미안해……, 같이 오게 해서. 아르바이트 가는 길이었지?"

"네, 그래도 아직 시간은 여유 있어요."

5층에서 내려서 어두컴컴한 복도에 섰다. 그곳에는 두 개의 문이 나란히 있었다. 양쪽 다 문패는 없었다.

"정면에서 오른쪽이야."

또다시 그에게 어깨를 빌려주면서 오른쪽 문 앞까지 갔다.

"여기가 일하시는 곳이에요?"

"응, 하지만 나밖에 없어. 아……, 열쇠는 주머니 속에."

나는 쿠로베의 재킷 주머니에서 열쇠를 꺼낸 다음, 그를 일단 계단에 앉히고 나서 다시 한 번 문과 마주 보았다. 열쇠 구멍에 열쇠를 끼워 넣고는 철컥 소리와 함께 잠금장치를 열고 나서 문손잡이를 잡았다.

손잡이를 당겨서 문을 열자, 아무도 없다고 하던 현관에 땅딸막하고 뚱뚱한 남자가 서 있었다.

"수고했어."

스킨헤드에 둥그런 얼굴이 씨익 웃는 바람에 어깨를 흠칫 떨었다. 곧바로 상황을 파악하지 못하고 뒤를 돌아보자, 어느샌가 쿠로베가 소리도 없이 등 뒤에 서 있었다.

"제법 박진감 넘치는 연기였지?"

저질스럽게 엷은 웃음을 짓는 얼굴을 보고는, 내가 함정에 빠진 사실을 겨우 깨달았다.

'속았어!'

몸을 날려 도망치려고 하던 나는 왼쪽 어깨를 스킨헤드에게 난폭하게 붙잡혔다.

"어이쿠. 도망가면 안 된단다, 아기 고양이야."

"이거 놔……, 놔……!"

소리치려던 입을 쿠로베가 뒤에서 막는 바람에 필사적으로 팔다리를 버둥거리며 날뛰었다. 하지만 이런 종류의 거친 소행에 익숙한 듯한 두 남자는 나의 저항 따위에는 꿈쩍도 하지 않았다.

나는 두 남자에게 협공을 당한 상태로 등을 떠밀려 현관 안으로 들어갔다. 그들은 신발을 신은 채 실내로 끌려간 나를 복도에 질질 끌고 다녔다.

막다른 곳에 있는 문을 연 스킨헤드에게 살풍경한 방 안으로 퍽 밀쳐진 나는 카펫이 깔린 바닥에서 몸을 가누지 못하고 발을 헛디뎠다.

두세 발짝 비틀거리고 나서 뒤를 돌아본 나는 입구에 서 있는 두 남자에게 소리쳤다.

"어, 어째서 이런 짓을 하는 거야?!"

"위에서 너를 납치해서 감금해 두라는 명령이 내려왔다."

스킨헤드가 위협적인 목소리로 대답했다.

"위?"

"우리 같은 데보다 훨씬 위에 있는 조직이야."

쿠로베가 큰소리를 치더니 방 안으로 들어왔다. 반사적으로 슬금슬금 뒷걸음질을 치던 나는 얼마 안 있어 벽에 가로막혀 도망칠 곳을 잃었다. 쿠로베는 느닷없이 나의 오른팔을 잡더니 꽉 비틀어 올렸다.

"아파!"

"한동안 얌전히 있어줘야겠어."

귓가에서 속삭임이 들려온 그 직후, 명치 언저리에 격렬한 충격을 느꼈다.

"으윽……!!"

너무 아파서 목소리가 나오지 않았고, 숨도 쉴 수 없었다. 산소가 모자른 탓인지 머리가 점점 흐려지고 눈앞이 어두워지더니 ——— 그 자리에 힘없이 주르륵 쓰러진 나는 곧 의식을 잃었다.

제5장

"으……음."

천천히 각성해 가는 의식 속에서 조금씩 실눈을 떴다. 뺨에 닿는 까칠까칠한 아크릴 카펫의 감촉. 아무래도 바닥에 드러누워 자고 말았나 보다.

몸부림을 친 찰나, 잘그락……, 금속음이 들리길래 소리가 나는 근원지에 시선을 주자, 두 손목에 수갑이 채워져 있었다.

'진짜 수갑인가?'

영화나 드라마에서밖에 본 적이 없는 그것을 얼굴 가까이까지 가져와서 찬찬히 쳐다보았다. 고리 안에서 손목을 빙글빙글 돌려보기도 하고 쇠사슬 부분을 좌우로 힘껏 당겨보기도 했지만, 스테인리스로 된 수갑은 꿈쩍도 하지 않았다. 진짜인지 아닌지는 별개로 치더라도, 내 힘으로 어떻게 할 수 있는 물건이 아니라는 사실만은 이해했다.

양손의 자유를 잃었기 때문에 어쩔 수 없이 카펫에 팔꿈치를 대고 팔 힘으로 천천히 상체를 일으켰다. 그 순간, 명치 언저리가 짓눌리는 것처럼 답답하게 욱신거렸다.

"기분……, 나빠."

왠지 토할 것 같았다. 얼굴을 찡그리고 위 주변을 손바닥으로 눌렀다. 수갑이 채워진 손으로 슥슥 문지르는 동안에 서서히 구토감이 가라앉았다.

다행이다. 일단 내장이 파열되거나 하지는 않은 것 같다. 그런 식으로 맞은 적은 태어나서 처음 있는 일이라서 어떻게 되어버리는 건 아닐까 걱정했는데.

나는 벽에 기대어 뺨에 맺힌 비지땀을 닦으면서 한숨을 휴우 내쉬었다. 그 직후, 이번에는 온몸이 바들바들 떨리기 시작했다. 학질을 앓는 것처럼 몸이 가늘게 떨리자, 무릎을 모으고 몸을 새우처럼 둥글게 말아서 겨우겨우 억눌렀다.

'진정하자. 심리적 불안감이 가장 큰 적이야. 진정하자. 평정심.'

사건에 휘말렸을 때의 마음가짐은 어릴 적부터 막시밀리안으로부터 철저히 가르침을 받았다.

아무튼 냉정하게 있을 것.

냉정하게 상황을 파악하고, 엉뚱한 짓을 하지 않으며, 무턱대고 저항하지 말고 구출되리라 믿고 기다릴 것.

　—— 언제 어느 때라도 로셀리니가의 일원이라는 긍지와 위엄을 잊지 마십시오.

막시밀리안의 말을 마음속으로 되풀이하면서 숨을 뱉었다 들이마시며 심호흡을 했다. 몇 번 반복하다 보니 두방망이질하는 것 같던 심장이 진정되기 시작했다.

괜찮아. 틀림없이 누군가가 구하러 와줄 거야.

열심히 자신을 타이르며 어떻게든 평정심을 되찾은 나는 그래도 완전히 불식하지는 못한 공포심으로부터 의식을 딴 데로 돌리기 위해 기절하기 전까지의 과정을 다시 되짚어보기 시작했다.

아르바이트를 하러 가는 도중에 뒷골목에서 웅크리고 있던 단골 쿠로베를 발견하고는, 가슴이 답답하다고 하는 그를 그가 일하는 곳까지 어깨를 부축하며 데리고 왔다.

그러나 아무도 없다던 사무실에는 스킨헤드를 한 남자가 있었고……

　—— 수고했어.

　—— 제법 박진감 넘치는 연기였지?

남자들이 히죽히죽 웃던 모습을 떠올리고는 어금니를 꽉 물었다.

속은 것이다. 불에 뛰어드는 여름 벌레처럼 스스로 함정에 걸려들고 말았다. 토도가 "쿠로베는 조심해."라고 여러 번 말했는데도.

녀석들의 목적은 무엇일까? 분명 '윗조직의 명령'이라고 했는데.

나를 납치하고 감금함으로써 어떠한 이익을 얻을 수 있는 조직?

역시 '로셀리니'가 연관된 걸까?

문득 뇌리에 막시밀리안의 험상궂은 표정이 떠올라서 가슴이 욱신거리며 아팠다.

'막시밀리안도 화내겠지?'

아니, 화내기보다는 어처구니없어할지도 몰라. 그렇게나 엄하게 타일렀는데……, 라면서.

──누가 말을 걸거나 어디 가자고 해도 절대로 따라가시면 안 됩니다.

암기해버릴 정도로 반복된 주의 사항이 귓가에 되살아났다. 그 말을 들을 때마다 내심 '어린애도 아닌데.' 하고 넌더리를 냈었다. 설마 이런 일이 벌어질 줄은 생각지도 못하고.

로셀리니가에 태어난 이상, 일족이 가진 또 하나의 얼굴인 더티한 일면 또한 받아들여야만 한다.

실제로 얼마 전에 장남 레오나르도가 총에 맞은 일도 있었기 때문에 어느 정도는 각오가 되어 있는 줄 알았다.

우연히 지금까지는 위험에 처하는 일 없이 평온하고 무사히 지내 왔지만, 언제 어느 때든 내가 사건에 휘말려도 이상하지 않다고.

하지만 안전한 일본에서의 생활도 보름이 지나고, 환경에도 익숙해져서 어느샌가 마음이 풀어져 있었다. 바보같이 평화롭게 있었던 건 아니지만 방심하고 있던 것이다.

혼자서 대학교에 다니고, 버스나 전철을 이용해서 이동하고, 아르바이트를 하는 등, 이탈리아에 있을 때와 비교하면 현격하게 자립했다(고 스스로는 생각한다). 그런 자신을 보며 조금 우쭐해진 나머지 어느새 빈틈을 보였을지도 모른다. 설마 백주 대낮에 버젓이 납치를 당할 줄은 생각지도 못했다.

'막시밀리안……, 성가시게 여겨서 미안해.'

무릎을 끌어안고 마음속으로 사과했다. 그러자 또다시 막시밀리안의 목소리가 머릿속에서 반복되기 시작했다.

—— 모르는 것이 있거나 길을 잃었을 때는 곧바로 이 휴대전화로 저한테 연락을 주시기 바랍니다. 등록 번호 1번을 누르면 제 휴대전화로 연결되도록 해 놓았습니다.

"맞다. 휴대전화!"

황급히 주위를 찾아보았지만, 휴대전화가 들어 있는 가방은 보이지 않았다. 어느새 나는 재킷과 신발이 벗겨진 채 셔츠에 바지 차림이 되어 있었다. 아마 틀림없이 내가 기절한 동안 녀석들이 옷을 벗기고, 가방도 가져가버렸을 것이다.

낙담한 나는 다시 한 번 방 안을 둘러보았다.

사방이 3미터 정도 되는 네모난 상자 같은 살풍경한 방이었다. 하나 있는 문을 제외하고는 텅 비었고, 가구도 없었다. 원래 창고 같은 곳이었는지 창문조차 없었다. 그 대신에 양쪽 벽 위쪽에 폭 5센티미터 정도 되는 가로로 긴 채광창이 있는 공간이 비어 있었고, 거기서 희미하게 외광이 비쳐 들어왔다.

석양?

해가 지기 시작했다는 것은 적어도 이 방에 끌려오고 나서 두 시간은 기절해 있었다는 뜻이다.

원래대로라면 오늘은 세 시부터 아르바이트를 하러 갈 예정이었다.

내가 연락도 없이 쉬면 토도가 수상쩍게 여기고 찾아줄지도 모른다.

하지만 찾는다고 해도 아무 실마리도 없는 상태에서 이곳을 알아내지는 못할 것이다…….

아니, 그래도 이 건물 자체는【café Branche】에서 그리 멀지 않을 테니 어떻게든 내가 있는 곳을 전할 방법이 없을까?

무의식적으로 엄지손톱을 깨물면서 이래저래 생각하고 있자, 열쇠가 철컥 돌아가는 소리가 들리더니 문이 열렸다. 깜짝 놀라 고개를 든 나의 시야에 거무스름한 얼굴이 비쳤다.

"오, 일어났네."

그대로 방 안으로 들어온 쿠로베가 창가에 웅크리고 있는 내 바로 앞에서 발걸음을 멈추었다. 그리고 그 자리에서 쭈그리고 앉아 허리 주머니에서 무언가를 꺼내더니, 나의 눈앞에 들어 올렸다.

"자, 네 휴대전화."

"아……!"

"등록된 아르바이트 같이 하는 친구 앞으로 문자 보내 놨어. 『몸이 안 좋아서 오늘은 결근할게.』라고 말이지."

"으······!"

토도한테 문자를 보냈다고?

그렇다면 토도가 이변을 느끼고 찾아줄 가능성은 사라졌다.

이제 의지할 사람은 막시밀리안뿐이지만, 최근 들어 집에 들어가는 시간이 여덟 시를 넘기는 게 당연해져서 꽤 늦은 시간이 되지 않으면 눈치채지 못할지도 모른다.

게다가 요새는 막시밀리안이 예전처럼 나의 행동에 시종일관 눈을 빛내며 감시하는 일도 없어지고 말았다.

마치 이제 나한테 관심이 없어져버린 것처럼······.

그렇게 생각한 순간, 그렇지 않아도 잔뜩 흐리고 축축한 불안으로 침체되던 마음 깊은 곳이 한층 무겁게 휘었다.

부정적인 감정에 눌려 찌부질 것 같던 나는 눈시울에 촉촉히 어린 눈물을 필사적으로 참으며 자신을 꾸짖었다.

'바보야. 울지 마!'

홀쩍거려봤자 아무런 해결도 되지 않아.

아무도 구하러 와주지 않는다면 스스로 어떻게든 할 수밖에 없다고!

나는 스스로를 질타하고 격려하며 배에 힘을 꽉 주고 나서는, 고개를 들어 눈앞에 있는 남자를 똑바로 쳐다보았다.

"왜 나를 감금하는 거야?"

"글쎄?"

쿠로베가 어깨를 움츠렸다.

"우리 두목이 윗조직에 부탁받았나 보더라고. 우리 같은 말단은 이유 같은 건 몰라."

아무래도 쿠로베는 정말로 아무것도 모르나 보다. 위에서 명령을 받아 움직이고 있을 뿐인 것 같았다.

그렇게 깨닫긴 했지만, 조금이라도 그 흑막 —— 두목이라 불리는 것을 보니 임협(야쿠자) 조직이겠지만 —— 에 대한 정보를 얻고 싶어서 좀 더 슬쩍 떠보았다.

"나를 노리고 카페에 다녔던 거야?"

"그래. 손님인 척 가장하고, 잠복하기 위해서 일부러 여기에 방도 얻었지. 서로 안면이 있는 사이가 되어 놓고 틈을 봐서 납치할 계획이었는데, 네가 동행이랑 있거나 사람 눈이 너무 많은 곳으로 다녀서 좀처럼 기회가 오질 않더군. 집에 갈 때는 또 일부러 역까지 마중을 나오질 않나."

"…………."

막시밀리안을 알고 있다는 건 정말로 아자부에 있는 아파트까지 줄곧 미행했다는 말이다. 하지만 아마 틀림없이 몇 명이서 교대로 미행했을 것이다. 매일 같은 남자가 따라왔으면 아무리 나라도 눈치채고도 남았다.

"게다가 너는 언뜻 보면 멍할 것 같은 주제에 생각 외로 경계심이 강하고 빈틈이 없단 말이지. 집하고 학교랑 아르바이트 하는 데만

왔다 갔다 하고, 좀처럼 어디 다른 데 들르지도 않고 말이야. 덕분에 어린애 하나 납치하는 데 시간 한번 엄청 들었다고."

쿠로베가 머리를 벅벅 긁으며 중얼거렸다.

"그랬는데 오늘은 역에서 감시하고 있었더니 묘하게 멍하게 딴데 정신이 팔린 표정으로 개찰구에서 나오길래, 기회다 싶어서 앞질러 가서 기다리고 있었지."

나는 득이양양하게 말하는 남자를 눈을 치켜뜨며 힐끔 보고 나서 가장 궁금했던 질문을 했다.

"나를……, 어떻게 할 속셈이야?"

"아까 연락했더니 윗조직의 높으신 분은 의리 끼치기 때문에 규슈에 가 있다나 봐. 내일 밤에 돌아온다고 하더군. 공교롭게도 우리두목도 오사카에 출장을 가서 너를 본부에 옮긴다고 해도 내일 오후가 될 거야. 두 사람이 돌아오기 전까지는 여기서 얌전히 있어야돼."

'내일 오후…….'

그때까지는 막시밀리안이 이변을 알아채고 찾기 시작해줄지도모른다.

하지만 어디 있는지도 모르는데 무슨 수로? 로셀리니가 연관되었으니 막시밀리안은 절대로 경찰의 협조를 구하지 않을 텐데.

답이 나오지 않는 자문자답을 되풀이하고 있으려니, 쿠로베가턱에 손을 대고는 쭉 들어 올렸다.

"제길……, 역시 귀엽단 말이지."

묘하게 번뜩이는 핏발 선 눈과 마주치자 등줄기가 오싹거리며 오한이 내달렸다.

"뭐……야?"

누군가로부터 이렇게나 끈적하게 들러붙는 듯한 시선을 받은 적은 태어나서 처음이었다. 뭐지? 등에 오싹오싹 한기가 도는 듯한 이 기분 나쁜 느낌은?

"요새 아침부터 밤까지 계속 너를 보고 있어서 그런가? 점점 이상한 기분이 들어서 말이야."

── 이상한 기분?

미간을 찌푸리고 있자 쿠로베는 얼굴을 가까이 가져다 댔고, 담배 냄새가 섞인 미지근한 숨이 입술에 닿았다.

"앳된 얼굴에 수갑을 차고 있는 모습이 또 섹시해서 꼴린단 말이지……."

두터운 입술이 바싹 다가온 그 시점이 되어서야 겨우, 둔한 나는 깨달았다.

이 남자가 나에게 키스하려고 한다는 사실을!

"하, 하지 마……!"

열심히 얼굴을 돌려 어떻게든 니코틴 냄새가 나는 쿠로베의 입술에서 벗어나고자 몸을 비틀었다.

"쳇."

짜증스럽게 혀를 차는 소리가 난 그 직후, 쿠로베가 나를 거칠게 넘어뜨렸다.

"으앗!"

균형을 잃은 몸이 카펫에 옆으로 나자빠지자마자 남자가 몸을 덮쳐 누르기 시작했다.

"무슨 짓을……, 이거 놔!"

얻어맞거나 묶일 가능성은 어느 정도 예상했어도, 이런 식으로 동성인 남자가 '덮친다'는 건 나의 상상을 뛰어넘는 행위였다. 전혀 예상하지 못한 전개로 인해 혼란에 빠진 나는 자유롭게 움직일 수 있는 다리를 힘껏 버둥거리며 날뛰었다.

"비켜! 멍청아!"

"시끄러워. 얌전히 있어!"

위를 보게 하는 자세로 몸을 구속하려 드는 쿠로베에게 저항하고 있자, 문이 달칵 열리더니 소리를 들은 듯한 스킨헤드가 문 틈으로 얼굴을 쑥 내밀었다. 스킨헤드는 나를 깔고 앉아 있는 파트너를 보더니 털이 거의 없는 눈썹을 치켜 올렸다.

"남자놈을 상대로 뭘 발정이 나서 그러고 있냐?"

"남자라도 웬만한 여자보다 훨씬 괜찮다고. 피부도 매끈매끈해서 아기 같은 데다 말이지. 난 남자를 모르는 처녀를 억지로 범하는 게 가장 흥분되거든."

스킨헤드는 전혀 부끄러워하지도 않고 히죽히죽 웃으면서 엄청난 말을 내뱉는 쿠로베를 보며 얼굴을 찡그렸다.

"야, 그만둬. 곤란해지는 수가 있다고."

이럴 때 절체절명의 위기에서 구해주기만 한다면야 상대를 고르고 있을 여유는 없었다. 내가 스킨헤드를 향해 "살려주세요."라고 애원하려던 그때였다.

"살짝 귀여워해주는 정도로는 안 들켜. 애 생길 걱정도 없고. 품을 들인 만큼 나도 재미 좀 봐야 하지 않겠어?"

"정말이지, 저 짐승 같은 놈. 어쩔 수 없네. 정도껏 해라."

쓴웃음을 지으며 자라목을 움츠린 스킨헤드가 얼굴을 뒤로 뺐다.

쾅!

나는 문이 닫히는 무정한 소리를 들으며 온몸에서 핏기가 가시는 것을 느꼈다. 짐승인 쿠로베와 밀실에 남겨지자, 따끔따끔 타들어 갈 것 같은 초조함이 등을 기어 올라왔다.

"거짓······말."

쿠로베가 공포에 굳어진 나의 얼굴을 당장이라도 입맛을 다실 것처럼 굶주린 동물 같은 표정으로 내려다보며 비정한 말을 내뱉었다.

"그럼 시작할까?"

무엇을 시작한다는 걸까? 물어보는 것도 무서웠다. 남자인 나를 '귀여워한다'는 말이 구체적으로 어떤 행위인지는 모르지만, 하필이면 쿠로베가 나를 섹스의 대상으로 보고 있다는 점은 어렴풋이 이해했다······.

"시······싫어! 그만해······!"

목청껏 소리를 지르며 미친 듯이 날뛰었다. 그러나 양손이 묶여 있으니 상상 이상으로 힘이 나지 않았다. 저항을 했지만 허무하게도 벨트가 풀어지더니, 바지가 벗겨지고 말았다.

속옷마저 벗겨지면서 입고 있는 옷은 셔츠 한 장이라는 어쩐지 불안해 보이는 차림으로 몸이 뒤집혔다. 그러더니 머리를 뒤에서 꽉 눌린 채 억지로 동물이 복종하는 포즈를 강요당했다.

"맡은 물건에 상처를 내면 큰일 나니까 말이지. 너도 기분 좋아질 수 있도록 제대로 할 테니까 안심해."

쿠로베가 거친 숨을 틈타 등 뒤에서 속삭였다.

"싫, 어. 그만해……, 부탁이야!"

나는 고개를 좌우로 흔들며 간절히 애원했다.

남자의 손이 맨살이 다 드러난 다리 사이를 만지작거리는 감촉에 소름이 끼쳤다.

굴욕과 수치, 게다가 공포와 혐오가 뒤섞여서 눈물이 왈칵 치밀어 올랐다. 이런 남자 때문에 울면 로셀리니의 '명예'를 더럽히고 말게 될 것이라는 생각에 여태까지 필사적으로 참고 있었지만 역시나 한계였다. 목이 떨리며 오열이 새어 나왔다.

"으……흑……, 크윽."

이윽고 쿠로베가 나의 몸안에 이물을 밀어 넣으려고 하는 기척이 느껴져 온몸이 움츠러들었다.

"히익……."

뭔가 딱딱한 것이 몸안에 들어온 것 같은 이물감이 느껴지는 바람에 비명이 튀어나왔다. 반사적으로 밀어내려고 했지만, 쿠로베는 그를 허락하지 않고 안까지 그 이물을 손가락으로 꾸욱 밀어 넣었다.

"뭐……야? 뭘 넣었어?!"

본능적으로 느껴지는 공포로 평정을 잃고 흐트러진 채 소리를 질렀다.

"기분이 좋아지는 약이야. 이렇게 직장으로 흡수해야 가장 빨리 듣거든."

'기분 좋아지는 약이 뭔데?'

모르겠다. 모르겠지만……, 막연하게 무서웠다.

앞으로 나는 어떻게 되고 말까? 무슨 짓을 당하고 말까?

미지의 공포에 두려워하며 뺨에 눈물을 흘리면서 몸을 가늘게 떨고 있자, 쿠로베가 손가락을 뺐다.

"기다려. 이제 곧 있으면 녹아서 효과가 나기 시작할 거야. 그러면 실컷 귀여워해줄 테니까."

그 섬뜩한 예언대로 방금 전까지만 해도 확실히 있었던 이물감이 서서히 희미해져 가는 것을 느꼈다. 몸안에서 약이 녹아들면서 그에 따라 심장이 쿵쾅쿵쾅 격렬하게 고동치기 시작했다.

온몸에 땀이 흥건하게 배었고, 썰물이 진 것처럼 목이 바짝 마르기 시작했다. 손발이 지끈지끈 저렸고, 손끝이 열을 머금은 채 생각대로 움직이지 않았다.

"어때?"

등으로 쿠로베의 목소리가 떨어짐과 동시에 혀가 목덜미를 할짝 핥았다. 그 찰나에 지금까지 경험한 적이 없는 불가사의한 전류가 등줄기를 찌릿 관통하였고, 나는 등을 움찔 떨었다.

"듣기 시작했군."

크큭, 상스러운 웃음 소리가 들렸다.

'듣기 시작했다고?'

이건 약 때문이야? 온몸이 엄청나게 뜨겁고, 마치 몸안에 용광로가 있어서 그곳에서 열을 내고 있는 것 같은 이 느낌이?

어떡하지? 이대로 이상해져 버리면 어쩌지?

나의 몸을 스스로 통제할 수 없는 데에 대한 공포와 절망이 물밀 듯이 치밀어 오르는 바람에 어금니를 세게 꽉 물었다.

싫어.

이대로 이 남자가 좋을대로 당하기는 싫어. 이런 짐승이 욕망을 쏟아내는 배출구 따윈 되기 싫어. 그렇게 되는 건 절대로 싫어!

'누가⋯⋯, 부탁이야, 누가 좀!!'

정신을 차려 보니 새까만 절망의 늪에 세워진 나는 소리를 지르고 있었다.

"살려⋯⋯줘⋯⋯!"

부른다고 해서 '그'가 나타날 리 없다는 건 알고 있었다. 그런 타이밍 좋은 꿈 같은 일이 생기리라 믿을 만큼 어린애는 아니었다. 그래도 소리치지 않고 있을 수는 없었다.

어떤 때라도 나를 지켜주던 남자의 이름을 ── .

"살려줘, 막시밀리안!"

*   *   *

쾅쾅쾅!

마치 나의 부르짖음에 호응하는 것처럼 큰 소리가 들려왔다. 등에 밀착해 있던 쿠로베가 몸을 움찔 떨며 조금 움직이는 것을 느끼고는, 나도 눈물로 젖은 얼굴을 들었다.

"뭐……야?"

쾅쾅쾅!

누가 현관문을 치고 있어?

"시끄러워!"

스킨헤드의 위협적인 노성.

"누구야? 이웃에 폐 끼친다는 생각 좀 하라고……. 참나……, 진짜…………, 으아악!"

귀를 쫑긋 세우고 있던 나는 잠시 후 귀에 닿은 —— 타앙, 방문이 진동으로 흔들릴 만큼 세차게 울린 소리에 어깨를 떨었다. 이어서 거친 발소리가 들려왔다.

"너, 너 이 자식, 웬 놈이냐!"

'누가……, 들어왔어!'

"신발 신은 채로 들어가지 마!!"

사람과 사람이 서로 옥신각신하는 듯한 기척이 이쪽을 향해 천천히 다가왔다.

"기다려! 야, 이 자식!!"

이윽고 방 앞에서 스킨헤드의 큰 목소리가 들리자, 여태까지 나와 함께 굳어 있던 쿠로베가 일어섰다. 그는 문을 열자마자 파트너를 큰 소리로 꾸짖었다.

"이 멍청한 놈이, 왜 문을 연 거야?"

"연 거 아니야! 이 자식이 갑자기 총을 쏴 댔다고!"

스킨헤드가 가리키고 있는 곳을 시선으로 좇아 소음기가 장착된 총을 한 손으로 쥔 채 사격 자세를 취하고 서 있는 키 큰 침입자의 모습을 인식한 나는 두 눈을 휘둥그레 떴다.

막시밀리안?!

'꿈이 아니지? 진짜야?'

와주었어! 구하러 와주었어!

나는 복받치는 환희를 숨기지 않고 내 '수호자'의 이름을 큰 소리로 불렀다.

"막시밀리안!"

그러자 막시밀리안이 이쪽으로 힐끔 시선을 보냈다. 그러나 언뜻 보고는 시선을 돌리더니, 두 남자를 총으로 견제하면서 나에게 말했다.

"다친 데는 없으십니까?"

쿠로베가 이상한 약을 몸안에 넣어버리긴 했지만 다친 곳은 없었기 때문에 없다고 대답했다. 신기하게도 막시밀리안의 얼굴을 보고 그 침착한 저음을 들은 순간, 아까까지 이상하게 두근거리던 가슴과 저리던 손가락이 진정되기 시작했다.

권총을 쥔 막시밀리안을 보는 건 처음이라서 그 모습이 살짝 무서웠지만.

'하지만 이제 괜찮아.'

온몸의 힘이 빠지는 듯한 안도를 느꼈다.

"이 자식……, 애를 데리러 오던 외국인이잖아? 애를 되찾으러 혼자서 쳐들어온 건가?"

쿠로베가 약간 어리둥절한 목소리로 중얼거렸다.

"인텔리처럼 생겨서는 갑자기 총을 쏴 대다니, 미친 놈이네."

야쿠자의 장기를 빼앗긴 스킨헤드도 불쾌하다는 듯 말을 내뱉었다.

그 두 사람을 영리한 눈빛으로 응시하며 총구로 쿠로베의 심장을 조준한 막시밀리안이 왼손으로 슬라이드를 철컥 당겼다.

"반항하지 말고 순순히 루카 님을 건네면 목숨까지는 빼앗지 않겠습니다."

담담한 말투가 오히려 진심으로 여겨지는 조용하지만 위압적인 저음으로 말하자, 쿠로베가 엄청난 기세로 어깨를 으쓱거렸다.

"이 자식이, 뭐라고?"

그러자 스킨헤드가 격분한 파트너를 팔꿈치로 쿡쿡 찔렀다.

"이봐, 그만둬. 반항하지 않는 편이 좋아. 저 총, 안 보여?"

"어차피 가짜일 게 뻔하다고."

"멍청아. 저 녀석의 눈을 봐. 사람을 죽이는 일 따위 아무렇지도 않게 여기는 눈이라고. ……이 녀석은 훈련을 쌓은 프로야. 잘못 거슬렸다가는 둘 다 죽일 거야."

"훈련을 쌓은……, 프로?"

쿠로베가 수상쩍은 표정으로 막시밀리안을 찬찬히 보았다. 그는 한동안 아무 말 없이 청회색 두 눈을 바라본 후, 그 눈동자 안에서 무언가 무시무시한 것이라도 발견한 듯 마른침을 꿀꺽 삼켰다. 그러더니 무의식적으로 보이는 동작으로 한 발짝 뒤로 물러났다.

"현명한 판단입니다. 저도 될 수 있다면 무익한 피는 흘리고 싶지 않습니다."

막시밀리안이 조금도 웃지 않은 채 두 사람을 위로하고 나서 차갑게 명령했다.

"두 손을 벽을 향해 대세요."

명령대로 복도 벽에 손을 댄 스킨헤드의 두꺼운 목을 막시밀리안이 촙으로 내리치자 거대한 몸이 풀썩 주저앉았다. 쿠로베가 목소리도 내지 않고 실신해버린 파트너를 보며 깜짝 놀라 눈을 부릅떴다.

"무, 무슨 짓을 한 거야?!"

"걱정하지 않아도 목숨은 빼앗지 않을 거라고 말했죠? 단, 앞으로 제가 하는 질문에 솔직하게 대답하지 않으면 험한 꼴을 당하게 될 겁니다."

무표정한 얼굴로 위협한 막시밀리안이 총구를 쿠로베의 관자놀이에 밀어붙였다.

"말하세요. 누구한테서 부탁받고 루카 님을 납치했습니까?"

"누구냐니……."

막시밀리안이 소음기가 달린 총구를 꾹 누르며 돌려 찌르자, 쿠로베의 얼굴이 고통으로 일그러졌다.

"아파! 아, 알았어! 마, 말할게!"

"누굽니까?"

"우리 두목이 오토와회한테서 부탁받은 건이라더군. 그 이상은 나도 몰라."

"오토와회……."

안경알 안쪽의 길게 찢어진 두 눈을 천천히 가늘게 뜬 막시밀리안이 거듭 질문했다.

"루카 님을 어떻게 알았습니까?"

"위의 지시를 받고 우리 조직 말단 놈이 이 녀석의 할아버지 집을 감시하고 있었어. 아무튼 찾아오는 인간을 깡그리 사진으로 찍어서 보고하라고 했나 보더군."

"그건 언제 적 이야기입니까?"

"1년은 안 지났어. 아마 작년 6월쯤부터였을 거야. 출퇴근하는 사용인 이외에는 손님 출입도 거의 없었는데, 올해 4월 초순부터 이 녀석이 저택 주변을 어슬렁거리기 시작해서……, 사진을 상부에 보냈더니 신원을 수색하라는 명령이 내려왔어. 그때부터는 나랑 배턴 터치했고. 할아범네 저택에서 망을 보고 있었더니 이 녀석이 또 나타났길래 뒤를 밟아 학교랑 아파트를 알아낸 거야."

"스기사키 가문의 집을……. 그렇군. 그 경로로 알아낸 거군요."

막시밀리안이 이해가 됐다는 듯, 하지만 험상궂은 표정으로 아주 살짝 고개를 끄덕였다.

"그랬더니 이번에는 신병도 구속하라는 명령이 내려왔길래 이곳에 아지트를 차려 놓고 기회를 노리고 있었다."

"카페 손님으로 가장하고 접근해서 틈이 보이면 납치하고자 노리고 있었군요."

"정말로 그 이상은 몰라. 믿어줘."

"믿습니다."

단정한 입술을 옆으로 움직이며 천천히 총구를 뗀 막시밀리안이 다른 한 손으로 안도한 표정을 짓는 쿠로베의 목덜미를 철썩 쳤다.

윽 하고 낮게 신음한 쿠로베가 목을 앞으로 푹 떨구더니, 그대로 주르륵 쓰러졌다. 막시밀리안은 벽에 기대는 듯한 자세로 내려앉은 남자의 의식이 있는지 없는지를 확인하고 나서 권총을 재킷 안쪽에 집어 넣었다.

이어서 몸의 방향을 바꿔 방문을 지나 카펫 바닥에 주저앉아 있던 나를 향해 똑바로 걸어와 바로 앞에서 발걸음을 멈추고는 무릎을 꿇었다. 막시밀리안은 나의 얼굴을 들여다보더니, 시선을 맞추듯이 쳐다보며 물었다.

"괜찮으세요?"

"응……."

내가 서츠 한 장만 입고 거의 반라가 된 채 엄청 창피한 상태로

있었다는 사실은 알고 있었지만, 두 손을 묶인 탓에 어떻게 할 수도 없었다.

내 차림과 수갑을 보고 애처롭다는 듯이 미간을 찌푸린 막시밀리안이 말없이 윗옷을 벗어 어깨에 걸쳐주었다. 나는 상반신을 폭 감싸도 아직 여유가 있는 재킷 앞을 황급히 여미었다.

"잠시만 기다려 주십시오."

그렇게 말한 막시밀리안이 방을 나가는가 싶더니, 기절한 쿠로베를 향해 성큼성큼 다가가 그의 몸을 뒤지기 시작했다. 이윽고 셔츠 가슴 주머니에서 뭔가를 끄집어내서는, 또다시 내가 있는 쪽으로 돌아왔다.

"손을 내미세요."

막시밀리안이 머뭇거리며 내민 나의 양손을 잡더니, 쿠로베의 가슴 주머니에서 꺼낸 열쇠로 수갑을 풀어주었다. 고리가 풀리면서 오랜만에 자유로워진 손목을 조심조심 돌려보았다. 피부의 표면이 쓸려서 빨개지긴 했지만, 특별히 문제는 없는 것 같았다.

그러는 사이에 막시밀리안은 방구석에 던져져 있던 바지도 주워서 가지고 와주었다. 내가 속옷과 바지를 입고 있는 동안에 방 밖으로 나갔던 막시밀리안이 다시 돌아왔을 때는 내 가방과 재킷과 신발을 손에 들고 있었다. 다른 방에서 찾아와주었나 보다. 나는 막시밀리안의 윗옷을 벗어서 본인에게 돌려준 다음, 내 재킷을 걸치고 신발을 신고 나서 가방을 어깨에 멨다.

"일어설 수 있으시겠습니까?"

막시밀리안이 몸단장을 마치기를 가늠하고 있었다는 듯 그렇게 문길래 일어나려고 시도했다. 하지만 발밑이 휘청거려서 풀썩 엉덩 방아를 찧고 말았다. 이제 괜찮다고 생각했는데, 역시나 아직 약이 듣고 있는 것 같았다.

"무리하지는 마십시오."

그렇게 말하자마자 무릎을 꿇은 막시밀리안이 나를 사뿐히 들어 올렸다.

"앗."

깜짝 놀라 몸을 뒤척이자, 그는 나를 세게 꽉 끌어 안았다.

"움직이지 마세요. ……얌전히 저를 잡고 계세요."

어딘가 애원과도 비슷한 속삭임.

아마 평소의 나였더라면 "애 취급 하지 마." 하고 반발할 상황이 었겠지만, 이미 고집을 부릴 기력은 남아 있지 않았다.

그가 말한 대로 순순히 그의 목에 팔을 감았다.

힘센 팔에 안겨 기분 좋은 흔들림에 편히 몸을 맡기면서 멍하니 그 언젠가 밤에 방까지 옮겨준 사람은 역시 막시밀리안이었다는 생 각을 했다.

목덜미에서 나는 오드콜로뉴 향기가 그때와 똑같았다…….

안도한 탓인지, 아니면 밀착한 막시밀리안의 몸이 뜨거워서인지, 이래저래 머리가 멍해지기 시작하더니…….

복도를 걷기 시작한 지 얼마 되지 않았을 때였다. 희미하게 안개 가 낀 시야 한구석에서 '무언가'가 움직였다.

'뭐지……?'

천천히 일어선 남자가 번쩍 빛나는 '무언가'를 양손으로 꽉 쥐고는 이쪽으로 돌진해 왔다.

쿠로베의 충혈된 눈과 눈이 마주친 순간, 나는 소리를 지르고 있었다.

"막시밀리안!"

비명과 동시에 쿵 하는 충격을 느끼고는 숨이 멎었다.

심장이 크게 쿵쾅 뛰었다.

── 찌, 찔렸어?!

무의식중에 막시밀리안을 꼬옥 부둥켜 안으며 떨리는 손으로 재킷 천을 잡아 당겼다.

"막시밀리안……, 괜찮……아?"

"괜찮습니다."

곧바로 목소리가 돌아왔기에 멈추고 있던 숨을 휴우 내쉬었다.

쿠로베의 나이프를 바로 직전에 피한 듯한 막시밀리안이 나를 복도 구석에 내려놓고 몸을 뒤로 돌렸다. 그대로 등 뒤에 있는 나의 방패가 되듯이 쿠로베와 마주 섰다.

"이 남자가 루카 님의 옷을 벗겼습니까?"

"으, 응."

나는 등을 돌린 채 묻는 그에게 대답하며 고개를 끄덕였다.

"그렇군요. ……그럼 적당히 봐줄 필요는 없겠네요."

듣고 있는 내가 오싹해질 만큼 차가운 목소리였다.

"죽어버리겠어! 제기랄!"

다시 한 번 돌진해오는 쿠로베의 일격을 작은 움직임으로 피한 막시밀리안이 남자의 손목을 잡아 나이프를 쳐서 떨어뜨렸다. 그리고 그대로 팔을 꽉 비틀어 올렸다.

"아, 아야야야."

막시밀리안은 절규하며 얼굴을 세차게 일그러뜨리는 쿠로베의 명치에 단단한 주먹을 꽂아 넣었다.

"으헉."

그리고 앞으로 몸을 구부린 남자의 셔츠 목덜미 부분을 잡고 위치를 고정하더니, 다시 두 번, 세 번 왼쪽 주먹을 박아 넣었다.

"으윽, 아윽……!"

나는 쓰러지길 허락받지 못하는 쿠로베의 입에서 거품이 섞인 피가 뚝뚝 떨어지는 모습을 보고는 막시밀리안의 등에 매달렸다.

"이제 그만해!"

이렇게 살기를 띤 막시밀리안은 처음 보았다.

언제 어느 때든지 침착하고 냉정한 남자인데.

"더 이상 때리면 죽어!"

막시밀리안이 겨우 왼손을 떼자, 버팀목을 잃은 쿠로베의 몸이 앞으로 구부러지며 툭 쓰러졌다. 이번에야말로 완전히 의식을 잃었는지 꼼짝도 하지 않았다.

막시밀리안이 축 늘어져 엎드린 쿠로베의 양팔을 등으로 돌리더니 수갑을 채웠다. 아까까지 나에게 채워져 있던 수갑이었다.

"놀라게 해드려서 죄송합니다."

남자의 손을 뒤로 돌려 옴짝달싹 못하게 하고 나서 나를 돌아보고는 사과했다. 그 얼굴은 이미 평소처럼 쿨한 그로 돌아와 있었다.

"하지만 이제, 이번에야말로 괜찮습니다."

그렇게 말하고는 안심시키려는 듯이 미소 지은 막시밀리안이 나를 향해 팔을 뻗어 왔다.

제6장

　나는 공주님처럼 그의 두 팔에 안긴 상태로 건물 앞에 정차해 놓은 차 조수석까지 옮겨졌다. 막시밀리안이 운전석에 올라타더니 나와 자신의 안전벨트를 매자마자 마세라티에 시동을 걸고 출발시켰다.

　"토도 씨에게서 연락을 받고 곧바로 이쪽으로 서둘러 왔습니다 만, 방을 알아내는 데 시간이 걸리는 바람에 늦어지고 말았습니다. 죄송합니다."

　막시밀리안이 핸들을 잡으며 온화한 목소리로 사과했다.

　"토도가······?"

　시트에 축 늘어져 기대고 있던 나는 나른하게 되물었다.

　"문자를 받고 회신을 했더니 루카 님으로부터 응답이 없었다고 하더군요. 항상 곧바로 회신이 오는데 그렇게 몸이 안 좋은가 걱정이 되었다며 제게 연락을 주셨습니다."

"막시밀리안에게……, 연락을? 어떻게……?"

"만일 루카 님께 무슨 문제가 생겼을 경우에는 곧바로 연락을 주시도록 휴대전화 번호를 알려 드렸습니다."

"휴대전화 번호를……?"

그런 걸 언제 알려주었더라?

머리가 멍한 탓인지 도저히 떠올릴 수 없었다.

그러자 막시밀리안이 전방을 응시한 채로 이야기하기 시작했다.

"저번에 【café Branche】 뒷문에서 토도 씨를 뵌 다음 날에 제가 학교까지 찾아가서 시간을 내달라고 요청 드렸습니다. 그때 로셀리니 가문의 사정을 말씀드리고, 아르바이트 하시는 곳에서 루카 님을 넌지시 지켜봐달라고 부탁드렸습니다. ……일을 그만두시게 하는 건 어려웠으니까요. 그렇다고 제가 카페에 얼굴을 내밀면 루카 님께서 불쾌해하실 거라 생각했기 때문에 사정을 말씀드려서라도 토도 씨에게 도움을 받을 수밖에 없다고 판단했습니다."

나는 생각지도 못한 고백에 두 눈을 천천히 크게 떴다.

토도에게 로셀리니 가문의 사정을 이야기했다고?

"거짓, 말……. 토도는 그런 말은 전혀 한 적 없는데."

"루카 님께는 이 건에 대해 비밀로 해주셨으면 좋겠다고 부탁드렸으니까요."

토도와 막시밀리안 사이에서 그런 대화가 오갔다니, 전혀 몰랐다.

── 마음대로 하세요.

그날 밤부터 막시밀리안이 나에게 간섭하지 않게 되어서 이미 틀림없이 버림받은 줄로만 알았는데…….

하지만 그렇지 않았구나. 막시밀리안은 그 뒤에도 제대로 나를 생각하고 물밑에서 움직여주었어.

"그 일도 있어서 오늘도 곧바로 연락을 주셨습니다. 연락을 받은 다음, 휴대전화 GPS 기능을 사용해서 루카 님의 현재 위치 범위를 좁혀 갔습니다."

막시밀리안으로부터 건네받은 휴대전화에 그런 기능이 달려 있었다는 것도 처음 알았다. 그날 밤에 갑자기 아르바이트 하는 카페에 나타났을 때도 그 기능을 사용했을지도 모른다고 이제 와서 짐작이 갔다.

"건물이 있는 범위는 그다지 시간을 들이지 않고 좁혔지만 방까지는 알아낼 수가 없었기 때문에 하나하나 확인하고 돌아다녀야만 해서……, 그 방에 도착하기까지 시간이 걸려 늦어졌습니다. 그 탓에 루카 님이 가혹한 일을 겪으시게 하고 말았습니다."

발견 당시 수갑이 채워진 채 반라 상태였던 나의 모습을 떠올리기라도 한 건지, 조각상 같은 옆얼굴이 고뇌로 일그러졌다.

"죄송합니다."

자신을 책망하는 막시밀리안을 보니 가슴이 욱신거리며 아파 왔다.

막시밀리안은 잘못이 없다. 방심한 내 잘못이다.

게다가 제대로 구하러 와주었잖아?

그렇게 말하고 싶은데도 왠지 모르게 목소리가 나오지 않았다.

어느샌가 따끔따끔 아플 정도로 목이 말랐다. 숨도 뜨겁고, 어쩐지 가슴도 갑갑했다.

'뜨거워…….'

온몸이 열을 머금어서 무겁고 나른했다. 아까 쿠로베가 이상한 약을 넣었을 때 몸을 달아오르게 하던 열이 다시 도지기 시작한 느낌.

특히 하복부 언저리가, 무언가가 안에서 끈적끈적하게 곪아 있는 것처럼 뜨거웠고, 그곳에서 전혀 느껴본 기억이 없는 격렬한 동통이 치밀어 올라왔다. 아까보다 발작이 심했다.

미간을 콱 찌푸리고 단속적으로 일어나는 발작을 견디고 있는 동안에 하복부에 위치한 나의 욕망이 변화하기 시작하는 것을 느낀 나는 마침내 얼굴이 화끈 달아올랐다.

어째서? 왜 이런 데서?!

하필이면 막시밀리안이 옆에 있을 때!

초조해져서 어떻게든 퍼지게 하려 해도 의지와는 반대로 점점 그곳에 열이 집중되고 말았다. 결국에는 속옷이 약간 젖는 느낌이 드는 바람에 울고 싶어졌다.

어떡하지?

뜨겁게 달아오른 뇌리에 쿠로베의 말이 되살아났다.

―― 기분이 좋아지는 약이야. 이렇게 직장으로 흡수해야 가장 빨리 들거든.

약 때문……이야? 약이 몸을 좀먹고 있어서 이렇게 몸이 뜨거운 거야?

'어떡하지? 어떡하면 좋지……?'

내 안에서 생겨나는 '제어가 불가능한 열'로 인해 막연한 불안이 복받쳤다. 나는 열을 머금은 몸을 꼬옥 끌어안았다.

"루카 님?"

막시밀리안이 이쪽을 힐끔 보았다.

"어디 안 좋으세요?"

"…………."

이런 창피한 상태를 설명할 수 있을 리가 없었다. 그보다 막시밀리안만은 죽어도 알게 하고 싶지 않았다.

꼼짝도 하지 못하는 채로 말없이 입술을 깨무는 나를 곁눈으로 확인한 막시밀리안의 표정이 갑자기 험악하게 굳어졌다.

"조금 있으면 도착하니까… 아주 조금만 참아주세요."

굳은 목소리로 말하자마자 액셀을 밟았다.

가속하는 차의 진동에 부채질당해서인지, 한층 상태가 악화되는 것 같은 기분이 들었다. 온몸의 모공에서 땀이 서서히 배어 나왔고, 떨림이 멈추지 않았다.

아플 정도로 어금니를 악물고 단속적으로 덮쳐 오는 열정(劣情)의 물결을 어떻게든 지나가게 내버려 두고 있자 겨우 아파트가 보였다. 지하로 이어지는 경사진 길을 내려가서 가장 안쪽 주차 공간에 미끄러지듯 차를 댄 막시밀리안이 시동을 끄고 안전벨트를 풀었다.

"루카 님? 괜찮으세요?"

고개를 숙인 나의 얼굴을 들여다보며 걱정스러운 듯 물었다.

"…………."

"루카 님?"

막시밀리안이 팔을 만졌다. 그만큼밖에 안 되는 자극에도 깜짝 놀라 온몸을 들썩였다. 하반신이 쿵 울리며 아플 정도로 욱신거렸다.

'앗…….'

발작은 아까부터 단속적으로 덮쳐 왔지만, 지금 그것이 가장 컸다. 아직 여자와 교제한 경험이 없어서 섹스는커녕 어른의 키스조차도 경험한 적 없는 나는 이런 상태가 된 건 처음이라서……, 내 몸인데도 어떻게 하면 좋을지 몰랐다.

괴로워. ……괴로워.

눈이 촉촉히 젖었고, 의식이 몽롱해졌다.

이제 한계야……. 어떻게 되어버릴 것 같아.

'누가 나 좀 살려줘.'

한계까지 몰린 나는 저도 모르게 막시밀리안의 팔을 잡았다.

"어떡하지……? 뜨거워."

괴로운 나머지 가장 알리고 싶지 않았던 상대에게 매달리고 말았다.

"뜨겁다니요? 열이 있으신 겁니까?"

막시밀리안이 이마에 손을 뻗어 왔다. 차가운 손바닥의 감촉에 어릴 적에 열이 났던 일이 떠올라 두 눈에서 눈물이 왈칵 쏟아질 것 같았다.

"나도 몰⋯라. 아까 그자가⋯, 뭔가를⋯, 넣어서⋯⋯. 아⋯마⋯, 그⋯ 때문이야."

오열을 참으며 돌아가지 않는 혀로 헛소리처럼 중얼거렸다.

"넣다니요?"

"아, 아래⋯로⋯, 약⋯⋯, 기분 좋아⋯⋯지는 약⋯이라면서⋯."

막시밀리안의 미간에 선명하게 주름이 졌다.

"괴로워⋯⋯, 막시밀리안."

터놓고 나니 이제 1초도 참을 수가 없었다. 억제의 고삐가 풀리면서 둑이 터진 것처럼 눈앞에 있는 남자에게 눈물 어린 눈으로 호소했다.

"살려줘⋯⋯, 이제, 못 견디겠어⋯⋯."

"방까지 걸을 수 있으시겠습니까?"

"못 걸, 어."

나는 고개를 절레절레 저었다. 일어설 수 없었으니까.

내가 괴로워하는 모습을 매서운 표정으로 바라보던 막시밀리안이 천천히 조수석 시트를 뒤로 쓰러뜨렸다.

"막시밀리안?"

자세를 되돌린 막시밀리안이 위를 보고 눕게 된 나의 몸을 덮어 왔다.

"조금만 참고 계십시오."

뭔가를 결의한 것 같은 침통한 표정으로 그렇게 중얼거리는가 싶더니, 내가 차고 있던 벨트를 풀었다. 그대로 지퍼를 내리고 하의 앞을 풀더니, 속옷과 바지를 한번에 무릎 언저리까지 내렸다.

'어……?'

곧바로 뭐가 어떻게 됐는지 이해하지 못했다. 머리를 들어 올려 노출된 하반신을 내려다 본 시점에서 겨우 내가 실오라기 하나 걸치지 않은 상태임을 깨닫고 확 달아오르며 수치의 불꽃에 휩싸였다.

"싫어……!"

이미 발기하기 시작한 욕망의 증표를 막시밀리안에게 보이기 창피했던 나는 열심히 몸을 비틀었다. 하지만 안전벨트의 방해로 완전히 몸을 뒤집지는 못했다.

"싫어……, 싫어!"

내가 치욕으로 달아오르고 있는 동안에도 막시밀리안은 아무 말도 하지 않았다. 그저 말없이 비참한 상태가 된 하복부에 시선을 쏟았다.

"싫, 어……."

죽을 만큼 창피하고 싫은데도 막시밀리안의 시선에 노출되어 그을린 욕망은 한층 기뻐하듯 바르르 흔들리면서 서고 말았다. 그 선단이 젖어서 번들거리는 모습을 보고 눈앞이 캄캄해졌다.

그냥 죽어버리고 싶어…….

"보……보지 마!"

도망치지도 못하고 두 손으로 얼굴을 가리자, 막시밀리안이 그 손을 잡고 조용히 떼어 냈다. 그러더니 꽉 감은 눈꼬리에 부풀어 오른 눈물 방울을 길고 아름다운 손가락 끝으로 살며시 닦아주었다.

"루카 님 잘못이 아닙니다."

막시밀리안이 위로하는 듯한 목소리로 귓가에 속삭였다.

"이렇게 되신 건 약 때문입니다."

"약… 때문…?"

나는 머뭇거리며 두 눈을 떴다. 막시밀리안의 길게 찢어진 두 눈이 가만히 이쪽을 바라보고 있었다.

"그러니 창피해하실 필요는 없습니다. 생리 현상이니까요."

안경알 안쪽의 두 눈을 쳐다보고 있자니 마음이 서서히 차분해졌다. 청회색 눈동자는 모멸도, 조소의 색도 띠고 있지 않았기 때문이다.

나의 시선을 받아 낸 막시밀리안이 안타깝다는 듯 두 눈을 가늘게 떴다.

"괴로우시죠? 지금 편하게 해 드리겠습니다."

곁에서 같이 잠을 자듯이 내 옆에 몸을 눕힌 막시밀리안의 길다란 손가락이 나의 페니스에 휘감겼다. 다른 사람의 손이 그런 곳을 만진 적은 처음 있는 경험이라서 저도 모르게 움찔 떨며 몸을 움츠렸지만, 이윽고 시작된 애무는 예상과 달리 부드럽고 다정했다.

"으응……."

그가 손바닥으로 감싼 채 천천히 위아래로 훑자, 코에서 숨이 새어 나왔다. 굳어 있던 온몸에서 힘이 빠져나갔다.

'기분……, 좋아.'

나 말고 다른 누군가의 손으로 행해지는 애무가 이렇게 기분 좋은 행위일 줄은 몰랐다. 지하라고는 해도 언제 누가 와도 이상하지 않은 이런 곳에서 '창피한 짓'을 당하고 있다고 생각하는 것만으로도 어쩔 줄 모를 만큼 격앙되고 말았다.

내가 느끼고 있는 표정을 숨김없이 막시밀리안에게 드러내고 있다고 생각하니 한층 더 참을 수 없는 수치심이 치밀어 오르며 눈동자가 서서히 촉촉해졌다.

창피하다고 생각하면 생각할수록 욕망은 뒤로 휘어졌고, 선단에서 투명한 꿀이 끈적끈적하게 흐르며 축을 따라 그의 손을 흠뻑 적셨다. 질척, 질척, 젖은 점액 소리가 차 안에 울리자 그 음란한 소리에도 부채질당하여 허리 안쪽이 지끈지끈 욱신거렸다.

"읏……."

입술을 꽉 깨물고 당장에라도 목에서 새어 나올 것 같은 목소리를 필사적으로 참고 있으려니, 갈라진 저음이 귓바퀴에 불어넣어졌다.

"참지 마세요."

그렇게 속삭이는 막시밀리안이 마치 내가 기분 좋아지는 곳을 다 알고 있기라도 하는 것처럼 잔혹하리만큼 정확한 손놀림으로 민감한 음경의 뒤쪽을 손가락 바닥으로 쓸어 올린 순간, 마침내 참고 있었던 목소리가 흘러나오고 말았다.

"앗, ……응."

스스로도 귀를 막고 싶어지는 달콤한 목소리. 한번 목소리를 냈더니 멈추지 않았다.

"응, 응, 흐……아, 응."

이런 여자 같은 소리를 내고 있는 자신이 너무 창피했지만, 수치심을 웃도는 쾌감에는 저항할 수 없었다.

'아……….'

이제 바로 앞까지 와버렸어.

"나, 나올 것 같아."

절박한 초조감에 휩싸여 호소하자, 막시밀리안이 일단 몸을 일으키고 나서는 나의 다리 사이에 얼굴을 묻었다.

"제가 입으로 받아 내겠습니다."

그가 그렇게 말하자마자 뜨겁게 젖은 입안에 감싸이는 바람에 "히익!" 하는 비명이 새어 나왔다.

말도, 안 돼……. 막시밀리안이 내 물건을?!

"싫어……, 그러면 안 돼!"

양손으로 떠밀치며 필사적으로 막시밀리안의 머리를 밀어내려고 했지만, 단단하고 다부진 몸은 꿈쩍도 하지 않았다. 그러는 사이에도 까끌까끌한 혀가 페니스를 휘감았다.

"하……윽."

방금 전에 손으로 애무해주던 것도 기분 좋았지만, 지금이 더더욱 굉장했다. 혀로 핥고, 입술로 빨고, 이로 자근자근 깨물자 몸 한가운데의 열 덩어리가 녹아내리기 시작했다. 처음으로 알게 된 미

지의 관능에 하얗게 안개가 낀 것처럼 눈앞이 부예졌고, 무의식적
으로 허리가 음란하게 흔들리고 말았다.

"으, 크, 응."

쾌감의 파도에 쉽게 휩쓸려버릴 뻔했지만, 단 하나 남은 기댈 곳
처럼 막시밀리안의 머리를 붙잡고 버텼다. 그러자 막시밀리안이 나
에게서 입을 떼고 딱 잘라 말했다.

"참지 말고 내보내세요."

"안 돼, 못해……!"

그런 짓은 할 수 없었다. 막시밀리안의 입안에 내보내다니!

눈물이 축축하게 흘러 반쯤 울상이 된 채 고개를 흔든 직후, 또다
시 나를 머금은 막시밀리안이 방탕한 행위를 재촉하듯이 몰아치기
시작했다. 츄릅츄릅, 소리를 내며 입술로 페니스를 훑었다. 격렬하
게 몰아치는 그 행위와 자극적인 비주얼의 상승 효과로 인해 머릿
속이 새하얗게 물들며 불꽃이 튀었다.

"아, 앗, 아앗……!"

등을 뒤로 크게 젖힌 나는 막시밀리안의 입안에서 터졌다.

"응, 흐읏……!"

나는 절정의 여운에 온몸을 움찔움찔 떨면서 시트에 기댄 채 축
늘어졌다. 어깨로 숨을 고르고 있으려니, 막시밀리안이 다리 사이
에서 고개를 들었다. 그의 울대뼈가 천천히 위아래로 움직였다.

'아……, 지금 내 그것을 마셨어?'

깜짝 놀라 눈을 휘둥그레 뜨는 나를 어두운 눈빛으로 묶어 맨

채, 길다란 손가락이 단정한 입가에서 흘러내리는 하얗고 탁한 액체 한 줄기를 닦았다. 그러더니 손끝에 묻은 체액을 무척이나 섹시한 혀놀림으로 핥아 냈다.

평소의 금욕적인 가면을 벗어던진 것 같은 그의 야성적이며 음란한 동작을 보자 심장이 쿵쾅 뛰었다.

내가 몰랐던 막시밀리안의 또다른 얼굴.

봐서는 안 되는 것을 보고 만 기분이 들어서……, 어슴푸레한 홍분에 심장 고동이 점점 빨라져 갔다.

"…………."

도저히 눈을 돌리지 못하고 넋을 잃은 듯이 막시밀리안의 얼굴을 쳐다보고 있자, 지나간 열정의 물결이 또다시 목을 쳐들기 시작했다.

'또야……?'

몸안에서 빨갛게 타다 남은 정욕에 불이 붙었음을 느낀 나는 등을 오싹 떨었다.

＊　　　＊　　　＊

차 안에서 한 번 절정에 달한 후, 위에 있는 방까지 어떻게 갔는지는 확실히 기억이 나지 않았다.

아직 빠지지 않은 약의 여운에 막시밀리안의 입안에 내보내고 만 충격까지 겹쳐서 반쯤 몽롱한 채로 의식이 날아가 있던 내가 정신을 차렸을 때는 실오라기 하나 걸치지 않은 모습으로 샤워 부스에서 있었다.

막시밀리안은 셔츠 한 장 걸쳐 입은 상태로 양쪽 소매를 팔꿈치까지 걷어 올린 채 비누 거품을 낸 스펀지로 나를 닦아주었다. 이런 식으로 누가 몸을 닦아주다니, 어렸을 때 이후로 처음이었다.

아까 더 창피한 모습을 보이고 만 탓인지, 아니면 역시 아직 약 기운이 남아 있어서인지, 이상하게도 알몸이 되었다는 데에 저항감이 없었다. 머리에 희미하게 안개가 끼어 있어서 마치 술에 취하기라도 한 것처럼 현실감이 없었다.

"간지러워……."

그야말로 어린아이처럼 막시밀리안이 하는 대로 순순히 그에게 몸을 맡기고 있던 나는, 그가 민감한 겨드랑이 아래쪽을 스펀지로 문지르자 간지러워서 목을 움츠렸다.

"뒤돌아서 벽에 손을 대십시오."

등을 씻으려는 건가 싶어서 순순히 몸을 돌렸다. 그러자 뒤에 선 막시밀리안이 나의 엉덩이를 손바닥으로 스르륵 쓰다듬었다. 등을 흠칫 떤 순간, 이번에는 둥그스름한 두 개의 언덕 사이에 손가락이 닿더니 언덕 사이가 쭉 벌어졌다.

"뭐, 뭐야……?!"

평소에는 공기에 닿는 일도 거의 없는 부분이 갑자기 밖으로 드러나는 바람에 역시나 깜짝 놀라 한순간 머리의 안개가 걷혔다.

"그, 그런 곳까지……."

씻지 않아도 된다고 말하려던 그때, 손끝이 오므라진 곳을 콕콕 찔렀다.

"앗."

움찔 떨리는 귓가에 낮은 목소리가 닿았다.

"그 남자가……, 이곳을 만졌습니까?"

왠지 모르게 목소리가 무서웠다. 감정을 억누르고 있는 것처럼 억양이 없어서 오히려 무서운 느낌이 들었다.

'막시밀리안, 화났어?'

"솔직하게 사실을 말해주세요."

왜 막시밀리안이 화가 났는지는 알 수 없었지만, 나는 그 낮은 목소리가 뿜어내는 박력에 압도되어 느릿느릿 입을 열었다.

"소, 손가락……."

"손가락? 손가락을 넣었습니까?"

"……응."

한동안 침묵이 가로놓인 후, 아까보다 한층 더 낮은 목소리가 속삭였다.

"이런 식으로?"

오므라진 곳에 꾸욱 압력이 가해지자, 나는 숨을 삼켰다.

'막시밀리안의 손가락이!'

들어온 손가락을 반사적으로 밀어내고자 저항했지만 이루어지지 않았다. 손가락은 그대로 미끄러운 비누의 힘을 빌려 안까지 주르륵 들어오고 말았다.

"싫어, 싫어……."

왜 이런 짓을 당하는지 알 수 없었다. 막시밀리안이 무슨 생각을 하고 있는지 이해할 수 없었다.

"그만해. 막시밀리안……, 더러워……, 그런 짓!"

막시밀리안이 혼란함에 벗어나려고 하는 나의 위팔을 잡았다. 그러더니 상반신을 타일에 꾹 밀어붙였다. 곧바로 등 뒤에서 막시밀리안이 몸을 덮어 오더니, 귓바퀴에 "당신의 이곳은 더럽지 않습니다."라고 말을 불어넣었다.

"하지만……, 그 남자의 손가락으로 더럽혀지고 말았다면 안까지 씻어야겠네요."

막시밀리안은 트집으로밖에 여겨지지 않는 말을 한 다음, 손가락을 넣었다 빼기 시작했다. 손가락이 왕복할 때마다 안에서 푹푹 소리가 나며 비누 거품이 이는 것을 알 수 있었다.

"싫어……!"

"아프십니까?"

아프지는 않지만, 몸안에서 꿈틀거리는 이물이 기분 나빠서 눈살을 찌푸렸다. 그리고 무엇보다도 막시밀리안이 왜 이런 행위를 하는지 몰라서 머리가 혼란스러웠다.

"몸에서 힘을 빼세요."

"못해……."

"괜찮습니다. 약이 남아 있지 않은지를 확인하고 안을 씻기만 하는 것뿐이니까요."

달래듯이 타이르는 말을 듣고는 겨우 그가 어떤 의도를 가지고 움직이는 건지 알게 된 나는 굳어진 근육을 의식적으로 풀었다.

막시밀리안이 이윽고 위팔에서 뗀 손을 나의 몸 앞으로 돌렸다. 커다란 손바닥이 아까 전에 한 번 터진 욕망을 부드럽게 감쌌다. 뒤에서 느껴지는 이물감에서 관심을 돌리려는 목적인지, 천천히 뒤쪽 힘줄을 쓰다듬어 올렸다.

"앗, 응."

두세 번 훑기만 했는데도 나의 그것은 싱겁게 반응하고 말았다. 이미 막시밀리안이 준 쾌감을 알아버린 몸이 기대감으로 작게 몸서리를 쳤다.

"단단해졌네요."

귓바퀴를 희롱하며 요염하게 속삭이는 낮은 목소리. 등에 닿은 육체의 딱딱함과 무게에도 쾌감을 느낀 욕망이 점점 경도를 더해 갔다.

"응, 으응⋯⋯."

"이미 흘러넘치고 있습니다."

"앗⋯⋯."

창피하게 미끌거리는 그 점액의 존재를 나에게 알려주려는 것처럼 막시밀리안의 엄지손가락이 선단에서 천천히 원을 그렸다.

"보세요, 이렇게 미끈미끈해졌답니다."

경망스러움을 야유당한 순간, 또다시 페니스 선단에서 투명한 꿀이 쿨럭 넘쳤다.

이런 말을 들었는데 젖어버리다니……, 제정신이 아니야. 심술궂은 막시밀리안의 목소리를 달콤하게 느껴버리다니.

"하앗, 앗, 앗, 응."

천천히 들어왔다 나가기를 반복하던 막시밀리안의 손가락이 어떤 곳에 닿은 순간이었다. 심상치 않은 전류가 찌르르 스치더니 허리가 출렁 흔들렸다.

"하앙, 거기!"

"여기가 느껴지십니까?"

'여기'라는 대목에서 그곳을 꾹 누르는 바람에 등이 움찔 떨렸다.

"여기군요?"

"모, 몰라……."

나의 몸에 무슨 일이 일어났는지 이해하지 못한 채 고개를 좌우로 절레절레 흔들었다. 하지만 막시밀리안이 다시 한 번 그곳을 꾹 누른 찰나, 나도 모르게 새된 목소리가 튀어나왔다.

"아앗."

그가 손가락 바닥으로 빙글빙글 문지른 부분에서 달콤한 자극이 생겨나더니 온몸을 타고 전해졌다. 허벅지 안쪽이 실룩실룩 흔들리고, 다리가 덜덜 떨렸다. 뭔가를 잡고 있지 않으면 서 있을 수 없었다.

좋아……. 그곳이……, 기분……, 좋아.

점막이 끈적끈적하게 녹아내려 가는 것을 알 수 있었다. 안쪽 주

름이 한층 더 큰 쾌감을 탐욕스럽게 원하며 천박하게 이물에 휘감겼다. 나는 무의식중에 몸안에 있는 막시밀리안의 손가락을 꽈악 쥐어 대고 있었다.

──기분 좋아…….

"으……응, 하으응."

"경박하십니다."

타일벽에 매달려서 관능에 들뜬 것처럼 허리를 흔들던 나는 그 낮은 목소리를 듣고 깜짝 놀라 제정신으로 돌아왔다.

"뒤를 애무했더니 그런 식으로 허리를 흔들고 기뻐하시다니요."

막시밀리안이 심한 말로 꾸짖는 바람에 얼굴이 화끈 달아올랐다.

"그, 그게."

그렇게 만들고 있는 사람은 막시밀리안이면서.

울컥하여 눈살을 찌푸리고 있으려니, 갑자기 오므라진 곳에서 손가락이 쑥 빠졌다.

"앗."

갑작스러운 상실감에 목소리가 새어 나왔다. 미련이 남는 듯 실룩실룩 꿈틀거리는 그곳의 음란한 준동을 들키고 말았나 보다. 귓가에서 피식 웃는 소리가 들렸다.

"벌써 그렇게나 원하다니, 당신은 얼굴에 어울리지 않게 음란하시군요."

"윽……."

나는 충격으로 말을 잃었다.

"너무해……."

왜 그렇게 심한 말을 하는 거야?

"너무해. 막시밀리안, 진짜 못됐어."

도가 지나친 말투에 눈물이 서서히 치밀어 올랐다. 그러자 막시밀리안의 손이 나의 턱을 잡고 뒤로 비틀었다. 모양 좋은 입술이 그대로 다가오더니, 살며시 눈꼬리에 맺힌 눈물 방울을 빨아들였다.

피부에 닿은 한순간의 열기.

"아………."

입술을 뗀 막시밀리안과 숨이 맞닿을 정도로 바로 가까이에서 눈과 눈이 마주쳤다. 젖은 머리카락 몇 가닥이 이마에 내려와 있어서 그런지, 평소보다 요염하게 보였다. 세찬 감정을 마음속 깊은 곳에 억지로 애써 감추고 있는 듯 어딘가 고통스러워 보이는 희고 수려한 얼굴.

청회색 눈동자에는 여태까지 본 적이 없는 어두운 정념의 불꽃이 어른거리고 있었다.

안경알 너머로 꼼짝도 못할 만큼 미칠 듯이 열을 머금은 눈빛으로 바라보는 바람에 목에서 꿀꺽 소리가 났다. 서로의 시선을 휘감으면서 왠지 모르게 갑자기 입이 심심한 기분이 든 나는 무의식적으로 입술을 혀끝으로 핥았다.

아까 눈꼬리에 닿은 막시밀리안의 입술. ……무척 뜨거웠는데.

다시 한 번 닿고 싶다.

이번에는 입술로 그 열을 받아 내고 싶다.

'키스……, 하고 싶어.'

스스로도 어째선지는 모르겠지만, 지금 막시밀리안과 무척 키스를 하고 싶었다.

사실은 제대로 껴안고 입술을 포개고 싶었다. 될 수 있으면 연인처럼.

'키스 해줘…….'

입 밖으로 낼 용기는 없어서……, 눈으로 호소해 보았지만.

막시밀리안이 내가 보내는 애원의 눈빛을 보더니 눈살을 찌푸렸다. 그러더니 얼굴을 홱 돌려버리는 바람에 턱을 잡고 있던 손도 떨어졌다. 희망이 이루어지지 않은 데 실망하고 있자, 막시밀리안의 손이 또다시 나의 페니스를 잡고 움직이기 시작했다. 그리고 빈손으로는 젖꼭지를 만졌다.

"아, 응, 웃."

막시밀리안이 만지기 전부터 이미 서 있던 가슴의 돌기를 꽉꽉 주무르자, 달콤한 전류가 스쳐 갔다. 그가 동시에 욕망도 훑어 올리자, 두 곳에서 생기는 강렬한 자극에 상반신을 크게 뒤로 젖혔다.

"……응, 크, 응, 아, 아, 아, 아, 응."

허리를 비비 꼬며 단정치 못하게 벌어진 입으로 젖은 신음 소리를 연달아 흘렸다. 가슴에서 떨어진 막시밀리안의 손이 이번에는 부은 음낭을 꽉 잡았다. 안에 들어 있는 두 개의 구슬을 주무르듯이 문지르는 바람에 허벅지 안쪽이 파르르 경련했다.

"가세요. ……어서 가세요."

세차게 몰아치는 듯한 막시밀리안의 손동작으로 인해 머릿속이 새하얗게 칠해지면서 사정감이 높아져 갔다. 꽉 감은 눈 안쪽에 하얀 섬광이 스쳐 갔다.

"아, 싫어……, 이제……, 가, 갈 것 같아, ……아앗!"

새된 목소리를 낸 직후, 체액이 힘차게 퓨욱 튀었다. 허리를 앞뒤로 흔들면서 욕망의 증표를 쿨럭, 쿨럭 하고 토해 냈다.

겨우 모든 것을 다 내보낸 나는 녹초가 되어 허탈해진 상태로 뒤에 있는 막시밀리안에게 몸을 기대었다.

"하아……, 하아……."

하지만 그렇게 해방감에 젖어 있을 수 있던 시간도 한순간이었다. 뜨겁고 단단한 몸에 기대고 있는 사이에 또다시 하반신이 서서히 열기를 띠기 시작했기 때문이다.

'말도 안 돼……. 또?'

하복부가 쿡쿡 욱신거리는 느낌에 깜짝 놀라 천천히 눈을 크게 떴다. 이제 막 다 내보냈을 뿐인데.

대체 언제쯤 이 상태가 진정될까? 언제쯤 약의 효과가 사라질까?

흩어 놓아도 흩어 놓아도 끝이 없는 열정이 무서워진 나는 몸을 돌려 막시밀리안과 마주 보며 눈물로 호소했다.

"막시밀리안……, 어떡해."

"루카 님?"

"나, 이상해……. 또……, 이상해져버린 것 같아……."

안경알 안쪽의 두 눈이 안타까워하듯 가늘어지더니, 커다란 손이 나의 뺨에 닿았다. 그러더니 눈물로 지저분해진 얼굴을 불쌍히 여기듯이 부드럽게 어루만졌다.

"몇 번이나 이상해지셔도 괜찮습니다."

진지한 표정으로 말한 그의 손이 뺨에서 천천히 아래로 미끄러지듯 내려가더니 허리에 닿았다고 생각한 순간, 나를 쭉 끌어당겼다. 다부진 두 팔에 꽉 안긴 나의 등이 휘어졌다.

"윽……."

젖는 것도 개의치 않는 막시밀리안의 두터운 가슴에 꽉 안기자 심장이 쿵쾅 뛰었다.

"몇 번이든 이상해지세요. 제가 다 받아 낼 테니까요."

진지하게 말하는 갈라진 목소리가 귀에 닿은 순간, 가슴이 죄이는 것처럼 메이며 고통스러워졌다.

그 달콤한 통증이 온몸으로 퍼지기까지 불과 몇 초도 걸리지 않았다.

'숨 쉬기가……, 힘들어…….'

가슴이 뜨겁고 갑갑했다.

뭔가 매달릴 것이 필요해서 천천히 팔을 들어 막시밀리안의 등에 둘렀다.

근육으로 덮힌 넓은 등을 살며시 껴안은 그때.

나는 가슴을 압박하고 있던 달콤한 통증의 정체를 겨우 자각했다.

'막시밀리안…….'

좋아해.

나는 막시밀리안을 좋아하는 거야.

쿠로베가 만졌을 때는 소름이 끼칠 정도로 싫었다. 그저 혐오감 밖에 들지 않았다.

그런데도 막시밀리안이 아무리 짓궂게 굴어도, 무슨 짓을 해도 싫지 않은 이유는.

싫기는커녕 키스 받고 싶고, 안기고 싶다는 생각이 드는 이유는.

막시밀리안을 좋아하기 때문에.

좋아했던 거야.

언제부터였는지도 이미 기억에 없을 만큼 오래 전부터……, 나는.

막시밀리안을 좋아했어.

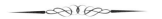

제7장

　나는 커튼 사이로 비쳐 드는 햇살을 받으며 내 침대 위에서 눈을 떴다.

　평소와 다름없는 아침.

　뒹굴거리며 옆으로 누웠다가 팔에 힘을 주고 느릿느릿 상체를 일으킨 나는 침대에 한쪽 팔꿈치를 댄 채 고개를 절레절레 흔들었다.

　"머리가……, 무거워."

　몸도 나른했다. 특히 하반신이. 왠지 얼굴도 부은 것 같은 기분이 들었다.

　왜 그런지 멍하니 생각하다가 곧바로 어제 한껏 울어서 그렇다는 사실을 깨달았다.

어제 ── .

야쿠자의 부하 2인조에게 납치되어 건물에 있는 어느 방에 감금 당한 데다, 엉덩이에 이상한 약을 삽입당하고 말았다. 2인조 중 한 사람인 쿠로베에게 당할 뻔한 위기일발의 순간, 막시밀리안이 나를 구하러 와주었다. 그리고 약의 여파로 고통스러워하던 나를 손과 입으로……

── 제가 입으로 받아 내겠습니다.

── 참지 말고 내보내세요.

── 몇 번이나 이상해지셔도 괜찮습니다.

── 몇 번이든 이상해지세요. 제가 다 받아 낼 테니까요.

"으………."

막시밀리안이 만져주어서 달콤한 소리를 내며 신음하고, 여자처럼 가슴을 애무당해 느껴버리고, 더군다나 그, 그런 곳에 손가락이 들어왔는데 문란해지다니……

수많은 추태가 되살아나면서 얼굴이 서서히 빨개졌다.

약 때문이라고는 해도 막시밀리안 앞에서 그런 창피한 모습을……. 떠올리기만 해도 얼굴에서 불을 뿜을 것 같았다.

어제는 결국 욕실에서 두 번 절정에 달한 다음에 이 침대에서도 한 번…….

의식이 있었던 건 그때까지였고, 그 뒤의 일은 이미 기억에 없었 다. 몸안에 있던 그것을 완전히 내보낸 다음에 막시밀리안의 품 안 에서 기절하듯 잠이 들고 말았나 보다…….

지금 이렇게 제대로 잠옷을 입고 있는 모습을 보아하니, 막시밀리안이 의식을 잃은 나의 몸을 깨끗이 닦고 나서 옷을 갈아입혀 주었을 것이다.

그에게는 정말로 하나부터 열까지 폐만 끼치고 있었다.

"하아……."

무거운 한숨이 흘러나왔다. 몸을 지탱하고 있던 팔을 꺾고 침대에 푹 가라앉았다.

"왠지……, 너무 많은 일이 있어서 마음이 따라가질 못하겠어."

그야말로 노도와 같은 전개였다.

이 일도 저 일도 다 충격적이었지만, 무엇보다 나에게 있어 가장 충격은 오랜 세월 마음속 깊은 곳에 숨겨 두고 있던 나의 연심을 깨달은 일이었다.

그동안 줄곧 스스로도 의식하지 못하는 사이에 동성인 막시밀리안을 짝사랑 하고 있었던 사실. 어느 틈에 그를 연애 대상으로 보고 있었다는 사실을……, 깨달았다.

언제부터 좋아했는지는 나도 모르겠다.

아마 사랑이 어떤 것인지도 몰랐던 어린 시절부터.

언제 어느 때라도 막시밀리안만은 나를 내버려 두지 않고 지켜 줄 것이다 —— 그렇게 천진난만하게 믿고 있었던 그 무렵부터.

지금 생각하면 그래서 10년 전에 막시밀리안이 아버지와 함께 로마로 가버렸을 때 그렇게나 충격을 받았던 것이다. 나보다 아버지를 선택한 일이 충격이어서……

아마 그때 나는 너무 충격을 받은 나머지 그를 향한 마음을 닫아 버리고 말았다. 동성을 그런 의미로 좋아하게 되는 건 이상한 일이라는 믿음도 있었을지 모른다.

하지만 스스로도 의식하지 못하고 마음속으로는 언제나 그를 신경 쓰고 있었다.

멀리 떨어져 있어도 그를 도저히 잊을 수가 없었다.

일본에 오고 나서 어린애 취급 받는 데 화를 내며 사사건건 반발한 것도 막시밀리안이 어엿한 어른으로 인정해주길 바랐기 때문이다.

그와 대등해지고 싶었다. 될 수 있으면 어깨를 나란히 하고 싶었다.

그를 위해서라도 하루 빨리 로셀리니 가문의 쓸모없는 자식을 졸업해서 자립하고 싶었던 것이다.

그렇지 않으면 지금 이 상태로는 평생 진지하게 상대해주지 않을 것이다. 그의 안에서 아버지를 앞지르고 가장 우선 순위가 될 수 없다고 생각했으니까.

사실은 막시밀리안을 번거롭게 하지 않고, 될 수 있으면 그 누구의 손도 빌리지 않고 혼자서 일본에서 분발하고 싶었다. 그리고 몰라볼 만큼 성장한 모습으로 막시밀리안을 만나러 가고 싶었다.

'……그것도 지금은 그야말로 꿈 같은 일이 됐지만.'

새삼스럽게 의식 아래에 봉인하고 있던 진정한 자신의 마음과 마주한 나는 애달픈 한숨을 흘렸다. 그러고 나서 베개를 꼭 끌어안고 툭 던지듯 중얼거렸다.

"막시밀리안은 나를 어떻게 생각할까……?"

동생?

주군의 아들?

보호 대상?

어느 쪽이든 연애 대상이 아니라는 것만은 확실하다…….

다다른 결론에 기분이 확 가라앉았다. 아침부터 한껏 우울해져 있으려니, 똑똑, 노크 소리가 났다.

"안녕히 주무셨습니까."

문 너머에서 낮은 미성이 들리자 심장이 크게 두근거렸다. 막시밀리안이다.

"조, 좋은 아침."

나도 뒤집어진 목소리로 인사를 했다. 베개를 끌어안은 자세로 침대 위에 무릎을 꿇고 앉아 있자, 문이 달칵 열렸다.

우와……. 얼굴을 제대로 못 보겠어.

그렇게 창피한 모습을 드러내고 말았으니, 지금 어떤 표정을 지으면 좋을지 모르겠다.

나는 심장을 벌렁거리며 곁눈으로 힐끔 문 쪽을 살폈다.

보고 있는 내가 긴장될 만큼 쭉 뻗은 등줄기. 오늘도 하얀 셔츠에 베스트라는 정해진 복장을 한 치의 틈도 없이 차려입고, 넥타이를 꽉 조여 매고 있었다.

쓸어넘긴 애시브라운색 머리. 수려한 이마와 이지적으로 생긴 눈썹. 날카롭고 높은 콧날. 은색 테 안경 속의 청회색 눈동자. 단정한 입술. —— 영리하게 정돈된 샤프한 외모를 몰래 엿보고 있는 사이에 가슴이 죄어드는 것처럼 괴로워졌다.

'역시 좋아해.'

한번 자각해버리니 이제 마음이 멈추지 않았다. 억누를 수 없었다.

하지만 막시밀리안은 얼굴을 본 것만으로도 열이 날 뻔한 나와는 대조적으로 매우 평안했다. 그는 평소와 전혀 변함없는 표정과 목소리로 한결 같은 말을 했다.

"아침 식사 준비가 다 됐습니다만, 어떻게 하시겠습니까?"

"아……, 으, 응."

나는 막시밀리안이 있는 쪽으로 머뭇거리며 고개를 돌렸다. 그는 눈이 마주쳐도 아무렇지도 않아 보였다. 아무 일도 없었다는 것처럼 쿨하게 행동하는 그의 모습을 보니 머리부터 냉수를 뒤집어쓴 것 같은 기분이 들었다.

완전히 평소와 같아…….

나는 당장에라도 심장이 입에서 튀어나올 만큼 두근두근 떨고 있는데.

—— 몇 번이든 이상해지세요. 제가 다 받아 낼 테니까요.

그렇게 말하고는 등이 휠 정도로 세게 껴안아 주었는데.

나에게 있어서는 천변지이에 필적하는 대사건이었던 어제의 그일도……, 막시밀리안에게 있어서는 깨끗이 흘려버릴 수 있는 정도의 일이었고, 그저 업무의 일환일 뿐이었던 걸까?

사랑하는 사람의 진심을 파악할 수 없어서 금세 불안해졌다. 매달리는 듯한 눈빛을 보내고 있자, 막시밀리안이 방으로 들어왔다. 그는 곧장 침대로 다가와 머리맡에 서더니 나의 얼굴을 들여다보았다.

"몸 상태는 어떠십니까?"

"몸……?"

의아해하며 되물은 직후, 어제 그 약의 후유증에 대해 묻고 있다는 것을 깨달았다.

머리가 약간 무겁고 나른하지만, 어제처럼 몸안에서 열이 나는 듯한 증상은 없었다.

"이제 괜찮아. ……괜찮은 것 같아."

"그러십니까? 다행입니다. 아마 후유증이 며칠이나 남을 만한 물건은 아닐 겁니다."

막시밀리안이 나의 대답을 듣고는 안도한 표정을 지었다. 그 표정을 보니 또다시 가슴이 술렁거리며 괴로워졌다.

"걱정 끼쳐서 미안해."

나는 사과의 말을 하고 나서 큰 마음을 먹고 작은 소리로 말을 덧붙였다.

"저……, 어제는 고마웠어."

그러자 안경알 안쪽의 길게 찢어진 두 눈이 아주 살짝 커졌다. 허를 찔리기라도 한 것처럼 놀란 표정을 포착할 수 있었지만 그도 한

순간이었다. 그 표정은 곧바로 평소처럼 냉철한 가면에 뒤덮이며 가려지고 말았다.

"저야말로 주제넘는 짓을 했습니다."

딱딱한 목소리로 사과의 말을 자아낸 막시밀리안이 더 이상의 대화를 거부하듯이 화제를 돌렸다.

"옷을 갈아입고 식탁으로 오십시오. 평소처럼 스크램블 에그가 괜찮으시죠?"

"아……, 응."

"알겠습니다."

나는 몸을 돌리고 방에서 나가는 완고한 등을 말없이 지켜볼 수밖에 없었다.

*　　　*　　　*

"어제 루카 님께서 납치당하신 일에는 아키라 님이 관련되어 계십니다."

아침 식사를 마친 후, 막시밀리안이 어제 있었던 납치 감금 사건의 속사정을 이야기해 주었다.

식탁에서 막시밀리안과 마주한 나는 그의 입에서 나온 이부형(異父兄)의 이름을 듣고 눈을 휘둥그레 떴다.

"아키라 씨가?"

막시밀리안의 말에 의하면 어제 있었던 사건은 애당초 아키라 씨가 일본에서 시칠리아로 이주한 일이 발단이었다고 한다.

약 1년 전에 아키라 씨는 어느 야쿠자 조직으로부터 집요하게 괴롭힘을 당해 회사를 그만둘 수밖에 없는 지경까지 몰렸다. 그 야쿠자 조직 ──【오토와회】의 시바타라는 두목은 일찍이 아키라 씨의 아버지가 이끌던【하야세파】에 재적한 적이 있으며, 십여 년 전부터 아키라 씨에게 일그러진 욕망을 품고 있었던 것 같았다.

시바타의 목적은 양자결연이라는 명목하에 아키라 씨를 자신의 소유로 만드는 것.

그 양자결연 피로회가 있던 날, 시바타의 저택에 감금당해 있던 아키라 씨를 구해 내어 시칠리아로 데리고 돌아온 사람이 큰형 레오나르도였다.

레오나르도는 예전부터 우리 어머니가 일본에 남겨 두고 온 아들에게 관심을 가지고 있었고, 몇 년 전부터는 당사자가 알아채지 못하게 아키라 씨의 동향을 지켜보고 있었다. 이번에도 그가 사건에 휘말린 사실을 알아채고 직접 일본으로 건너가 그야말로 아슬아슬한 타이밍에 그를 구출해낸 것 같았다.

일본에서는 지하세계에서 나름대로 영향력을 가진 시바타라도 역시나 시칠리아까지는 손을 미치지 못했다.【팔라초 로셀리니】에서 지냄으로써 아키라 씨의 안전은 확보할 수 있었다.

그러나 손이 미치지 않는다고 해서 시바타가 아키라 씨를 포기했다는 단순한 이야기가 아니었다. 십여 년 동안이나 호시탐탐 노리고 있었을 정도였으니, 그 집착심은 그리 쉽게 없어지지 않을 것이라고 생각하는 편이 자연스럽다. 아키라 씨를 빼앗긴 건으로 인해 자존심을 짓밟힌 시바타가 로셀리니가에 원한을 품으리라는 점도 상상하기 어렵지 않았다.

그런 사정 아래에서 나의 유학 이야기가 나왔으니, 지금 와서 생각하면 최악의 타이밍이었다. 지금 이렇게 이야기를 들어보니 아버지와 형들의 우려도 지당했던 데다, 그만큼 아버지와 형들이 걱정한 것도 무리는 아니었다.

그렇다고 해서 안전을 위해 몇 사람이나 되는 보디가드를 붙이면 일본에서는 오히려 눈에 띄어버릴 위험이 있었다. 그것은 아버지와 형들이 원하는 바가 아니었다.

모처럼 일본에서 유학하게 됐는데, 이탈리아에서 보내던 생활과 조금도 다르지 않은 건 의미가 없었다. 또한 시바타에 대한 이야기를 해서 나를 필요 이상으로 위축되게 만드는 일도 피하고 싶었다.

될 수 있다면 보통 대학생과 마찬가지로 자유롭고 느긋한 유학생활을 보내게 하고 싶었다.

그런 마음에서 아버지의 오른팔인 막시밀리안도 한데 끼워서 몇 번이나 무릎을 맞대고 이야기를 나눈 결과, 일본에서 나의 생활을 보조하는 역할을 막시밀리안에게 일임하기로 정했나 보다. 막시밀리안이라면 나를 어렸을 적부터 잘 알고 있는 데다, 서로 속속들이 잘 아는 사이였다. 보디가드로서 훈련도 쌓았기 때문에 감시인으로서 더 이상의 적임자가 없었다.

실질적으로 봤을 때 시바타가 나의 일본행을 알아낼 가능성은 낮다고 여겨졌지만, 주의에 주의를 거듭하는 것보다 좋은 일은 없다는 생각이 아버지와 형들의 공통된 견해였다.

이리하여 일본에서 막시밀리안이 맡은 중요한 임무 중 하나가 나와 친하게 지내는 사람들의 뒷배경을 조사하는 일이 되었다. 토도를 필두로 나와 관련이 생긴 인물의 신원은 빠짐없이 확인했지만, 역시나 아르바이트를 하는 곳에 찾아오는 손님 한 사람 한 사람까지는 다 조사할 수 없었다.

"그래서 카페 아르바이트를 그만두라고 한 거야?"

나의 질문을 들은 막시밀리안이 답답한 심중을 털어놓았다.

"될 수 있으면 불특정 다수의 사람이 출입하는 일터는 피하시길 바랐습니다……. 하지만 그저 루카 님께서 그 카페에서 무척 즐겁게 일하시는 것도 알고 있었으니까요."

"그랬구나……."

자세히 밝혀진 사실을 듣고 나니 한숨이 새어 나왔다.

그런 속사정이 있는 줄은 전혀 몰랐다.

막시밀리안은 나를 지키기 위해, 될 수 있는 한 내가 평범한 생활을 보낼 수 있도록 빈틈없이 생각해주고 있었다. 나를 '될 수 있는 한 자유롭게 생활하게 하는 것'과 '보호한다'는 상반되는 두 가지 미션을 양립시키기 위해 보이지 않는 곳에서 애써주고 있었다.

그런데도 나는 그런 사실은 조금도 모른 채 잔소리가 성가시다느니 간섭이 과하다느니 하면서 거북하게 여기기만 했다.

'애 취급 당하는 게 당연해.'

스스로의 무지함과 배려의 부족함으로 기력을 잃어 입술을 꽉 깨물고 있자, 정면에 있던 막시밀리안이 매서운 표정을 지으며 말을 꺼냈다.

"그건 그렇다고 쳐도 시바타가 부하들에게 1년 가까이 스기사키 저택을 감시하게 했다는 건 고려하지 못했던 일입니다. 아키라 님께서 일본으로 돌아오셨을 때 할아버님 댁에 들릴 소소한 가능성에 승부를 걸었겠지만……, 솔직히 그 남자가 그렇게까지 주도면밀한 함정을 쳐 놓았을 줄은 생각하지 못했습니다. 제 인식이 부족해서 벌어진 일입니다. 죄송합니다."

막시밀리안이 회한이 배어 나오는 목소리로 말하더니 고개를 숙였다.

확실히 언제 일본에 돌아올지도 모르는 사람을 향한 엄청난 집념이었다.

본 적도 없는 그 시바타라는 남자에게 불쾌함을 느꼈다.

그만큼 아키라 씨에게 집착하고 있다는 뜻인가?

"그런 줄도 모르고 내가 할아버지를 만나러 가버린 거구나."

"도촬한 사진을 보고 루카 님께서 로셀리니가의 삼남이라는 사실을 밝혀낸 시바타는 부하에게 루카 님을 납치하도록 명령했던 것입니다. 아마 루카 님의 신병을 확보한 다음, 로셀리니가에 아키라 님과 교환하자고 요구할 속셈이었겠죠."

"다행이다. 아키라 씨한테 해가 가지 않아서."

자칫 잘못했으면 그렇게 되었을지도 모르는 최악의 사태를 상상하고 몸을 바르르 떨었다.

　"나 때문에 만일 아키라 씨가 그 남자에게 잡히고 만다면 이번에야말로 돌이킬 수 없는 일이 벌어질 것 같은 기분이 들어."

　"물론 아키라 님의 안전은 확보해야 합니다만, 동시에 루카 님의 안전 또한 중요합니다."

　딱 잘라 말한 막시밀리안이 무언가를 곰곰이 생각하는 표정으로 나지막이 중얼거렸다.

　"어제 그 일로 예상이 어긋난 시바타가 앞으로 어떻게 치고 들어올지. —— 적이 움직이기 시작하기 전에 선수를 쳐야만 합니다."

*　　*　　*

　"식사를 마치셨으면 차를 타겠습니다."

　이야기가 일단락 된 시점을 가늠하던 막시밀리안이 자리에서 일어났다. 부엌을 향해 걷기 시작한 그의 뒷모습을 본 나는 "앗!" 하고 소리를 질렀다.

　베스트 왼쪽 옆구리 언저리에 빨간 얼룩이 져 있었기 때문이다.

　"그거, 피야?"

　내가 지적하자, 막시밀리안이 왼팔을 들어 옆구리 아래쪽을 살펴보았다.

　"아아……, 배어 나왔네요. 응급 처치가 모자랐던 것 같습니다."

"혹시……, 어제 그거야……?"

마지막에 의식을 되찾은 쿠로베가 돌진했던 그때인가 보다. 그 직전에 피한 줄 알았는데, 나를 끌어안고 있어서 완전히 피하지 못했던 걸지도 모른다.

"나이프를 피했을 때 칼날에 살짝 닿아버린 것 같습니다. 그래도 스친 정도의 상처니까요."

막시밀리안은 아무 일도 아니라는 듯이 가볍게 흘려넘겼지만.

'내 탓이야.'

창백해진 나는 의자에서 일어서자마자 머리를 숙였다. 그저 말로만 미안하다고 하기에는 부족한 것 같은 기분이 들어서 자연스럽게 일본식으로 사과했다.

"미안해……. 나 때문에 다치게 해서……."

"그러시면 안 됩니다. 고개를 드세요."

막시밀리안은 보기 드물게 다급한 목소리로 가로막더니, 커다란 손으로 나의 두 어깨를 붙잡았다.

"루카 님 탓이 아닙니다. 저의 방심이 초래한 일이니까요."

고개를 들자, 막시밀리안이 온화한 얼굴로 고개를 절레절레 젓고 있었다.

"게다가 루카 님이 겪으신 힘든 일에 비하면 이런 상처 따윈 아무것도 아닙니다."

진지한 목소리에서도 그 말이 거짓이 없는 마음에서 우러나온 본심이라는 것을 알 수 있었다.

하지만 역시 이대로 있자니 마음이 진정되지 않았다.

"그럼 적어도 그 상처, 내가 다시 응급 처치하게 해줘. 그 위치라면 스스로 치료하기 힘들잖아?"

막시밀리안은 나의 제안에 한순간 망설임을 보였지만, 곧 작게 미소를 지었다.

"감사합니다. 부탁드리겠습니다."

소파로 이동한 나는 바르는 약과 소독 스프레이 등이 수납된 구급함을 로테이블 위에 놓았다. 내 쪽으로 등을 향한 막시밀리안이 넥타이를 풀더니 베스트를 벗었고, 마지막으로 셔츠를 벗어젖혔다. 눈앞에 나타난 탄력 있고 부드러운 넓은 어깨를 보고 가슴이 뛰었다. 뚜렷하게 음영을 새긴 어깨뼈나 쭉 뻗은 척추를 에로틱하게 느끼고 말다니……, 엄청난 중병이다.

나는 고개를 절레절레 저으며 내가 맡은 사명을 떠올렸다. 상처 치료였다.

탄탄하고 넓은 등 옆쪽에 네모난 거즈가 붙어 있었다. 피가 스며 나온 거즈를 떼어 내자, 왼쪽 옆구리 아래에 약 5센티미터 정도 되는 칼자국이 보였다.

찰과상이라고 말했지만 상당히 깊은 상처였다. 사실을 말하자면 피를 무서워하기 때문에 빠끔히 벌어진 상처를 본 순간 살짝 아찔했다.

하지만 여기서 기가 꺾일 수는 없었다.

막시밀리안은 나를 위해……, 나를 지키기 위해 다친 것이다.

"아마 이미 소독했겠지만, 다시 한 번 해 둘게."

"부탁드리겠습니다."

껄끄럽다는 생각을 억누르고 익숙지 않은 손놀림으로 상처 소독을 다시 했다.

"시려?"

"아니요, 괜찮습니다."

새 거즈를 상처에 대고 테이프로 고정했다. 팔을 움직이면 테이프가 떨어져버릴 것 같은 위치였기 때문에 만일을 위해 붕대를 감았다. 시간은 걸렸지만 겨우 무사히 응급 처치를 마쳤다.

나는 안도하며 이마의 땀을 닦고 난 다음, 막시밀리안에게 물었다.

"병원에 안 가도 괜찮아?"

"예리한 나이프로 찔린 상처는 치유가 빠르니까요."

그렇게 말하고 나를 돌아본 막시밀리안은 "감사합니다." 하고 예의 바르게 인사했다.

셔츠를 획 걸치더니 단추를 채우기 시작했다. 아직 꽤나 통증이 있을 텐데도 그 점을 내가 눈치채지 않도록 움직였다. 시원시원해 보이는 기민한 동작을 멍하니 넋을 잃고 보고 있는 사이에 금세 가슴속에서 뜨거운 충동이 부글부글 치밀어 올라왔다.

'어째서?'

어째서 이렇게 다치면서까지 나를 지켜주는 거야?

일이니까? 임무니까?

아니면……, 내가 아버지의 아들이니까?

있잖아……, 나를 어떻게 생각해?

묻고 싶다. 알고 싶다. 막시밀리안의 진심을 알고 싶다.

가슴에 한가득 부풀어 오른 욕구를 주체하지 못하고 있는 동안 막시밀리안이 옷을 다 입었다. 구급함을 가지고 소파에서 일어나 자리에서 떠나려는 그의 등을 나도 모르게 불러 세웠다.

"막시밀리안!"

돌아본 막시밀리안과 시선이 정확하게 부딪히자 몸을 움츠리며 멈칫했다.

"무슨 일이십니까?"

"…………."

"루카 님?"

막시밀리안이 재촉하듯 이름을 부르자, 나는 어금니를 꽉 깨물었다. 그리고 숨을 한 번 크게 들이마시고 나서 용기를 쥐어짜 내어 그 질문을 입에 담았다.

"어…… 어째서 그렇게까지 하면서 나를 지켜주는 거야?"

말이 첫 마디에서 목에 걸렸고, 그 이후로는 기세가 속도를 잃는 것이 무서워서 숨도 쉬지 않고 단번에 말했다.

"…………."

길게 찢어진 두 눈이 천천히 가늘어졌다. 그는 살며시 눈을 가늘게 뜬 채 질문의 뜻을 헤아리려는 듯이 나를 가만히 내려다보았다.

나는 진의를 살피는 듯한 청회색 눈동자를 두 눈에 힘을 꽉 주고 마주보았다.

숨이 막히는 침묵 후, 막시밀리안이 천천히 입을 열었다.

"저에게는 가족이 없기 때문에, 외람된 말씀이오나 루카 님을 동생처럼 생각해 왔습니다."

"동, 생……."

"친족이 없는 저를 거두어서 키워주신 로셀리니가에는 더할 나위 없는 은혜가 있습니다. 그 은혜에 보답하기 위해서라도 앞으로도 저의 힘이 닿는 데까지 돈 카를로를 시작으로 레오나르도 님, 에두아르 님, 그리고 루카 님을 성심성의껏 모실 생각입니다."

막시밀리안은 조용히 그렇게 말하고는 다시 한 번 목례했다.

거실에서 자리를 뜬 그가 안쪽 문 건너편으로 사라지는 것과 거의 동시에 나는 발밑에 있는 러그에 풀썩 주저앉았다. 한동안 말도 없이 정신을 놓고 있었다.

'동생, 이라…….'

어느 정도 예상은 했던 대답이었다.

같은 남자이고, 게다가 열다섯 살이나 연하인 나 같은 애가 연애 대상이 될 리가 없었다.

그런 건 물어보지 않아도 뻔했는데, 각오하고 있었다고 생각했는데도 막시밀리안의 입에서 확실하게 현실을 들이대는 듯한 말이 나오니 역시 눈물이 날 정도로 괴로웠다. 충격으로 몸이 차가워지더니, 얼마 안 있어 코 안쪽이 시큰거리며 아픔이 스쳐 지나갔다.

깨닫지 않았으면 좋았을걸.

하늘을 올려다보고 눈물을 참으면서 입안에서 쓰디쓴 사랑을 음미했다.

이런 마음 따윈……, 깨닫지 않았으면 좋았을 텐데.

자각하고 나서 겨우 하루 만에 실연을 당하다니, 빨라도 너무 빠르다.

게다가 앞으로도 줄곧 이루어질 수 없는 사랑을 품고 막시밀리안과 함께 지내야만 하는 것이다.

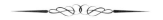

제8장

　나는 아침 식사를 마친 후, 토요일이라 학교가 쉰다는 사실을 핑계로 방에 틀어박혀 한결같이 실연의 아픔에 잠겨 있었다.

　점심도 먹지 않고(나중에 보니 방 밖에 막시밀리안이 직접 만든 도시락이 놓여 있었다.) 무릎을 끌어안은 자세로 침대에서 멍하니 보냈다. 어렸을 적【팔라초 로셀리니】에서의 생활이나 도쿄에 오고 나서 있었던 이런저런 사건, 막시밀리안과의 추억을 머릿속에서 재생하며 말이나 표정을 몇 번이나 되감고 있으려니 순식간에 몇 시간이 지났다.

　막시밀리안도 어쩌면 뭔가 느낀 것이 있는지, 굳이 상태를 보러 오는 일은 없었다.

실컷 우울해할 만큼 우울해하고 조용히 눈물을 흘리며 울다 지쳐 어느샌가 잠이 들어 저녁에 일어났을 때는 머리와 마음이 조금이지만 개운해졌다.

결국 뭘 어떻게 한들 내가 그를 좋아하는 마음은 변하지 않을 것이다. 이루어질 수 없다는 걸 알았다고 해도 그렇게 갑자기 훌훌 털어버릴 수도, 깨끗이 포기할 수도 없는 것이다.

철이 들고 나서부터 스스로도 그런 줄 모른 채 십여 년을 품어 온마음이다. 그렇게 쉽게 사라질 리도 없었다.

그렇다면 지금은 이 마음을 억지로 부정하려 하지 말고 껴안고 가자.

언젠가 자연스럽게 깨끗이 떨쳐버릴 수 있을 그때까지.

나의 마음에 응해주지 않는 사랑하는 사람과 온종일 얼굴을 맞대고 지내는 건 힘들겠지만……

마음이 일단락되는 그날까지는 될 수 있는 한 아무렇지도 않은 듯이 대하도록 노력하자.

가까스로 내 나름대로의 생각을 정리한 다음 앞으로의 방침을 굳히고 나서 방을 나갔다. 언제까지고 방에 틀어박혀 있으면 막시밀리안이 걱정할 것이다.

세수를 하고 정신을 차리자며 파우더룸으로 향한 나는 당사자인 막시밀리안과 현관 앞 복도에서 딱 마주쳤다.

"아………."

심장이 두근거리는 바람에 순간적으로 작게 소리를 내고 나서는, 막시밀리안이 슈트 재킷을 입고 있음을 깨달았다. 혹시 외출하려는 건가?

"밖에 나가?"

내가 묻자, 보이기 껄끄러운 장면을 들키고 말았다는 듯이 모양 좋은 눈썹을 살짝 찌푸렸다. 아마 친분이 얕은 사람이라면 알아채지 못할 그 미미한 표정의 흔들림을 보고는 바로 깨달았다.

"어디 가?"

"…………."

"어디 가는 거야?"

막시밀리안은 한동안 난처한 표정으로 말없이 있었지만, 되풀이되는 추궁을 피할 수 없다고 체념했는지 마지못해 자백했다.

"앞으로의 일도 있으니 두 번 다시 당신께 위해가 미치지 않도록 오토와회의 시바타와 이야기를 매듭짓고 오겠습니다."

'역시나!'

그랬다고 생각했을 때는 이미 목소리가 나오고 있었다.

"나도 갈래!"

"안 되십니다."

한 치의 망설임도 없이 즉각 무서운 표정으로 거부했다.

"어째서?"

"너무 위험합니다."

"위험한 건 막시밀리안도 마찬가지잖아?"

"저는 이런 교섭에는 익숙합니다."

"그래도 내 일로 교섭하는 거잖아? 그렇다면 당사자인 나도 함께 가는 게 도리야."

"도리든 뭐든 안 되는 건 안 됩니다. 확실히 말씀드리면 루카 님께서 함께 계셔도 거치적거릴 뿐입니다."

막시밀리안이 싸늘한 목소리로 단정하자, 나는 화가 울컥 치밀었다.

그야 그렇겠지만, 그렇게까지 확실하게 딱 잘라 말할 건 없잖아?

게다가 나 혼자 안전한 곳 안에 있게 된다면 지금까지와 아무것도 다르지 않다.

늘 그랬던 것과 마찬가지로 막시밀리안이 지켜주기만 한다면 앞으로 나아갈 수 없다.

어제 오늘로 무섭지 않다고 하면 거짓말인 데다, 확실히 같이 간다고 하더라도 뭘 할 수 있을 리도 없지만…….

그래도 만에 하나 그 몸에 무슨 일이 있으면 어떡하냐며 조마조마 전전긍긍 마음을 졸이면서 집에서 얌전하게 막시밀리안이 돌아오기를 기다리기만 하는 건 ── .

'싫어.'

가슴속으로 그렇게 중얼거린 나는 의식적으로 턱을 젖히며 도전적인 눈빛으로 은색 테로 된 안경을 노려보았다.

"그럼 됐어. 오토와회를 찾아서 다른 경로로 시바타를 만나러 갈 테니까."

도발하는 나를 훨씬 위에서 위압적으로 흘겨보던 막시밀리안이 노여움을 억누른 듯한 낮은 목소리로 말했다.

"그런 행동을 하면 녀석들에게 또 잡히실 겁니다."

"그러면 같이 가서 지켜줘. ……응?"

태도를 완전히 바꿔 바로 이때라는 듯 생긋 웃어 보이자, 막시밀리안의 눈썹이 꿈틀 움직였다.

"……지금 협박하시는 겁니까?"

그는 미간에 주름을 또렷이 새기며 험악한 표정으로 확인했다.

"설마. 협박하는 것 아니야. 부탁하는 것뿐이라고."

나는 위압감에 지지 않고자 웃는 얼굴을 유지하며 되받아쳤다. 아무리 압박을 줘도 여기서 물러날 수는 없었다. 나 혼자서만 안전한 곳에서 집이나 보는 건 싫었다.

'언제라도 함께 있고 싶어.'

나는 목소리로는 내지 않고 시선으로 "부탁할게."라며 애원했다. 막시밀리안은 그런 나를 30초 정도 노려보고 있었지만, 곧 험악한 오라를 두른 채 "그런 거래를 어디서 배우셨습니까?" 하고 중얼거렸다.

"마음대로 하라고 일축할 수 있다면 좋겠지만, 안타깝게도 루카 님이라면 정말로 하실지도 모릅니다. 얌전하게 보이지만 의외로 무모하신 점이 있으니까요."

막시밀리안은 지긋지긋하다는 목소리로 말하며 안경 브릿지를 가운뎃손가락으로 쓱 밀어 올렸다.

"……어쩔 수 없군요."

'성공이다!'

나는 마음속으로 승리의 포즈를 지었다. 그러자 막시밀리안이 곧바로 "다만." 하고 못을 박았다.

"교섭은 전부 제가 할 테니, 쓸데없는 말참견을 하셔서는 안 됩니다. 이야기를 나누는 동안에는 저의 뒤에서 아무 말씀 하지 말고 기다리십시오. 시종일관 갤러리의 위치로 일관하시고요. 약속하실 수 있겠습니까?"

나는 고개를 끄덕였다.

"약속할게."

"만약 당신께 무슨 일이 생긴다면 시칠리아 본가분들께서 시바타는 물론, 저도 죽이실 겁니다."

"그렇게 과장되게 말하지 마."

내가 웃으려고 하자, 막시밀리안은 "과장이 아닙니다."라고 딱잘라 타일렀다.

"하긴, 그 전에 스스로 죽어서 사죄드릴 각오로 있긴 하지만 말이죠."

막시밀리안이 진지한 표정을 지으며 그런 시대착오적인 말로 단언했다.

……이 말이 농담이 아니라서 난감하다.

* * *

"스기사키."

막시밀리안과 함께 아파트에서 밖으로 나오자 누가 말을 걸었다.

뒤를 돌아보니 갓길에 늘씬한 남자가 250cc 오토바이를 세운 채 걸터앉아 있었다. 곧바로 막시밀리안이 나를 감싸듯이 한 발짝 앞으로 나왔다. 그러자 남자가 헬멧을 벗고 밝은 색을 띤 머리를 좌우로 획획 흔들었다.

"토도!"

내가 부르자 대답하듯이 한 손을 든 토도가 검은색 바이크에서 내렸다. 그러더니 헬멧을 옆구리에 안은 채 이쪽을 향해 왔다.

"마침 잘됐다. 지금 너네 집에 가는 참이었거든."

우리 바로 앞에서 발걸음을 멈춘 토도가 막시밀리안에게 "안녕하세요."라고 인사하며 가볍게 고개를 숙였다. 그에 반해 막시밀리안은 15살이나 연하인 토도에게 정중하게 고개를 푹 숙여 인사했다.

"어제는 감사했습니다. 덕분에 큰일 없이 무사히 정리할 수 있었습니다."

"그런 식으로 하시면 오히려 제가 송구스러워요. 고개 드세요."

토도가 당혹스러운 말투로 재촉하자, 막시밀리안이 상체를 원래대로 돌렸다.

"스기사키는 친구니까 당연한걸요."

"그렇게 말씀해주시면 감사합니다."

눈과 눈을 마주한 채 온화한 대화가 이어졌다.

과거에 두 번 있었던 막시밀리안과 토도의 만남은 일촉즉발의 상태였을 정도로 긴장감이 넘쳤기 때문에 온화한 분위기가 왠지 조금 신기하다는 생각이 들었지만, 나에게 소중한 두 사람이 서로 마음을 터놓아주어서 역시 기뻤다.

"그럭저럭 괜찮아 보이네."

나를 머리부터 발끝까지 쭉 내려다본 토도가 안심했다는 듯한 말투로 말했다.

"그 이후에 막시밀리안 씨한테서 무사히 너를 보호했다는 연락을 받긴 했는데, 역시 걱정되어서 말이야. 일단 한번 얼굴 보러 왔어."

"걱정 끼쳐서 미안해……. 일부러 와주어서 고마워."

"너, 전화도 했는데 안 받더라."

"뭐? 정말?"

아무래도 휴대전화 배터리가 다 됐나 보다. 되찾은 짐 중에 휴대전화도 들어 있었던 것 같지만, 이런저런 일이 있어서 휴대전화를 들여다볼 상황이 아니었기 때문에 지금까지 알아채지 못했다.

"전의 그 위험해 보이던 손님 짓이었다면서?"

"아……, 응."

"그 자식, 깡패였지? 역시나. 딱 봐도 수상쩍어 보였잖아."

토도에게 어디까지 이야기했는지 몰라 어떻게 장단을 맞춰야 할지 당황스러워서 옆에 있는 막시밀리안을 힐끔 보았다. 그 시선을 알아챘는지 아닌지 토도가 물었다.

"근데 두 사람 지금 어디 가?"

"아, 응."

내가 어떻게 대답해야 할지 난처해하고 있자, 막시밀리안이 도와 주었다.

"마침 외출하던 참이었습니다. 모처럼 와주셨는데 타이밍이 좋지 않아서 죄송합니다."

"둘이서 외출해? 흐음……."

찰랑거리는 머리카락을 한 손으로 쓸어 올린 토도가 수상쩍어하는 눈빛으로 나와 막시밀리안을 차례대로 본 직후, 느닷없이 날카롭게 추궁했다.

"그 야쿠자한테 단판을 지으러 가기라도 하는 거야?"

"어? 어떻게 알았……."

순간적으로 반응하고 나서 아차 싶었지만 이미 늦었다. 언뜻 나를 보는 막시밀리안의 차가운 눈빛에 오싹하여 목을 움츠렸다.

"정답?"

씨익 웃은 토도가 눈을 반짝 빛내며 몸을 내밀었다.

"나도 같이 가도 돼?"

"놀러 가는 게 아닙니다."

막시밀리안이 험상궂은 표정으로 고개를 저었다.

"야쿠자 본부를 치러 들어가는 것치고 그 멤버로는 어쩐지 불안하지 않아요?"

"치러 들어가는 것도 아닙니다. 교섭을 하러 가는 것뿐입니다."

"그러다가 교섭이 결렬되는 일도 있잖아요? 제가 있으면 일이 거칠게 흘러갈 경우에 막시밀리안 씨가 적과 맞짱 뜰 동안 스기사키를 지킬 수 있어요."

토도가 다그치듯이 설득하자, 막시밀리안이 두 눈을 가늘게 떴다.

'어떻게 할 거야?'

나는 막시밀리안을 올려다보고는 눈짓으로 물었다.

나로서는 확실히 둘보다는 셋이서 가는 편이 마음이 든든하지만, 그렇다고 해서 아무 상관이 없는 토도를 성가신 일에 휘말리게 하는 건 꺼림칙했다. 만일 나 때문에 토도가 다치기라도 한다면 그야말로【café Branche】의 사장님을 볼 면목이 없다.

아마 막시밀리안도 같은 마음일 것이다. 무표정한 가면 아래에서 망설이고 있는 것을 알 수 있었다.

토도가 우리 두 사람이 주저하고 있는 것을 꿰뚫어 보았다는 듯이 어깨를 움츠렸다.

"저로서는 배에 올라탔으니 마지막까지 지켜보고 싶달까요?"

"…………."

"중과부적이라고도 하잖아요. 역시 한 사람보다는 두 사람이 있어야지 스기사키를 지킬 수 있는 확률이 올라가지 않을까요?"

토도가 눈앞에 있는 막시밀리안을 똑바로 쳐다보며 도발하듯이 말했다. 그 도발적인 시선을 정면에서 받아 내던 막시밀리안이 한참을 생각하더니 천천히 입을 열었다.

"……절대로 무리는 하지 않겠다고 맹세해 주신다면요."

사실상 승낙을 받은 토도가 "좋았어!"라고 외치며 오른손으로 주먹을 쥐었다. 그러더니 입가에 대담한 미소를 지으며 말했다.

"나, 야쿠자 본부에 한번 가보고 싶었거든."

*　　*　　*

막시밀리안의 설명에 따르면【오토와회】는 두목인 시바타가 10년 전에 차린 신흥 폭력단으로, 관동 제일의 광역 폭력단【류세이회】의 3차 단체[3]이자 그 위광도 있어서 그런지, 신주쿠 일대를 본거지로 삼는 야쿠자 조직 중에서는 지금 가장 세력이 강하다고 여겨지고 있다고 한다.

그【오토와회】의 본부는 신주쿠 가부키쵸에 있었다.

처음 발을 들인 일본 최대의 번화가는 상상했던 것 이상으로 혼잡하고 소란스러웠다. 마찬가지로 사람이 많이 있는 거리라도 시부야와는 분위기가 전혀 달랐다.

끊임없는 인파와 차의 흐름. 마치 악취미를 경쟁하기라도 하는 듯한 극채색 네온사인. 가게에서 흘러나오는 엄청난 음량의 음악. 이제 막 일곱 시가 됐을 뿐인데 이미 인도에는 취객이 넘쳐흘렀고, 게임 센터 앞에는 고등학생 정도 되어 보이는 남녀가 모여 있었다.

"왠지……, 엄청나다."

---

3 3차 단체: 거대 야쿠자 조직의 정점에 있는 조직이 1차 단체, 그 조직원의 하나가 스스로를 두목으로 삼는 2차 단체, 그와 마찬가지의 과정으로 2차 단체의 조직원을 중심으로 결성되는 피라미드 제3위치에 있는 조직.

거리에 소용돌이치는 이상한 힘에 압도되어 주위를 두리번두리번 둘러보고 있자, 오른쪽에 서 있던 막시밀리안이 낮은 목소리로 나무랐다.

"한눈팔다가 처지지 않도록 주의하십시오. 저에게서 절대로 떨어지지 마십시오."

이번에는 왼쪽에 서 있던 토도에게도 혼났다.

"처음 왔다는 티 팍팍 내면서 두리번거리지 마. 그렇지 않아도 너혼자만 여기랑 어울리지 않아서 완전 튀어 보이니까."

"아, 알았어."

고개를 끄덕이긴 했지만, 아무리 해도 이쪽저쪽으로 시선이 가고 말았다. 눈에 띄는 것, 귀로 들어오는 것, 그 모두가 자극적이고 신기해서…….

"있잖아. 저기 있는……, '빨아먹는 집'이라는 데는 무슨 가게야?"

현란한 간판 중에서도 유달리 시선을 끄는 핑크색 네온사인을 바라보며 무심결에 물어본 순간, 토도와 막시밀리안이 동시에 사레가 들렸다.

"음식점 같은 데야?"

토도가 거듭 물어보는 나의 머리를 잡더니, 꽉 힘을 주어 앞으로 향하게 했다.

"……앞을 봐."

"왜 보면 안 돼?"

"애는 몰라도 돼."

"애라니, 토도도 같은 나이잖아?"

막시밀리안이 화가 나서 뾰로통해진 나에게 험상궂은 표정으로 말했다.

"나이의 문제가 아닙니다. 루카 님께는 아직 너무 이릅니다."

"그래, 맞아. 애가 보면 나쁜 거야. 앞으로 2년 지나면 대학교 졸업 축하 선물로 가부키쵸 투어 시켜줄게."

토도의 말을 들은 막시밀리안이 곧바로 이의를 제기했다.

"그때는 저도 동행할 테니, 반드시 사전에 허가를 받아주십시오."

"아, 네, 네, 알겠어요."

성가시다는 듯이 한쪽 눈썹을 치켜 올린 토도가 곁눈으로 막시밀리안을 힐끔 쳐다보았다.

"……그건 그렇다 쳐도, 막시밀리안 씨는 의외로 이곳에 잘 융화됐네요."

듣고 보니 혼잡하고 어딘가 위험한 냄새가 나는 밤의 가부키쵸에 있어도 막시밀리안의 존재는 그다지 위화감이 없게 느껴졌다. 물론 그 장신과 체구 때문에 충분히 눈에 띄는 데다, 오가는 사람들이 묘하게 피하기는 했지만.

십중팔구 오늘의 막시밀리안에게서는 엘리트 비즈니스맨이라 여겨지는 외모와 반대로, 평소에는 주도면밀하게 감추고 있는 사나운 '기운'이 피어 오르고 있는 탓일 것이다.

"가부키쵸에는 예전에 일본을 방문했을 때도 몇 번 찾아온 적이 있습니다. …아, 여기입니다."

이윽고 막시밀리안이 발걸음을 멈춘 곳은 큰길에서 뒤로 한 블럭 더 들어간 골목에 세워진 검은 석조 건물 앞이었다. 아직 충분히 새로 지은 것처럼 보이는 6층 건물로, 외관상으로는 전혀 야쿠자의 본거지처럼 보이지 않았다.

'여기가?'

"【오토와 흥업 주식회사】래."

토도가 스테인리스 안내판에 새겨진 회사명을 읽었다.

"왠지 제대로 된 건실한 회사 같잖아? 야쿠자 본부라고 해서 더 그럴싸한 대문일 줄 알았더니. 등불을 달아 놓는다든가."

"폭력단 대책법 시행 이후로는 폭력단도 기업화, 지하 조직화가 진행되면서 요즘에는 얼핏 보면 평범한 회사와 구별이 가지 않는 조직이 늘어나고 있다고 합니다. 패권 싸움 항쟁이 빈번했던 무렵과 달리 야단스러운 주먹질이나 총격도 없는 듯하니, 호들갑스러운 바리케이드는 필요 없겠죠."

막시밀리안이 냉정한 목소리로 막힘 없이 말하더니, 손목시계로 시선을 떨구었다.

"슬슬 시바타도 규슈에서 돌아왔을 겁니다."

시바타라는 이름을 듣고 가로등 불빛에 반사되어 검게 빛나는 건물을 올려다보고 있는 사이에 점점 긴장이 고조되었다.

드디어 이제부터 아키라 씨를 거머리같이 따라다니며 노리는 '야쿠자의 두목'과 대면할 것이다.

"안으로 어떻게 들어갈 거예요?"

1층 입구의 유리 자동문은 자동 잠금장치로 되어 있어서 건물 안에서 해제하지 않으면 열리지 않는 시스템이었다. 토도가 앞에 서 봤지만 역시 반응하지 않았다.

"정공법으로 가죠. 면회 약속을 잡겠습니다."

슈트 재킷에서 휴대전화를 꺼낸 막시밀리안이 화면을 조작하더니 귀에 댔다. 얼마 안 있어 전화가 이어졌나 보다. 막시밀리안은 유창한 일본어로 이야기하기 시작했다.

"귀사의 대표 미스터 시바타를 부탁드립니다. 로셀리니가의 대리인이라고 말씀드리면 아실 겁니다. 직접 만나서 이야기를 하고 싶습니다. 지금 사무실 밑에 있다고 전해주십시오."

전화가 보류 상태인 동안에 토도가 중얼거렸다.

"시바타 녀석, 만나줄까?"

"어제 있었던 건으로 시바타는 모처럼 잡은 사냥감을 눈을 멀뚱멀뚱 뜨고서 놓쳤다며 발을 동동 구르고 있을 겁니다. 또다시 느닷없이 찾아온 기회를 놓치는 짓은 하지 않겠죠."

잠시 후, 그 추측대로 유리문 너머에 있는 엘리베이터가 열리는 모습이 보였다. 엘리베이터 안에서 검은 옷을 입은 남자 몇 명이 우르르 내렸다. 우리는 유리 자동문이 활짝 열리는 것과 거의 동시에 힘이 세 보이는 남자들에게 에워싸였다.

그대로 남자들에게 전후좌우로 에워싸인 채 엘리베이터를 타고 4층까지 올라갔다. 파티션으로 칸을 막은 오피스를 곁눈으로 보며 가장 안쪽까지 끌려갔다.

선두에 있던 남자가 막다른 곳에 있는 문을 열더니, 우리 세 사람을 방 안으로 밀어 넣었다.

횅하고 넓은 방이었다. 아무래도 응접실인지, 중앙에 소파 세트가 놓여 있었다. 거대한 대리석 테이블을 둘러싼 흰색 가죽 소파와 의자. 정면 맞은편 벽의 가장 눈에 띄는 곳에는 신불이 모셔진 것으로 보이는 선반이 있었으며, 왼쪽에는 손님을 위협하듯이 큰 뿔이 난 들소 머리 박제가 장식되어 있었다. 로테이블 아래에는 러그 대신에 호랑이 털가죽으로 된 깔개가 깔려 있었다.

"역시 이래야지."

토도가 방금 지나쳐 온 오피스와는 전혀 다른 독특한 인테리어를 보고는, 휘파람을 휘 불며 작은 목소리로 중얼거렸다.

시바타로 여겨지는 남자는 감실[4] 밑에 놓인 가죽으로 된 의자에 다리를 크게 벌리고 앉아 있었다.

딱 벌어진 거대한 체구를 은회색 더블 슈트로 감싸고 있었다. 넥타이는 노란색 천에 보라색 페이즐리 패턴. 빈말이라도 취향이 괜찮다고는 할 수 없었다.

나이는 30대 후반에서 40대 정도 될까? 유피 같은 거무스레한 피부와 사각턱이 먼저 시선을 끌었다. 우락부락하고 커다란 얼굴에 어울리지 않을 만큼 가는 눈. 코는 독수리처럼 뾰족하고, 입술은 거무칙칙하며 두꺼웠다.

"당신이 로셀리니가의 대리인인지 뭔지 하는 사람이야?"

---

4 감실: 신주를 모셔 두는 장.

시바타가 두터운 입술을 벌리고 갈라진 목소리를 냈다. 그의 등 뒤에는 체격이 좋은 남자 두 명이 서 있었으며, 우리 뒤에도 출구를 막듯이 남자 다섯 명이 쭉 늘어서 있었다.

오토와회의 조직원에게 둥그렇게 에워싸인 상황에서 막시밀리안은 천천히 고개를 끄덕였다.

"로셀리니가의 대리인이며, 루카 님의 후견인이기도 합니다. 당신이 미스터 시바타이십니까?"

적의 보스를 날카로운 눈빛으로 내려다보며 되물었다.

"그래, 맞아."

시바타가 막시밀리안의 유창한 일본어에도 그다지 놀라지 않고 자신임을 인정했다. 어쩌면 레오나르도와 주고받은 대화로 면역이 생겨서 로셀리니가의 사람들은 다들 일본어를 할 수 있다고 생각하는 것일지도 모른다. 실제로 그 인식은 옳았지만.

"이야기는 들었어. 어제는 우리 부하 녀석이 신세를 졌다고 하더군."

"되도록 상처를 입히지 않으려고 배려는 해드렸습니다."

"쳇……, 바보짓이나 하고 말이야."

울화통이 치미는 듯 혀를 찬 시바타가 돌변하더니 억지로 웃는 듯한 허무한 미소를 지었다.

"그 바보들은 이쪽에서 충분히 뜨끔한 맛을 보여주었으니, 무례를 봐주시게나. ……그런데 레오나르도는 잘 지내나?"

"건강히 잘 지내십니다."

"그렇다는 건 아키라도 잘 지낸다는 말이군."

"그렇게 알고 있습니다."

시바타는 막시밀리안의 담담한 대답을 듣고는 코웃음을 흥 쳤다.

"레오나르도 그놈한테는 1년 전에 꽤나 호된 꼴을 당했지. 나도 갑자기 처들어오는 놈들은 꽤 많이 경험했지만, 그만큼 바보 취급을 당한 적은 없었어. 그 자식은 아키라를 빼앗는 것만으로도 모자라서 내 얼굴에 먹칠을 했거든."

형에게 당한 1년 전 일을 떠올리기라도 하는 건지, 어두운 증오가 담긴 눈빛으로 허공을 노려보던 시바타가 갑자기 고개를 틀어 나와 토도에게 시선을 향했다.

"한가운데에 있는 도련님이 아키라의 동생인가? ……과연, 그 녀석만큼 색기는 없지만 그 녀석의 모습이 있군."

두터운 입술 가장자리를 씨익 들어 올린 시바타가 끈적끈적한 눈빛으로 온몸을 핥듯이 보는 바람에 목 뒤쪽이 오싹거렸다. 반사적으로 뒷걸음질 치며 막시밀리안의 뒤에 숨자, 시바타가 더더욱 흉하게 히죽거렸다.

"그렇게 겁먹지 않아도 잡아 먹지 않는다고. ……그래서? 할 이야기라는 게 뭐야?"

시바타가 나를 감싸듯이 한 걸음 앞으로 나아간 막시밀리안을 올려다보며 사각턱을 치켜 올렸다.

"앞으로 루카 님께 일절 손을 대지 않도록 해주십시오."

막시밀리안이 낮은 목소리로 말하자, 시바타가 슈트로 감싸인 어깨를 들썩였다.

"경우에 따라서는 그 제안을 받아들여줄 수도 있어. 단, 그냥은 안 돼. 이쪽도 조건이 있다."

"조건이라고 하신다면?"

막시밀리안이 그렇게 나올 거라고 미리 계획에 넣기라도 한 듯이 안색 하나 변하지 않고 차분한 목소리로 재촉했다.

"아키라의 신병을 이쪽에 넘기면 앞으로 그 도련님한테는 손대지 않을게."

시바타가 도련님이라는 대목에서 나를 턱으로 가리켰다.

"그렇지 않으면 약속은 못해. 말해 두는데, 우리 조직에는 하야세파와 달리 '인의'라느니 '도리'라느니 그런 따분한 소리를 지껄이는 병정은 한 사람도 없다고. 뭐, 어제 그 일은 앞선 여흥 —— 시범이라는 거지. 주력 부대가 진심으로 나가면 애송이 하나 유괴해서 약에 절여 놓는 것쯤이야 아무 일도 아니거든."

시바타는 불쾌한 협박 문구를 입에 담고 나서는 등받이에 털썩 기대더니, 팔걸이에 올려 놓고 있던 두 팔을 들어 올려 좌우로 벌렸다.

"잘 생각하라고. 당신들한테 아키라는 남이야. 로셀리니가의 대리인인 당신에게 소중한 사람은 그 도련님이잖아. 아니야?"

막시밀리안이 시바타의 의기양양한 얼굴을 보고는 미간을 콱 찌푸렸다.

"어차피 경찰에는 뛰어들지 못하잖아. 털면 먼지 나는 건 그쪽도 마찬가지일 테고. 말하자면 우리는 한통속인 셈이지."

시바타가 득의양양하게 말하더니 히죽히죽 웃었다.

"어떻게 할 거야? 아키라냐, 도런님이냐. 자, 어느 쪽을 택하겠어?"

궁극의 선택을 강요받아 초조함에 사로잡힌 나는 막시밀리안의 조각상 같은 옆얼굴을 올려다보았다.

그야 어느 한쪽을 고를 수 있을 리가 없었다.

하지만 내 신변의 안전을 확보하기 위해 아키라 씨의 신병을 그 녀석한테 넘기는 건 싫었다.

그것만은 절대로 싫어!

그렇게 강하게 생각한 순간, 나는 이미 막시밀리안의 팔을 잡고 있었다.

"막시밀리안, 나……, 이탈리아로 돌아갈게."

"스기사키!"

타이르는 듯한 토도의 목소리는 일부러 무시하고 막시밀리안의 팔을 쭉쭉 잡아당겼다.

"그렇게 하면 이런 협박에 굴할 필요도 없고, 막시밀리안을 성가시게 하지 않고 끝낼 수 있잖아. 나를 위해 다칠 일도 없고. 응? 그렇게 하자. 그렇게……."

"루카 님."

힘껏 호소하는 나를 낮은 목소리가 가로막는 바람에 어깨를 흠칫 떨었다. 나를 매서운 눈빛으로 똑바로 내려다본 막시밀리안이 조용히 설명했다.

"남자라면 한 번 결심한 일은 마지막까지 해내야 합니다. 설령 어떤 비열한 방해가 있더라도, 예기치 못한 좌절이 있더라도 굴하시면 안 됩니다. 천국에 계신 어머님께서도 루카 님께서 본인의 의지를 관철하고, 하고 싶은 대로 하며 사시길 바라고 계실 겁니다. 저도 미카 님과 같은 마음입니다."

"막시밀리안……."

"여기는 저에게 맡겨주십시오. 아시겠죠?"

나를 타이른 막시밀리안이 시바타에게 시선을 돌렸다. 그런 다음, 또랑또랑한 목소리로 확고하게 선언했다.

"루카 님도 아키라 님도 두 분 다 당신에게는 건넬 생각이 없습니다."

시바타가 가는 눈을 더더욱 가늘게 뜨며 불쾌하다는 듯 코를 꿈틀거렸다.

"그래? 그렇다면 교섭은 결렬되었군."

말을 내뱉듯이 단언하나 싶더니, "야!" 하고 큰 소리를 냈다.

"이놈들을 몽땅 단단히 묶어!"

조직원들이 두목의 호령에 일제히 움직였다. 등 뒤에 나란히 서 있던 남자 다섯 명이 거리를 좁히더니, 우리를 빙 둘러싸며 포위했다.

"윽………."

"스기사키. 내 옆에 있어."

토도가 속삭이더니, 긴장으로 굳어진 나의 손목을 꽉 잡았다.

"……그건 그렇다 쳐도 일부러 자진해서 적진으로 뛰어들다니 말이지. 레오나르도도 그랬지만 시칠리안 마피아는 배짱이 좋달까, 그저 단순히 무모하달까. 하지만 뭐, 이쪽에서 나갈 수고를 덜었으니 고맙네."

코웃음을 치는 시바타를 날카로운 눈빛으로 꿰뚫어 보던 막시밀리안이 일이 이렇게 됐는데도 여전히 정중한 말투로 말했다.

"저희에게 손가락 하나라도 댔다간 평생 후회하시게 될 겁니다."

"후회라고?"

"오토와회는 커다란 뒷배를 잃게 될 것입니다."

시바타가 두꺼운 눈썹을 수상쩍다는 듯 위로 팅겼다.

"무슨 뜻이야?"

"스스로 확인해보시는 것이 어떨까요?"

막시밀리안이 그렇게 말하자마자 재킷 안쪽에 오른손을 쓱 집어넣었다. 그러자 남자들도 그 움직임에 호응하듯이 일제히 총을 쥔 채 자세를 잡았다.

"윽……!!"

살기가 도는 남자들이 총구를 겨누자 심장이 쿵쾅 뛰었다. 몸이 가늘게 떨리기 시작하길래 어금니를 악물고 필사적으로 버텼다.

무서웠지만, 아무튼 막시밀리안을 믿을 수밖에 없었다.

"조금이라도 이상한 짓을 하면 도련님 머리에 구멍이 날 거다."

막시밀리안이 시바타의 탁한 목소리에 알고 있다고 하는 것처럼 고개를 끄덕이더니, 주머니에서 천천히 손을 뺐다. 그 손에 쥐어 있던 물건은 권총이 아니라 휴대전화였다.

잔뜩 얼어붙어 긴박했던 분위기가 약간 풀어지는 것을 느꼈다.

총구가 향해진 상태로 휴대전화를 조작한 막시밀리안이 얼마 안 있어 이야기를 하기 시작했다.

"로셀리니가의 대리인입니다. 전에 말씀드렸던 건으로 지금 오토와회 본부에 와 있습니다. 미스터 시바타를 바꿔드릴 테니, 직접 이야기해 주시겠습니까?"

그러더니 휴대전화를 귀에서 떼고는, 시바타를 향해 내밀었다.

"상대분께서 당신과 이야기를 하고 싶다고 하십니다."

얼굴을 찡그리고 휴대전화를 쏘아보던 시바타가 턱을 치켜 들었다.

"가지고 와."

우리를 에워싸고 있던 조직원 중 한 명이 막시밀리안에게서 휴대전화를 받아 들어 두목 앞으로 가지고 갔다. 시바타가 글러브 같은 손으로 휴대전화를 잡았다.

"여보세요? 그래, 시바타다."

의자에 몸을 젖히고 건방진 말투로 전화를 받은 남자의 안색이 얼마 안 있어 싹 창백해졌다.

"……시, 시모무라 씨!"

갈라진 목소리가 뒤집히며 소리를 질렀나 싶더니, 등을 쭉 폈다. 보스의 태도가 갑작스럽게 변하자, 부하들이 깜짝 놀라 눈을 휘둥그레 떴다.

"아…, 아닙니다…, 그런 게 아니라…, 아닙니다, 물론 알고 있습니다…. 그 점은, 아, 네…, 네…, 알겠습니다."

통화를 마친 시바타가 벌레라도 씹은 듯한 표정으로 휴대전화를 로테이블에 내던졌다. 등 뒤에 서 있던 부하 두 사람 중 한 명이 허리를 굽혀 주뼛거리면서 물었다.

"어떤 분이셨습니까?"

"【류세이회】의 시모무라 씨였다. ……로셀리니 건에서는 발을 빼라고 하더군."

"시모무라 씨께서?!"

숨을 삼키는 부하를 밀치듯이 일어선 시바타가 쿵쿵 발소리를 내며 성큼성큼 다가왔다.

"너 이 새끼!"

귀기가 감도는 얼굴로 막시밀리안에게 호통을 치며 재킷의 옷깃을 한 손으로 덥석 잡았다.

"【류세이회】에 무슨 소리를 지껄였어?!"

막시밀리안은 이를 드러내고 호통을 치는 그 거한의 박력에도 기죽지 않고 시바타의 손을 쑥 떼어 붙잡았다.

"으……악!"

손목이 꺾인 시바타가 호들갑스러운 비명을 질렀다.

"두목님!"

막시밀리안은 조직원들이 움직이기 전에 시바타의 손을 홱 놓았다.

"실례. 손이 미끄러졌습니다."

막시밀리안은 정중하게 사과하더니 비뚤어진 넥타이를 고치고 나서는, 다친 손목을 문지르는 시바타에게 영리한 시선을 던졌다.

"유럽에서 기반이 다잡힌 지금, 로셀리니 그룹이 신규 개척 시장으로서 주력하고 있는 곳은 아시아권입니다. 특히 일본은 앞으로 틀림없이 중요한 거점이 될 것입니다."

막시밀리안은 갑자기 무슨 말을 꺼내는 건가 수상쩍은 표정으로 보던 시바타에게 거듭 담담하게 말했다.

"일본 시장에 본격적으로 진출하기까지 몇 년을 걸쳐 신중하게 준비해 왔습니다만, 앞으로는 새로이 건설이나 토지 매매에 얽혀 많은 권리가 발생할 것입니다. ──【류세이회】의 미스터 시모무라는 경제 야쿠자라 불리는 만큼 비즈니스에 관련된 이야기에도 이해가 빠른 분이셨습니다."

둔한 표정을 짓고 있던 시바타가 갑자기 눈을 번뜩였다.

"다시 말해……, 달콤한 미끼를 넌지시 보이면서 【류세이회】와 이야기를 매듭지었다는 거냐?"

"당신이 순순히 이쪽의 요구를 받아들이실 것 같았다면 이 카드는 꺼내지 않을 생각이었습니다만, 이렇게 된 이상 어쩔 수 없습니다."

나는 긍정하는 막시밀리안을 보며 깜짝 놀랐다.

어제 오늘밤에 시간이 없었는데 언제 【류세이회】와 그런 거래를?

'설마 오늘 오후에 내가 방에 틀어박혀 있던 동안?'

"더러운 자식! 비겁한 수를 쓰다니!"

"비겁하다니요?"

막시밀리안이 물고 늘어지는 시바타를 향해 한쪽 눈썹을 치켜올렸다.

"약한 자를 폭력이나 약으로 굴복시키는 짓과 비교했을 때 어느쪽이 비겁할까요?"

"무슨 소리를⋯⋯!"

"이 자리에서 아무리 허세를 부린다 한들 어차피 당신은 주류의 가지나 잎 정도 되는 3차 단체의 우두머리일 뿐입니다. 【류세이회】에서 보면 얼마든지 갈아치울 수 있는 목 중 하나에 불과하다는 뜻입니다."

"너 이 자식⋯⋯, 잘도 멋대로 조잘거리는군!"

시바타가 증오가 담긴 눈빛으로 막시밀리안을 노려보며 이를 박박 갈았다.

"당신도 일가의 수장이라면 개인적 원한과 장래를 저울에 재어보고 어느 쪽이 소중한지를 곰곰이 생각하실 필요가 있겠군요."

잘 알아듣게 타이르자, 그 우락부락한 얼굴이 순식간에 검붉은 색으로 변했다.

"젠장!"

시바타는 욕을 내뱉으며 로테이블 위에 있는 휴대전화를 쓸어 넘기듯 내팽개쳤다. 그래도 아직 분이 풀리지 않는지 재떨이와 라이터까지 바닥에 떨어뜨렸다. 이어서 가죽 의자를 퍽 차서 쓰러뜨렸다.

"빌어먹을! 나쁜 새끼!!"

조직원들은 앞뒤를 가리지 못할 정도로 화가 난 두목을 멀찌감치 떨어져서 바라보고 있었다.

"이야기는 끝났습니다. 가시죠."

막시밀리안은 날뛰는 시바타를 싸늘한 눈빛으로 한 번 쳐다보더니 바닥에서 휴대전화를 주웠다. 그리고 나서 재킷 안쪽에 휴대전화를 넣고 어깨를 홱 돌려 걷기 시작하자, 조직원들은 말없이 길을 내주었다.

"스기사키, 가자."

"아, 응."

토도의 재촉을 받고 두 사람의 뒤를 쫓던 나는 문 앞에서 발걸음을 멈추었다. 그러다가 약간 망설이고 나서 발길을 다시 반대 방향으로 홱 돌렸다.

"스기사키?!"

"루카 님!"

나는 등으로 막시밀리안과 토도가 부르는 소리를 들으면서도 걸어 나가 시바타의 앞에서 딱 멈추었다.

"뭐야? 애송이가 무슨 볼일이야?!"

상처 입은 호랑이 같은 야쿠자에게 위협을 받고 저도 모르게 뒷걸음질 칠 뻔했지만 꾹 참았다. 나는 배에 힘을 꽉 주고는, 눈앞에 있는 시바타를 똑바로 쳐다보았다. 이어서 굳어진 목구멍을 쩍 벌렸다.

"……아키라 씨는 우리 형이에요."

"이건 또 뭔 소리야?"

"그에게 위해를 가하는 사람은 로셀리니 일족의 적이에요. 만일 앞으로 당신이 아키라 씨에게 무슨 위해를 가한다면 제가 용서하지 않을 거예요. 그렇게 알고 계세요."

나는 딱 잘라 말하고는, 머쓱한 표정을 짓는 시바타에게 등을 돌렸다.

＊　　　＊　　　＊

"역시 막시밀리안 씨는 굉장하네요. 정말로 교섭으로 정리해 버리다니."

토도가 건물 밖으로 나가자마자 진심을 담아 중얼거렸다.

"응. 정말 굉장해."

토도가 아직 흥분이 가시지 않은 나를 향해 씨익 웃었다.

"스기사키도 마지막에 한 그 협박, 꽤 멋있었어. 박력 있더라."

"멋있었어?"

태어나서 처음으로 들은 칭찬의 말에 얼떨떨해서 다시 묻자, 막시밀리안이 새침한 얼굴로 대화에 끼어들었다.

"당연합니다. 루카 님께서는 로셀리니가의 일원이시니까요."

나는 깜짝 놀라 옆에 있는 장신의 남자를 올려다보았다.

막시밀리안이 웃고 있었다. 그 자비로워 보이는 다정한 미소를 바라보고 있자, 가슴속에서 서서히 환희가 복받쳤다.

처음으로 로셀리니 패밀리의 정식된 일원이라고 인정받은 것 같은 기분이 들어서…….

"야쿠자는 상하관계가 엄격해서 시바타도 상부 조직에 거스를 수 없을 테니 이제 괜찮을 거라고는 생각하지만, 앞으로 이 일 말고 무슨 일이 더 생길 것 같으면 내가 최후의 수단을 쓸게."

나는 뭔가를 결심한 것 같은 토도의 목소리를 듣고 고개를 갸웃했다.

"최후의 수단?"

한순간 머뭇거림을 보인 토도가 곧바로 정색하듯이 어깨를 움츠렸다.

"실은 말이지. 솔직히 말하자면…, 우리 아버지, 경찰에서 일해서."

"경찰에서 일하신다니?"

"이른바 경찰 관료라는 직책."

"거짓말!"

"정말, 진짜야. 웬만해선 말하면 안 되는 일이라서 평소에는 공무원이라고 하고 말지만."

토도의 고백에 진심으로 놀란 나와는 대조적으로 막시밀리안은 아까부터 태연하게 있었다.

틀림없이 이미 알고 있었을 것이다. 전에 "부친, 형 두 사람 다 제대로 된 일을 하고 있습니다. 정체는 분명한 것 같네요."라고 했던 말은 그런 뜻이었구나.

어쩌면 그래서 막시밀리안은 토도에게 로셀리니가의 사정을 털어놓고 나를 맡겼을지도 모른다는 생각이 이제 와서 퍼뜩 들었다.

"음……, 저기, 토도. 우리랑 같이 다녀도, 괘……괜찮아?"

"뭐가?"

가슴에 오가는 불안을 입에 담자, 토도가 되물었다.

"아니, 우리는 그……, 특수한 집안이라서……."

"상관없어. 본가가 마피아여도 너는 그냥 일반인이잖아?"

"그건……, 그렇지만."

"그런 이유로 로셀리니 가문이 배후에 가진 가업이 있으니 어디까지나 최후의 수단이지만 말이지. 그래도 일본에서 위법 행위는 하지 않고 있는 데다, 지금 국제 지명 수배가 된 것도 아니고, 애당초 스기사키는 학생이자 일반인이니까 만일의 경우에는 제대로 경찰의 보호를 받을 수 있을 거야."

토도가 그렇게 말하자, 막시밀리안이 갑자기 발걸음을 멈추었다. 그리고 토도를 향해 돌아서는가 싶더니, "토도 씨." 하고 새삼스럽게 이름을 불렀다.

"왜 그러세요?"

"루카 님을 앞으로도 아무쪼록 잘 부탁드리겠습니다."

그렇게 말한 막시밀리안이 고개를 숙였다.

"또 그러신다. 저 같은 애송이한테 머리 숙이지 말라니까요."

토도가 넌더리가 난다는 듯이 항의했지만, 막시밀리안은 고개를 들지 않았다.

"막시밀리안……?"

상체를 깊이 쓰러뜨린 그의 진지한 옆얼굴을 바라보고 있는 사이에 왠지 모르게 가슴이 술렁거렸다.

'왜? 어째서?'

위기는 지나갔는데도 두근거림이 멈추지 않았다.

막연하게 두근거리는 가슴을 주체하지 못한 나는 아직 몸을 원래대로 돌리지 않은 채 있는 막시밀리안을 바라보며 두 손으로 주먹을 꽉 쥐었다.

제9장

"완전히 늦어져 버렸지만, 이제부터 식사 준비를 하겠습니다."

토도와 헤어지고 나서 아파트로 오자마자 막시밀리안은 재킷을 벗고는 한숨도 돌리지 않은 채 부엌에 섰다.

"30분 정도 시간을 주시겠습니까?"

벽시계를 보니 아홉 시 반을 지나고 있었다.

"괜찮긴 한데, 그래도 이제부터 식사 준비를 하면 힘들지 않겠어?"

나는 아직 몸이 긴장한 탓인지 식욕이 없었지만, 저녁밥을 먹지 않으면 기분이 언짢아질 막시밀리안의 모습이 빤히 보였다.

"외식……을 하기에는 이미 마지막 주문 받을 시간인가? 그럼 뭐 배달시키자. 피자 배달이라든가."

막시밀리안이 나의 제안에 언짢은 표정으로 고개를 저었다.

"그건 칼로리 덩어리입니다. 영양도 불균형하고요. 조금 기다려 주시면 제가 차리겠습니다."

"그럼 나도 도울게."

그가 이어지는 제안에 당혹스러운 표정을 지었다.

"둘이서 차리는 편이 빠르잖아?"

"하지만……."

함께 살기 시작한 지 얼마 안 되었을 무렵, 마찬가지로 "도와줄까?"라고 말했더니 "마음은 감사합니다."라며 부드럽게 거절당했던 일을 떠올리고는 다시 한 번 어필해보았다.

"아르바이트 하는 데서 주방에도 들어가니까 간단한 일 정도는 지시해주면 할 수 있을 거야."

그때는 정말로 접시 한 장 설거지해 본 적이 없었기 때문에 방해가 되기만 할 뿐이라며 주눅이 들어서 그 이상 강하게 말하지 못했지만…….

한동안 말없이 나의 얼굴을 내려다보던 막시밀리안이 갑자기 표정을 누그러뜨렸다.

"알겠습니다. 그럼 부탁드리겠습니다."

스스로도 얼굴이 확 빛나는 것이 느껴졌다.

"응!"

막시밀리안이 데님천으로 된 앞치마를 침실 옷장에서 가지고 나와 나의 목에 걸고는 허리 뒤쪽으로 끈을 꽉 묶어주었다.

같이 살기 시작한 지 몇 개월이나 됐지만, 둘이서 부엌에 서는 건 처음이다. 다행히도 부엌은 공간이 넉넉하게 지어졌기 때문에 둘이서 함께 있어도 그렇게 갑갑하지 않았다.

"뭘 만들 거야?"

들떠서 묻자, 막시밀리안이 냉장고 안을 들여다보더니 잠시 생각한 다음에 말했다.

"시간도 없으니 간단하게 전채는 '바지락 토마토찜'과 '닭고기 버섯 샐러드', 파스타는 '아마트리치아나'로 하죠."

전혀 간단하지 않은데? ……그렇게 생각했지만, 평소에 비하면 간단한 것일지도 모른다. 어느 때라도 대충하지 않는 점이 막시밀리안답다고 할 수 있었다.

"알았어. 그럼 무엇부터 도와주면 돼?"

"먼저 바지락을 씻어서 물기를 빼주시겠습니까?"

"그냥 씻으면 돼?"

"이미 모래는 빼 놓았으니 껍질을 서로 비비듯이 씻어서 물로 헹군 다음 바구니에 올려놓아 주세요."

내가 막시밀리안의 말대로 바지락을 씻고 있는 동안, 막시밀리안이 닭고기와 버섯 몇 종류를 예열된 프라이팬에 올려 올리브 오일과 마늘로 살짝 구웠다.

게다가 프티 나이프로 판체타[5]를 작게 자른 다음, 양파를 얇게 썰었다.

---

5 판체타: 이탈리아식 베이컨.

"닭고기는 열이 식으면 껍질을 떼고 살을 뜯어주세요."

"얼마나 잘게 뜯으면 돼?"

"루카 님께서 드시기 편한 크기로 뜯어주시면 됩니다."

이건 약간 어려웠다. 나는 고생해서 간신히 손으로 뜯은 닭고기를 스테인리스 볼에 넣었다.

거기에 막시밀리안이 살짝 구운 버섯 몇 종류를 더해 레몬즙과 엑스트라버진 올리브 오일을 적당량 끼얹고서 대충 버무렸다. 곱게 간 암염과 후추로 맛을 조절하고, 마지막으로 이탈리안 파슬리를 뿌렸다.

"다 됐습니다. 먹기 전까지 열이 식도록 냉장고 안에 넣어 주시겠어요?"

그의 지시대로 볼에 랩을 씌우고 냉장고에 넣었다.

"다음에는 뭘 할까?"

"토마토를 뜨거운 물에 데쳐서 껍질을 벗겨주십시오."

"뜨거운 물?"

막시밀리안은 나의 질문 공세에도 끈기 있고 정중하게 대답해주었다.

"꼭지를 딴 토마토를 껍질째 끓는 물에 넣습니다. 그런 다음, 몇 초 지나면 꺼내서 얼음물에 넣습니다. 물 안에서 껍질을 벗겨보세요."

"아, 정말이다! 쉽게 반들반들 벗겨졌어!"

재미있었다. 나는 차가운 얼음물의 온도도 잊고 푹 빠져서 토마토 껍질을 벗겼다.

"잘 벗기시네요."

다 벗긴 토마토를 칭찬받아서 기뻐졌다. 스스로도 단순한 것 같지만.

막시밀리안이 프티 나이프로 껍질을 벗긴 토마토 두 개를 깍둑썰기로 썰었다.

프라이팬에 올리브 오일과 마늘과 파슬리 줄기를 넣고 향이 날 때까지 볶았다. 거기에 바지락을 넣고 화이트 와인을 뿌린 다음, 뚜껑을 덮었다.

"이렇게 해서 한동안 푹 삶습니다."

감돌기 시작한 맛있는 냄새가 식욕을 자극했다.

"좋은 냄새……. 아, 조개껍데기가 열리기 시작했어!"

유리 뚜껑 안에서 바지락이 연달아 입을 벌리는 모습이 보였다. 막시밀리안이 모든 바지락이 벌어지기를 기다렸다가 뚜껑을 열고 다진 파슬리와 깍둑썰기로 썬 토마토를 첨가했다. 그러고 나서 전체를 대충 버무리더니 토마토가 따뜻해진 시점에서 불을 끄고 마늘과 파슬리 줄기를 골라 낸 다음 하얀 접시에 담았다.

"따뜻할 때 드시죠. 밑준비는 다 됐으니, 파스타는 나중에 만들겠습니다."

냉장고에서 '닭고기 버섯 샐러드'를 꺼내 '바지락 토마토찜'과 함께 식탁에 나란히 놓았다. 막시밀리안이 덜어 먹을 접시에 샐러드를 나누어 담아주었다.

둘이서 식전 기도를 올리고 나서 포크를 손에 집었다.

"잘 먹겠습니다."

버섯과 닭고기를 함께 입에 넣었다.

"아……, 맛이 배어들어서 맛있어."

"그러세요? 다행입니다. 바지락도 드세요."

'바지락 토마토찜'도 정말로 맛있어서, 아침 식사 이후로 아무것도 먹지 않아서 그런지 몰라도 평소에 입이 짧은 나치고는 꽤 빠른 속도로 접시를 비우고 말았다.

"잘 드시네요."

막시밀리안이 기쁜 듯이 눈을 가늘게 떴다.

"그럼 파스타를 만들까요?"

둘이서 일어나서 또다시 부엌으로 들어갔다.

"파스타 냄비에 물을 가득 넣은 다음, 물 분량의 1퍼센트만큼 소금을 넣고 끓입니다. 파스타를 2인분 개량해주시겠어요?"

나는 건면 상태인 부카티니를 2인분 만큼 개량했다.

"물이 끓으면 부카티니를 넣어주십시오. 삶는 시간은 12분입니다. 여기는 루카 님께 맡기겠으니, 잘 부탁드립니다."

"알겠어."

긴장해서 고개를 꾸벅꾸벅 끄덕였다. 책임이 막중했다. 물을 끓이는 동안에 막시밀리안이 다진 마늘과 고추, 판체타, 양파를 올리브 오일로 볶기 시작했다.

"판체타를 바삭바삭해질 때까지 잘 볶아서 맛을 이끌어 내는 것이 비법입니다. 파스타는 어떻습니까?"

"지금 넣는 참이야."

끓는 물속에 건면을 촤악 던져 넣었다. 타이머를 세팅하고 준비 완료. 집게를 한 손에 쥐고 냄비 앞에서 가만히 기다렸다. 막시밀리안은 통조림에서 홀토마토를 꺼내 프라이팬에 넣고 포크로 짓누르면서 소스를 만들었다.

삐삐삐삐삐삐삑!

펄쩍 뛰듯이 다가가 냄비의 불을 껐다. 그러고 나서 집게로 면을 한 가닥 떠서 먹어보았다.

"어떠십니까?"

"응, 알덴테로 잘 삶았어."

곧바로 막시밀리안이 집게로 파스타를 떠서 프라이팬에 옮긴 후 소스와 파스타를 재빨리 버무리고 불을 껐다. 올리브 오일을 뿌리고 페코리노로마노 치즈를 갈아서 얹으면 완성.

"다 됐다!"

아직 김이 나는 '아마트리치아나'를 테이블로 옮겨 뜨거울 때 먹기 시작했다.

"맛있어!"

저도 모르게 환호성을 지르고 말 정도로 둘이서 만든 파스타는 무척 맛있었다. 눈 깜짝할 사이에 다 먹어버렸다.

"이 정도라면【팔라초 로셀리니】의 요리장한테도 이기겠어."

자화자찬을 늘어놓자, 정면에 앉은 반듯한 얼굴이 작게 웃었다. 그 웃는 얼굴이 여느 때와 다르게 다정하게 보여서 가슴이 애절하게 쿵쾅쿵쾅 뛰었다.

설령 연인이 되는 것이 힘들더라도 이런 식으로 온화한 분위기 속에서 함께 요리를 하거나, 식사 후에 단란하게 있을 수 있는 것만으로도 충분히 행복했다.

나는 운이 좋은 사람이다. 좋아하는 사람과 함께 지낼 수 있으니까.

가슴속으로 스스로를 그렇게 타이르면서 의자를 뒤로 빼며 일어났다.

"정리는 내가 할게."

또 "당치도 않습니다."라는 말을 들을 줄 알았지만, 그 예상은 기우로 끝났다.

"그럼 저는 에스프레소를 내리겠습니다."

막시밀리안도 그렇게 말하고는 일어섰다.

다 먹은 그릇을 겹쳐서 싱크대로 가져가 물로 가볍게 헹군 다음 식기세척기를 세팅했다. 막시밀리안은 내 뒤에서 에스프레소 머신을 사용하여 에스프레소를 내리고 있었다.

'이러고 있으니까 좋다.'

각자의 역할 분담이 자연스럽게 이루어지고 있는 느낌. 누가 위인지 아래인지 상관없이 대등한 관계인 두 사람이 하나의 공간을 공유하고 있는 기분이 들었다.

지금까지는 내가 일방적으로 보살핌을 받기만 했지만, 앞으로는 될 수 있는 한 집안일 같은 것도 분담해 나가야지.

내가 제대로 할 수 있는 일을 보여주면 아까처럼 막시밀리안도 받아들여줄 것이다.

"설탕은 각설탕 한 개면 되시죠?"

"응, 고마워."

앞으로의 전망을 마음속으로 이것저것 그리면서 에스프레소 컵에 담긴 호박색 액체를 스푼으로 젓고 있자, 막시밀리안이 "루카 님." 하고 이름을 불렀다.

고개를 든 순간, 막시밀리안과 눈이 마주쳤다.

"아르바이트를 하게 되고 나서부터 변하셨네요."

"그래?"

"네. 아까 접시를 닦던 손놀림이 위태위태하지 않고 익숙해서서 놀랐습니다."

"내가 봐도 설거지는 꽤 익숙해진 것 같아."

헤헤 웃으며 목을 움츠리자, 막시밀리안이 두 눈을 가늘게 떴다.

"그렇게 스스로의 몸을 써서 일하신 경험은 훗날 루카 님께서 그룹의 정상에 서셨을 때도 반드시 도움이 될 것입니다."

나는 그 말에 동감하며 고개를 끄덕였다.

"나도 그렇게 생각해. 일하게 되고 나서 일의 혹독함······, 돈을 버는 게 얼마나 힘든지, 인간관계가 얼마나 힘든지 뼈저리게 알게 된 점이 많거든."

하지만 자신이 이런 체험을 할 수 있는 것도 막시밀리안 덕분이다.

막시밀리안이 사건에 휘말릴 위험성이 높아지는 점을 알면서도 아버지나 형들한테는 비밀로 한 채 지켜봐주고 있으니까.

그렇기 때문에 이렇게 자유롭고 편안하게 지낼 수 있는 것이다.

그 점에 관해서는 정말 감사해야 한다.

신심으로 그렇게 생각한 내가 감사의 말을 하기 위해 입을 열려 던 그때였다.

"이제……, 제가 없어도 괜찮으시겠군요."

툭 떨어진 낮은 목소리를 듣고는 귀를 의심했다.

"……뭐?"

천천히 두 눈을 크게 뜨는 내 앞에서 막시밀리안이 말을 이었다.

"친구분도 생기시고, 스스로 나서서 적극적으로 일하게 되시고, 학업과도 확실하게 양립하시고, 훌륭히 자립하셨습니다. 오늘 아키라 님의 일로 시바타와 대치하신 모습은 무척이나 훌륭하셨습니다. 보호받기만 하지 않고, 스스로 소중한 사람을 지킬 수 있게 되셨습니다."

감회가 깊은 듯한 목소리로 이야기한 막시밀리안은 나를 똑바로 쳐다보며 말했다.

"약속드린 대로 저는 로마로 돌아가겠습니다."

"돌아……간다고?"

무슨 뜻인지 이해하지 못했다.

돌아간다니, 무슨 말이야?

이해하지 못한 채 머리가 새하애지고, 등이 쓱 차가워졌다.

"야, 약속이라니? 그런 거 몰라……."

혼란스러워진 나는 고개를 느릿느릿 가로저었다.

"처음에 약속드렸죠. '루카 님께서 정말로 자립하셨다고 느꼈을 때, 저는 로마로 돌아오겠습니다.'라고."

이럴 때도 냉정하고 확고한 두 눈을 마주 보고 있는 사이에 심장이 불규칙하게 두근두근 고동치기 시작하면서 어두컴컴한 불안이 서서히 밀려 오는 것을 느꼈다.

아까 오토와회에서 돌아오는 길에 느꼈던 두근거림의 정체.

불길한 예감의 정체는……, 이것이었다.

"루카 님께서도 혼자 생활하는 날을 고대하고 계셨죠. 그래서 아르바이트를 해서 돈을 모으고 계셨던 것 아닙니까?"

"그, 그건……, 그렇지만……."

막시밀리안이 아르바이트를 시작한 목적을 맞추는 바람에 허둥지둥하며 "하지만." 하고 반론했다.

"진정한 의미로 자유가 되셨습니다. 더 기뻐해주실 거라고 생각했습니다만."

"아니……, 그런……, 갑자기 그런 말을 들어도……."

내가 아까보다 세차게 고개를 가로젓자, 막시밀리안이 서서히 미간을 찡그렸다.

그 괴로워하는 듯한 표정을 보고 퍼뜩 깨달았다.

막시밀리안이 곤란해하고 있다. 아마 그에게는 될 수 있는 한 빨리 로마로 돌아가야만 하는 사정이 있는 것이다.

아버지께서 필요로 하고 있다든가, 레오나르도가 곤란해하고 있다든가, 역시 일본에 있으면 일에 지장이 있다든가.

내가 억지를 써서 오늘까지 어울려 주었으니, 그 점에 감사하며 이별을 받아들여야만 한다.

머리로는 그렇게 이해해도 감정이 도무지 따라잡지 못했다.

"조금만……, 조금만 더 함께 지내주면 안 돼?"

매달리는 듯한 말투로 묻자, 눈앞에 있는 수려한 얼굴이 일그러졌다.

"저에게는……, 루카 님의 곁에 있을 자격이 없습니다."

"자격?"

"당신을 지키는 일을 무엇보다 우선시해야 하는데도……, 감정적으로 변해 냉정한 판단력을 잃고 말았습니다."

"감정적?"

"제가 카페를 찾아갔던 날 밤을 기억하고 계십니까? 그날 밤, 저는 모시러 갔던 당신을 두고 돌아와 버렸습니다."

"아………."

── 마음대로 하세요.

차갑게 내팽개쳐진 그때였다.

"스스로의 감정을 우선하여 임무를 포기했습니다. 토도 씨가 바래다주셔서 다행이었지만, 잘못하면 돌이킬 수 없는 사태에 빠지고 말았을지도 모르는 상황이었습니다."

자책하는 마음에 고통스러워하는 막시밀리안의 괴로워하는 듯한 표정을 보니 말이 나오지 않았다.

설마 그날 밤부터 줄곧 자신을 책망하고 있었던 거야?

"당신을 수호할 입장에서 무엇보다도 용서되지 않는 죄를 저지르고 말았습니다. 후견인 실격입니다."

"그, 그렇게 고뇌할 만한 일도 아니야!"

가까스로 목소리를 낸 나는 필사적으로 열을 올려 말했다.

"고작 한 번 있었던 일이잖아? 실제로 그날 밤은 무사했고, 그 뒤에도 쿠로베 일당으로부터 구해주었잖아! 오늘도 시바타랑 이야기를 매듭지어주고……!"

"하지만 그래서 모든 것이 상쇄되는 건 아닙니다. 설령 한 번이라도 저지르고 만 죄를 제가 기억하고 있는 한……."

도중에 말을 끊은 막시밀리안이 고개를 낮게 숙였다.

"제가 한심한 탓에 죄송합니다."

"막시밀리안!"

"이미 결정한 일입니다."

그가 고개를 든 것과 동시에 딱 잘라 말하는 바람에 이어지는 말을 잃었다.

확고한 의지를 품은 눈동자와 꽉 다문 입가.

막시밀리안은 한 번 이렇게 정한 일은 절대 뒤집지 않는다.

10년 전에도 그랬다.

아무리 "가지 마!"라면서 울고 매달려도 결국에는 아버지와 로마로 가버렸다.

이미……, 무슨 말을 해도 소용없다.

그렇게 깨달은 찰나, 나는 온몸에서 힘이 빠져나가는 것을 느꼈다.

*   *   *

"내일모레?"

"네. 오후 비행기로 로마에 돌아갑니다."

"그렇게 빨리……."

다음 날에는 이미 막시밀리안의 귀국 일정이 정해져 있었다. 예상을 초월하는 빠른 전개에 어리둥절했다. 이번에 한해서는 그의 빠르고 능숙한 일 처리 능력이 원망스러웠다.

"앞으로 루카 님의 일상 생활에 대해 말씀드리자면, 서서히 스스로 하시게 된다고 쳐도 아르바이트나 학교도 가셔야 하니 한동안은 메이드를 고용하는 편이 좋으실 겁니다. 제가 신뢰할 수 있는 사람을 준비해 놓겠습니다."

막시밀리안이 지극히 사무적으로 말했다.

어젯밤에 드물게 언뜻 보인 감정의 흔들림은 오늘 아침이 되자 이미 완전히 무표정의 가면으로 가려지고 말았다. 파고들 틈도 없게 방어를 단단히 굳힌 이지적인 얼굴에서는 심정을 눈곱만큼도 살필 수 없었다.

"내년에는 로셀리니 그룹 도쿄 지사가 정식으로 오픈합니다. 현재는 지사 준비실이 아오야마에 있으니, 그쪽 직원의 연락처를 알려 드리겠습니다. 급히 무슨 곤란한 일이 생겼을 시에는 그들에게 연락해 주십시오."

"응……, 알았어."

이미 벌써 나와 거리를 둔 것 같은 담담한 말투에 내심 무척이나 낙심하면서도 고개를 끄덕였다.

"저도 일로 도쿄를 찾을 때는 이곳에 들르겠습니다."

어쩌면 낙담이 얼굴에 드러났을지도 모른다. 막시밀리안은 달래는 듯한 말투로 그렇게 덧붙였다.

그게 언제인데? 어느 정도 빈도로 도쿄에 올 건데?

따져 묻고 싶었지만, 그런 식으로 집요하게 물으면 성가셔할 것 같아서 무서웠다. 목구멍까지 나오다 말던 질문을 꾹 되삼켰다.

가령 1년에 몇 번이라도 그와 만날 수 있을지 모른다는 그 마지막 희망까지 끊어버리고 싶지 않았다.

"우선 제 방은 이대로 두겠습니다. 나중에 방이 비좁게 느껴지시면 그때 처분하겠습니다."

막시밀리안의 짐을 처분하다니 당치도 않다.

"혼자 살기에는 충분히 넓으니까 괜찮아."

일부러 밝은 말투로 책임지고 맡겠다고 했지만, 막시밀리안은 수긍하지 않았다.

"만일 조금이라도 방해된다고 느끼신다면 어려워하지 말고 말씀해 주십시오."

막시밀리안은 그렇게 거듭 주의를 주고는 이것으로 할 이야기는 다 끝났다는 듯 "그럼 저는 짐을 싸야 해서."라고 말하며 거실에서 나갔다. 나는 방으로 향하는 막시밀리안의 등에 대고 머뭇거리며 말을 걸었다.

"저기……, 짐 싸는 거 도와줄까?"

"아니요, 괜찮습니다. 간단한 소지품뿐이라서 큰 짐은 없으니까요."

거절당해서 더 다행이라고 생각하며 나도 내 방으로 돌아갔다.

막시밀리안이 떠날 준비를 하는 모습을 보고 싶지 않았기 때문이다. 무심코 울먹이는 꼴사나운 모습을 드러내고 싶지 않았다.

귀국을 뒤집을 수 없다면 적어도 후환 없이 로마로 돌려보내고 싶었다. 내가 막시밀리안에게 해줄 수 있는 보답은 그 정도밖에 없으니까.

그러기 위해서라도 약해져 있는 나를 그에게 보일 수는 없었다…….

"후우……."

혼자가 되자 팽팽하게 긴장해 있던 마음이 풀어지면서 갑자기 피로가 느껴졌다. 나는 침대에 비틀비틀 다가가서 힘없이 앉았다. 그리고 나서 고개를 숙인 채로 바닥을 쳐다보았다.

막시밀리안이 나만의 것이 아니라는 사실은 알고 있었다.

그는 원래는 아버지의 사람. 그리고 지금은 큰형의 오른팔이기도 하다. 나는 한때 빌리기만 했을 뿐.

그렇기에 어차피 언젠가는 아버지와 레오나르도에게 돌려주어야만 했던 것이다.

그 시기가 아주 조금 빨라졌을 뿐.

'그래. 그뿐이야.'

이루어질 가망이 없는 짝사랑 상대와 함께 지내는 일은 괴롭다. 이대로 함께 있으면 아마 날이 갈수록 고통스러워져 갈 뿐이다. 더이상 좋아하게 되기 전에 멀어지는 편이 틀림없이 좋을 것이다.

다 잘 된 거야.

물리적 거리가 생기면 단념할 수 있을지도 몰라.

미련이 남은 마음에도 결단을 내릴 수 있을 거야.

어제부터 몇 번이나, 몇 번이나 그런 식으로 되풀이하며 스스로를 타이르려고 했다.

하지만 역시 마음이 아프다. 괴롭다. 가슴이 미어질 것 같다.

"막시밀리안……."

나는 따끔따끔 아픈 심장 언저리를 손으로 누르고는, 신음하듯이 사랑하는 사람의 이름을 중얼거렸다.

*　　*　　*

시간이 흐르는 것이 이렇게 빠르게 느껴진 적은 없었다.

그날이 영원히 오지 않으면 좋을 텐데. 매일 아침 일어날 때마다 그렇게 생각했다.

하지만 나의 바람도 허망하게 시간은 무정하게 시시각각 지나갔고, 마침내 막시밀리안이 귀국하는 날이 찾아오고 말았다.

잠을 한숨도 이루지 못한 채 그날 아침을 맞이한 나는 요 며칠 동안 잠을 못잔 탓에 생기 없는 몸을 깨어나게 하기 위해 조금 뜨거운 물로 샤워를 했다. 그 후에 평소처럼 막시밀리안이 차려준 아침 식사를 억지로 입안에 밀어 넣었다. 식욕은 전혀 없었지만, 남기면 막시밀리안이 걱정할 거라는 생각에 모래처럼 맛이 느껴지지 않는 스크램블 에그와 검은 올리브 포카치아를 거의 씹지도 않고 삼켰다.

그릇을 치운 다음, 오늘 아침에는 내가 카푸치노를 내렸다.

"…………."

식탁에서 마주 본 채 이렇다 할 대화도 없이 카푸치노를 마셨다. 컵을 컵받침에 놓고 가운뎃손가락으로 안경의 위치를 조정한 막시밀리안이 나에게 물었다.

"오늘 수업은 몇 시부터입니까?"

"2교시부터니까 10시 45분."

"그러시군요."

또 침묵.

봄의 상쾌한 기후와는 반대인 답답한 공기를 주체하지 못하고 있자, 막시밀리안이 셔츠 소맷부리를 살짝 당겨서 손목시계 글자판을 보았다. 그 동작을 보고 심장이 쿵쾅 뛰었다.

의자를 덜컹 끌며 일어선 막시밀리안이 조용히 말했다.

"그럼 슬슬 가보겠습니다."

"버, 벌써?"

나도 동요하면서 덜커덩 소리를 내며 일어났다.

"공항까지 한 시간 반 걸리거든요."

"1시 30분 비행기였나?"

"네."

막시밀리안이 한 손을 들어 다크브라운 슈트 재킷에 팔을 넣었다. 다른 한쪽 팔도 넣고 나서 몸에 딱 맞도록 어깨를 위아래로 움직였다. 그 익숙한 광경도 오늘로 마지막이라고 생각하자 콧속이 쿡쿡 아프기 시작해서 황급히 얼굴을 살짝 돌렸다.

'바보야. 울면 안 된다고.'

내가 눈물을 눈 안쪽으로 되돌리고 있는 동안에 재킷 앞 단추를 잠근 막시밀리안이 아타셰케이스[6]를 집었다. 그러더니 가죽을 바른 그 가방을 한 손으로 들고서는 현관을 향해 걸어가기 시작했다.

"짐은 이것뿐이야?"

장신의 넓은 어깨를 쫓아 복도를 걸으며 물었다.

"트렁크는 이미 공항에 보내 놓았습니다."

막시밀리안이 가죽 구두를 신는 모습을 조마조마해하며 차분하지 못한 마음으로 지켜보고 있던 나는 끈을 다 묶은 그가 고개를 들기를 기다리며 입을 열었다.

"저, 저기……, 역시 나도 공항까지 갈……"

---

6 아타셰케이스: 직사각형 모양으로 된 작은 트렁크. 흔히 '007가방'이라고 부름.

내가 말을 다 하기 전에 일어선 막시밀리안이 고개를 가로저었다.

"안 되십니다. 이제부터 강의를 들으러 가셔야 하지 않습니까?"

"그래도 하루 정도는 쉬어도……"

"루카 님."

막시밀리안이 내 말을 가로막더니 매서운 표정으로 입을 열었다.

"언제 어느 때라도."

"로셀리니가의 일원이라는 긍지와 위엄을 잊지 말라고?"

나는 막시밀리안의 말을 받아치며 작게 웃었다. 내가 봐도 부자연스러워서 억지 웃음이라고 알아채지 않을까 생각했지만, 지금은 이게 고작이었다.

"알아. 빼먹지 않을게. ……그냥 말해본 것뿐이야."

"…………."

"그래도 적어도 밑에까지는 배웅하게 해줘."

청회색 눈동자를 바라보며 거듭 간곡히 부탁하자, 길게 찢어진 두 눈이 서서히 가늘어졌다. 그 눈은 한동안 나의 얼굴을 말없이 내려다보았지만, 잠시 후 뭔가를 끊어 낸 것처럼 시선을 스윽 돌렸다.

"그러면 아래 로비까지 부탁드리겠습니다."

엘리베이터 안은 또다시 정적에 휩싸였다. 나는 나란히 선 막시밀리안을 힐끔 쳐다보았다. 말 붙일 엄두도 못 내겠는 영리한 옆얼굴에게 거부당하고 있는 듯한 기분이 들어서 대화의 계기를 잡지 못한 채 1층에 도착하고 말았다.

"나오시죠."

먼저 엘리베이터에서 나간 막시밀리안이 문을 잡고 나를 재촉했다.

"……고마워."

결국 그 한마디밖에 말하지 못했다. 입구 로비도 두 사람 다 말없이 통과하였고, 나무로 된 슬라이드 도어를 빠져나간 시점에서 막시밀리안이 돌아보았다.

그러더니 나를 똑바로 쳐다보며 진지한 표정으로 말했다.

"무슨 문제가 생겼을 때는 먼저 토도 씨에게 상의해 주십시오. 저도 충분히 부탁드렸으니까요."

"알겠어."

"제가 없어도 식사는 세 끼 제대로 드십시오. 외식은 되도록 하지 마십시오. 밤늦게까지 깨어 있는 것도 적당히 하시고요. 아르바이트에 너무 몰두해서 학업에 소홀하지 않도록 하십시오."

"응……."

마지막 교육 지도를 들으며 그 단정한 얼굴을 눈에 아로새기고자 눈도 깜박이지 않고 쳐다보고 있으려니, 막시밀리안이 미간을 꽉 찌푸리며 중얼거렸다.

"이제 가보겠습니다."

"으………."

어깨가 흠칫 떨렸다.

"건강히 잘 지내십시오."

가볍게 인사한 막시밀리안이 시원시원하게 몸을 돌려 계단을 내려갔다. 나는 꼿꼿하게 등을 펴고 미련없이 사라지는 그의 뒷모습을 아무 말도 하지 않고 배웅했다. 마지막으로 여태까지 고마웠어, 막시밀리안도 잘 지내, 그런 말을 하고 싶었지만 목이 굳어서 목소리가 나오지 않았다. 몸도 경직된 것처럼 움직이지 않았다.

막시밀리안은 뒤도 한 번 돌아보지 않고 큰 보폭으로 걸으며 떠나갔다. 그는 차가 흐르듯이 지나다니는 큰 도로로 나가서 한 손을 들어 때마침 접근해 온 택시를 멈춰 세웠다.

'가버린다.'

막시밀리안이 뒷자리에 올라타자 문이 닫혔다. 터엉. 승차 중 램프가 커지더니 택시가 움직이기 시작했다.

누가 세워줘. 막시밀리안이 가버려!

마음속의 외침은 목소리로 나오지 않았다. 대신에 손톱이 파고들 정도로 두 손을 꽉 쥐었다.

쫓아가고 싶은데 다리가 움직이지 않았다. 바들바들 떨기만 하고 도움이 되지 않았다.

'누가 좀 세워줘……. 제발……. 하느님…….'

하지만 하느님은 나의 소원을 들어주지 않으셨다.

막시밀리안을 태운 택시가 서서히 멀어지며 시야에서 완전히 사라진 순간, 나는 실이 끊어진 꼭두각시 인형처럼 발밑에 힘없이 주저앉았다.

그리고 그 자리에 몸을 웅크리고 얼굴을 두 손으로 덮은 채 손가락 틈으로 신음 소리를 토했다.

"정말로……, 가버렸어……."

이상하게도 눈물은 나오지 않았다.

줄곧 울면 안 된다고 스스로를 타일렀기 때문일지도 모른다.

하지만 눈물이 나오지 않아서 더더욱 괴로웠다. 마치 돌 같은 것이 목에 가득 차 있는 것처럼 숨을 쉴 수 없었다.

괴로워. 괴로워. 괴로워. 괴로워.

바닥에 털썩 주저앉은 채 얕은 숨을 반복하며 그 자리에서 얼마나 정신을 놓고 있었을까?

"괜찮으세요?"

슬라이드 도어가 열리는 소리가 나더니, 뒤에서 누군가가 말을 걸었다. 깜짝 놀라 제정신을 차리고 뒤를 돌아보자, 안면이 있는 사이인 관리인이 서 있었다.

"혹시 몸이 안 좋으면 로비 소파에서 쉬시겠어요?"

나의 안색이 어지간히 안 좋은지, 관리인이 걱정스러운 목소리로 말했다.

"아니에요, 괜찮아요. ……집에 들어갈게요."

그의 제안을 거절한 나는 간신히 일어나서 비틀거리는 발걸음으로 엘리베이터 홀로 향했다. 엘리베이터 벽에 기대어 15층까지 올려갔다. 그리고 겨우겨우 집까지 도착하여 거실 소파에 누워 축 늘어졌다.

이제 안 되겠어. 대미지가 너무 커서 힘이 전혀 나지 않았다. 요 며칠 동안 얼마 안 되는 에너지를 다 써버렸다.

막시밀리안과 약속했지만 학교는 못 가겠다. 도저히 못 가겠어…….

"막시밀리안…….""

그 이름을 중얼거리기만 해도 눈시울이 뜨거워졌다. 마지막까지 뒤돌아보지 않았던 완고한 등이 뇌리에 되살아난 순간 눈물이 날 뻔했다.

"가버렸어…….""

치밀어 오르는 눈물을 억누르려고 하다가 문득 이제 참지 않아도 된다는 사실을 깨달았다. 그 순간, 눈물이 넘쳐흐르더니 멈추지 않았다.

"으……흑, 으윽…….""

다친 동물이 상처를 치유하는 것처럼 소파에서 몸을 둥글게 말았다. 눈물이 잇달아 끊임없이 넘쳐흐르면서 끌어안고 있던 쿠션에 금세 커다란 얼룩이 생겼다.

남을 꺼릴 것도 없이 5분 정도 실컷 눈물을 흘리고 겨우 슬픔의 발작이 조금 가라앉은 무렵, 복도 건너편에서 덜컹 소리가 났다. 무슨 일이지……? 머리 한구석에서 멍하니 수상하게 여겼지만, 확인하러 나갈 기력이 나지 않았다.

울다 지쳐 확 뜨거워진 몸으로 소파에 누워 있으려니, 또다시 현관 쪽에서 소리가 들렸다.

현관 열쇠가 철컥 열리는 소리가 나자, 나는 눈을 번쩍 뜨고 벌떡 일어났다.

'막시밀리안?!'

이곳 카드키를 가지고 있는 사람은 그밖에 없다. 막시밀리안이 돌아왔어?

돌아와주었어!!

그렇게 생각한 다음 순간에는 안고 있던 쿠션을 내던지고는, 어디에 그런 힘이 남아 있었는지 스스로도 놀랄 만한 기세로 거실에서 뛰쳐나갔다. 내가 현관 앞 복도로 구르듯이 나간 순간, 문이 열렸다.

역광을 받으며 드러난 장신의 실루엣을 보고 환희가 왈칵 복받쳤다.

"막시밀……!"

사랑하는 사람의 이름이 중간에서 끊어졌다.

헬멧 두 개를 양쪽 옆구리에 끌어안은 늘씬한 팔등신. 그 인물의 디테일이 뚜렷해짐에 따라 환희가 속도를 잃으며 급격히 시들어 갔다.

"토……도……?"

나는 현관에 서 있는 친구의 이름을 멍하니 중얼거렸다.

"어째서……, 이곳에……?"

날카로워진 목소리로 문자, 토도가 손을 뒤로 돌려 문을 닫으면서 설명하기 시작했다.

"어제 막시밀리안 씨가 여기 카드키를 건네줬어. 비상시를 위해 맡기겠다고 하더라고. 손바닥 지문을 등록하고, 관리인한테도 내 사진을 건네 주었다면서. 뭐, 그 사람이 하는 일에 실수는 없겠지만, 일단은 한번 제대로 들어갈 수 있는지 어떤지 시험해보려고 온 거야."

"막시밀리안이……?"

그랬구나. 하지만 잘 생각해보니 막시밀리안이 돌아올 리가 없었다. 무슨 일에도 실수가 없는 그가 깜박하고 뭘 놓고 갈 리 없었다. 더군다나 귀국을 다시 생각하다니, 절대로 있을 수 없는 일이었다. 그런데도 혼자 들떠서는.

'바보 같아.'

실망한 나머지 고개를 힘없이 떨구고 있으려니, 옆에서 토도가 지적했다.

"스기사키 너, 얼굴이 엉망이야."

"아, 응……, 요새 잠을 좀 못 잤거든."

"그게 아니라, 운 거 다 알아."

황급히 눈물 자국을 소맷부리로 닦았다.

으아, 어쩌지? 스무 살이나 되어서 보살펴주던 사람과 헤어졌다고 훌쩍훌쩍 울고 있었다는 사실을 토도가 알아버렸다. 창피해서 고개를 들 수 없었다.

"막시밀리안 씨, 벌써 갔어?"

"아, 응……. 아까."

"괜찮아?"

그렇게 묻는 낮은 목소리에 느릿느릿 고개를 들자, 토도가 여태까지 보인 적 없는 매서운 표정으로 나를 보고 있었다.

"토도?"

"이대로 괜찮냐고."

그가 험악한 말투로 그렇게 반복하자, 당혹감에 미간을 찌푸렸다.

"이대로라니?"

"그 사람 ── 막시밀리안 씨를 좋아하잖아?"

갑자기 핵심을 날카롭게 추궁당하는 바람에 심장이 쿵쾅 뛰었다.

"무슨……!"

"막시밀리안 씨를 좋아하는 마음, 연애 감정이잖아?"

토도는 계속해서 추궁의 손을 늦추지 않았다. 당황한 나는 고개를 좌우로 절레절레 흔들었다.

"하, 하지만……!"

"하지만, 뭐?"

"막시밀리안은 나, 남자인 데다……, 15살이나 많고……."

"그런 건 보면 알아. 키가 185 넘는 것도, 인텔리처럼 보이는 외모와는 반대로 실은 싸움을 잘하는 것도. ……그래서? 그게 뭐?"

도망치기를 허락하지 않는 올곧은 눈빛이 나를 몰아쳤다.

"화, 확실히 막시밀리안은 나를 보살펴주고, 몸을 던져서 지켜주었어. 하지만……, 그래도 그건 일이니까 그런 거고!"

횡설수설한 말투로 말을 자아내고 있는 사이에 점점 감정이 격앙되는 바람에 한 차례 마른 줄 알았던 눈물이 또다시 왈칵 치밀어 올랐다.

"막시……밀리안은……!"

한번 터지자 또 멈추지 않았다. 목소리가 오열로 떨렸다.

"아버지의……, 흑……, 것이야!"

나는 흘러나오는 눈물을 두 손으로 가리고 아이처럼 흐느끼며 애절하게 하소연했다.

그렇다. 내 사람이 아니다.

너무 슬픈 사실에 마음이 찌부러질 것 같았다.

예전부터 줄곧 언제나 막시밀리안의 존재는 가까운 것 같으면서 멀었다.

함께 살기 시작하고 나서도 그의 마음이 이곳에 없다는 사실, 그가 나에 대해 선을 긋고 있다는 점을 항상 느끼고 있었다.

아무리 가까이 있어도 그 영혼에는 닿을 수 없었다.

왜냐하면 그의 영혼은 아버지에게 바쳐졌으니까. 그의 충성은 아버지의 것이니까.

이미 친구 앞에서 눈물을 억누를 힘도 없어서 뺨을 타고 흐르는 눈물을 가만히 두고 있는 나를 토도는 화난 것 같은 얼굴로 노려보았지만, 오열이 조금 가라앉기를 엿보고 있었다는 듯이 말했다.

"그렇다면 빼앗으면 되잖아?"

낮은 목소리를 듣고는, 눈물로 젖은 눈을 깜박거렸다.

"빼앗……는다고?"

"남자라면 원하는 건 스스로의 힘으로 빼앗아. 상대가 아버지든 누구든 꺼릴 상황이야?"

아버지한테서……, 빼앗는다고?

일족의 절대적 존재인 아버지한테서 막시밀리안을 빼앗다니, 내 안에는 전혀 없던 발상에 깜짝 놀라 눈을 휘둥그레 떴다.

"그런 짓은 못해……."

"그럼 넌 이대로 단념할 거야?"

득달같이 추궁당하는 바람에 말이 꽉 막혔다.

막시밀리안을 단념해?

언젠가는 단념해야만 한다는 생각은 했다. 하지만 정말로 잊을 수 있을까? 십여 년 동안 품어 왔던 이 마음을 봉인할 수 있을까?

새삼스럽게 스스로에게 질문하고 나서 고개를 크게 저었다.

"포기 못해."

스스로도 놀랄 만큼 단호한 목소리가 나왔다.

"그렇다면 제대로 부딪쳐. 말로 확실하게 마음을 전해."

토도의 말을 듣고 깨달았다. 나의 마음을 자각하고 나서 곧바로 실연을 당했기 때문에 기회를 놓친 채 막시밀리안에게 마음을 제대로 전하지 않았다는 사실을.

설령 막시밀리안은 나를 동생으로밖에 여기지 않는다고 해도 나는 다르다.

친애의 정이나 동경, 부모님을 향한 정하고도 다르다. 아버지에게 질투하고, 나만의 것으로 만들고 싶어 하고 ── 스스로도 통제할 수 없는, 그저 예쁘기만 한 것이 아니라 생생하고 미칠 것 같은 감정을 막시밀리안에게 품고 있었다는 사실을.

'아직 말하지 않았어.'

"······말해야 해."

나는 불쑥 중얼거렸다. 토도가 고개를 끄덕였다.

"그러고 나서 차이면 남자답게 깨끗이 포기해. 내가 같이 홧술 마셔줄 테니까."

"토도, 고마워."

등을 밀어준 친구에게 감사 인사를 하자, 그가 씨익 웃었다.

"그렇게 결심했으면 서둘러야지. 몇 시 비행기야?"

"1시 30분이라고 그랬어. 맞춰서 갈 수 있을까?"

"바이크라면 도로가 밀려도 어떻게든 될 거야. 둘이서 타면 수도 고속도로는 달리지 못할 테지만 말이지. 자!"

토도가 끌어안고 있던 헬멧 두 개 중 하나를 냅다 던졌다. 포물선을 그리며 날아온 헬멧을 두 손으로 덥석 잡고 나서 깨달았다.

"토도······, 혹시 처음부터 그럴 생각으로 온 거야?"

"옆에서 보면 너네 너무 갑갑나. 너는 애지, 그 사람도 사명감에 꼼짝없이 얽매여 있지."

어처구니가 없다는 듯이 어깨를 움츠린 토도가 재킷을 가지고 돌아온 나에게 뒤에서 못을 박았다.

"공항에 들어갈 거니까 학생증 까먹지 마."

          ＊   ＊   ＊

"제1 터미널? 제2 터미널?"

바람을 타고 흘러온 토도의 질문. 나는 소음에 지지 않고자 소리를 질렀다.

"제1 터미널!"

토도가 허리에 매달린 나의 대답을 듣고 고개를 끄덕였다. 토도의 검은색 가와사키 바이크가 공항으로 향하는 비탈길을 내려가기 시작했다.

제1 터미널 앞 주차장에 바이크를 세우고 헬멧을 벗는 토도의 뒤에서 나도 헬멧을 벗고 머리를 획획 흔들었다. 이렇게 누군가와 함께 장시간 바이크에 탄 적은 처음이었다.

나는 뒷자석 시트에서 내리면서 손목시계를 보았다.

"12시."

"한 시간 반 전이구나. 아슬아슬하네. 막시밀리안 씨가 출국 게이트를 통과해 버렸으면 이미 늦었어."

"서두르자!"

1층 유리문을 지나 도착 로비로 뛰어들어 간 우리는 목적지인 4층 국제선 출발 로비까지 엘리베이터를 타고 올라갔다.

체크인 카운터가 쭉 늘어서 있는 넓고 큰 로비는 이제 출발하는 사람, 배웅 나온 사람, 공항 직원, 각 항공사 스태프, 단체 여행 가이드 등, 남녀노소, 가지각색의 국적을 가진 사람들로 꽉 차 있었다.

"이 중에서 사람 하나 찾으려면 시간이 엄청나게 걸린다고. 외국인도 많으니까."

나는 토도의 날카로운 목소리를 듣고는, 재킷에서 휴대전화를 꺼냈다.

"막시밀리안한테 전화 걸어볼게."

하지만 휴대전화를 댄 귀에는 허무한 신호음만이 울릴 뿐이었다. 끝내는 부재 중 전화로 넘어가고 말았다.

"안 받아…… 어쩌지? 이미 출입국 심사하는 데 지나가 버렸을까?"

"아무튼 나눠서 찾자. 나는 북쪽을 볼 테니까, 너는 남쪽을 확인해. 찾으면 서로의 휴대전화로 연락하자."

"알겠어."

로비 정중앙에서 토도와 헤어진 나는 엘리베이터를 타고 레스토랑 쇼핑 층으로 올라가자마자 남쪽 방향을 향해 뛰기 시작했다.

마침 점심 시간이기도 해서 레스토랑은 어디를 가도 다 붐볐다. 가게 한 집 한 집, 안까지 들어가서 일일이 손님의 얼굴을 확인했다.

서점과 드럭 스토어, 기념품 가게, 대합실, 카드 회사 라운지도 살펴보았지만 막시밀리안은 없었다. 토도한테서도 찾았다는 연락은 없었다.

슬슬 20분이 지나간다. 출발까지 1시간 10분. 탑승 시간까지 40분.

이미 벌써 출국 수속을 마치고 퍼스트 클래스 라운지에서 편안히 쉬고 있을지도 모른다. 만약 그렇다면 설령 장내 방송을 내보낸다 해도 만날 수 없다.

초조한 채로 주위를 둘러보다가 문득 기둥에 있는 표지판이 눈에 들어왔다.

아무래도 5층에도 레스토랑이 있는 것 같았다.

그 사실을 안 순간 뛰기 시작하여 에스컬레이터 계단을 두 층계씩 뛰어 올라갔다. 20군데 남짓 되는 레스토랑과 가게를 다시 한 번 빠른 걸음으로 둘러보았다. 마지막으로 편의점 안까지 살펴보았지만, 막시밀리안의 모습은 찾을 수 없었다.

"없어……."

편의점을 나온 참에 힘이 빠져서 벽에 기대었다. 그리고 하늘을 올려다보며 흐트러진 숨을 고르게 쉬었다. 살짝 벌어진 입술에서 한숨이 휴우 흘러나왔다.

모처럼 여기까지 쫓아왔는데 이대로 이제 만날 수 없는 걸까?

막시밀리안이 로마에 돌아가버리면 다음에 만날 수 있는 건 몇 개월 후가 될지 모른다. 그동안 줄곧 이 답답한 마음을 끌어안고 지내야 하는 걸까……?

잔뜩 흐리고 침울한 기분으로 허공을 바라보고 있던 나는 고개를 횎횎 저으며 무릎에 힘을 꽉 주었다.

'바보야. 포기하지 마.'

아까 포기하지 않을 거라고 결심했잖아?

그를 만나서 직접 마음을 고백하고 확실히 차일 때까지는 포기하지 않을 거야.

"좋았어."

기합을 다시 넣고 등을 폈다. 나는 앞을 응시한 채 무거운 발을 질질 끌듯이 통로를 걷기 시작했다. 잠시 후, 유리로 된 일면에 다다랐다.

시야 한가득 유리가 깔린 건너편에 형형색색의 기체가 쭉 늘어서 있는 모습이 보였다. 나의 시선 끝에서 지금 그야말로 완만하게 기수를 처든 점보제트기가 날아올랐다.

"전망대……."

혼자 중얼거린 직후, 문을 지나쳐 바깥으로 뛰어나갔다. 광대한 활주로 전체가 훤히 보이는 견학용 전망대에는 배웅하는 사람들의 모습이 듬성듬성 보였다. 그들은 펜스 앞에 서거나 벤치에 앉아서 이착륙하는 비행기를 바라보고 있었다. 망원경을 들여다보고 있는 아이도 있었다.

나는 활주로를 따라서 길게 나 있는 전망대를 견학하러 온 사람들의 얼굴을 한 사람 한 사람 확인하면서 걷기 시작했다. 마음이 점점 성급해져서 걸음이 빨라졌다. 가장자리를 향해 나아감에 따라 사람의 모습이 적어져 가더니, 이윽고 인기척이 없어졌다.

'이쪽에는 없어.'

그렇게 생각하고 발길을 돌리려던 때였다. 시야 한구석에서 한 사람의 그림자를 포착했다.

펜스의 가장 끝. 활주로를 향해 선 키 큰 사람의 뒷모습.

익숙한 실루엣을 보고 가슴이 쿵쾅 뛰었다.

'막시밀리안……, 여기 있었어!!'

토끼가 뛰어오르는 것처럼 뛰기 시작했다. 타닥타닥, 가까이 다가오는 발소리를 알아챘는지, 슈트를 입은 등이 천천히 돌아보았다. 나를 인식한 청회색 눈동자가 순식간에 커졌다.

"루카 님……?"

그 입술이 나의 이름을 자아내는 것과 거의 동시에 막시밀리안을 부둥켜 안았다.

완전히 허를 찔린 듯한 모습으로 한동안 멍하니 서 있던 막시밀리안이 깜짝 놀라 제정신을 차린 것처럼 나의 어깨를 잡더니 쭈욱 잡아 떼었다. 그는 아직 믿겨지지 않는다는 듯 어딘가 현실감이 없는 표정으로 나의 얼굴을 몇 초 쳐다보더니 입을 떼었다.

"어째서 여기 계신 겁니까?"

"무슨 일이 있어도……, 하고 싶은 말이 있어서……, 쫓아왔어."

나는 가슴을 헐떡거리면서 띄엄띄엄 대답했다.

"하고 싶으신 말이요?"

막시밀리안이 수상쩍다는 듯 중얼거렸다. 당혹스러운 눈빛이 향해지자 나의 어깨가 작게 떨렸다. 나는 이제 와서 겁을 집어먹은 자신을 질타했다. 무엇을 위해 쫓아 온 건데? 마음을 전하기 위해서잖아?

숨을 깊이 들이마신 나는 눈앞에 있는 얼굴을 똑바로 쳐다보며 '무슨 일이 있어도 하고 싶은 말'을 하기 시작했다.

"로마에……, 돌아가지 마."

목소리가 꼴사납게 떨렸지만, 힘을 내서 말을 이었다.

"아버지가 아니라 내 곁에 있어줘."

"…………."

막시밀리안의 경악한 표정이 이윽고 서서히 고뇌로 칠해져 갔다. 힘들어하는 그 표정을 보니 누가 심장을 꽉 움켜쥔 것처럼 가슴이 고통스러워졌고, 정신을 차려 보니 입술에서 억누를 수 없는 감정이 흘러 떨어졌다.

"좋아해……."

"루카 님."

"당신을……, 좋아해."

내 고백을 들은 막시밀리안이 미간에 주름을 지었다.

"당신을 사랑해."

좋아한다는 말로만은 전해지지 않는 것 같아서 그렇게 덧붙였다.

"안 되십니다. 신분이 다르십니다. 저는……"

"신분 따윈 상관없어! 남자끼리여도 상관없어!"

고개를 가로젓는 막시밀리안의 팔에 매달려 정신없이 호소했다.

"당신을 좋아해. 나만의 사람으로 만들고 싶어. 아버지한테 지지 않아. 내가 훨씬 좋아하는걸. 왜냐하면 이미 훨씬 전부터……, 태어났을 때부터 줄곧 좋아했으니까!"

"안 되……십니다."

막시밀리안이 목안에서 쥐어짜 내듯이 갈라진 목소리로 반복했다. 평소의 포커페이스가 간단히 무너진 그 얼굴은 지금까지 본 적이 없을 정도로 창백하게 변한 채 굳어 있었다.

어쩌면 ── 물론 그런 일은 있을 수 없지만 ── 울음을 터뜨리지 않을까 의심될 정도로.

나의 말이 막시밀리안을 몰아세우고 있었다. 괴롭히고 있었다. 그런 생각이 들자 가슴이 아팠다. 그래도 나는 이미 쏟아져 나오기 시작한 격정을 멈출 수 없었다.

"아버지와 직접 이야기할게. 부탁드려서 당신을 넘겨받을 거야."

고뇌로 일그러진 얼굴을 바라보며 연달아 말을 퍼부었다.

"당신을 받아들이는 만큼 대학을 졸업하면 로셀리니가를 위해 열심히 일할 거야. 그룹을 위해 몸과 마음을 다 바칠 거야."

"루카 님⋯⋯."

"당신 말고는 아무것도 원하지 않아. 당신 말고는 아무것도 필요 없어. 그러니까⋯⋯!"

"당신은⋯⋯, 어째서!"

막시밀리안은 화난 것 같은 목소리로 일생일대의 고백을 가로막더니, 갑자기 엄청난 힘으로 팔을 잡았다 ── 고 생각한 다음 순간, 나는 막시밀리안의 품 안에 있었다. 다부진 팔로 꽉 끌어안기는 바람에 몸이 활처럼 휘어졌다.

"윽⋯⋯⋯."

넓은 품 안에서 숨을 멈추고 있으려니, 가슴 주머니에서 휴대전화가 울리기 시작했다.

삐리리리리, 삐리리리리.

틀림없이 토도한테서 온 연락이다. 받아야만 해…….

뜨겁게 달아오른 머리 한구석으로 그렇게 생각하면서도, 들어 올린 두 손을 휴대전화로 뻗지 않았다. 나는 두 손을 그대로 막시밀 리안의 등에 살며시 둘렀다.

"막시밀리안……."

내팽개쳐질까 봐 무서워서 꼬옥 매달렸다.

"루카 님……."

갈라진 속삭임이 귓가로 떨어졌다. 힘껏 껴안은 포옹에 한층 힘 이 들어갔다.

부탁이야. 이대로 계속 떨어지지 말아줘…….

아무 말 없이 서로 껴안은 우리의 등 뒤를 새하얀 기체가 천천히 가로질러 갔다.

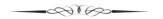

제10장

 토도와 공항에서 헤어진 다음 로마행 비행기를 취소한 막시밀리안과 나는 택시를 타고 아자부에 있는 집으로 돌아왔다.

 집으로 향하는 택시 안에서 막시밀리안은 뭔가를 골똘히 생각하는 듯 말수가 없었다. 걱정이 된 내가 옆에서 얼굴을 들여다보자, 작게 미소 지으며 살며시 손을 잡아주었다. 커다란 손에서 전해지는 온기에 조금 안심했다.

 차 안에서는 나의 마음을 전했다는 고양감과 앞으로 어떻게 될지에 대한 불안감이 교대로 찾아왔다. 진정되지 않는 마음으로 택시에 흔들리기를 한 시간 반, 드디어 아자부에 있는 아파트에 도착했다.

 "루카 님……, 이쪽으로 오세요."

거실에 들어서자마자 막시밀리안이 나를 불렀다. 옆에까지 다가가자, 이번에는 3인용 소파를 가리키며 "앉으세요." 하고 재촉했다. 그가 말하는 대로 소파 오른쪽 끝에 앉았고, 막시밀리안도 조금 간격을 두고 옆에 앉았다.

한동안 말없이 나의 얼굴을 쳐다보던 막시밀리안이 얼마 후 평소와 다른 온순한 표정으로 말을 꺼냈다.

"드릴 말씀이 있습니다."

정색한 말투에 심장이 한 번 쿵쾅 고동쳤다.

이야기라니……, 아까 내가 한 고백에 대한 대답?

만약 그렇다면 듣고 싶지만 듣고 싶지 않았다.

상반되는 감정으로 인해 가슴속이 울렁거렸다.

막시밀리안이 나를 어떻게 생각하는지 알고 싶다. 하지만 그와 마찬가지로 알게 되는 것이 무서웠다. "아쉽게도 루카 님의 마음에는 응할 수 없습니다."라는 말을 확실하게 듣는 것이 무서웠다.

이제 와서 끝까지 패기가 없는 나 자신이 한심스러워서 어금니를 꽉 깨물고 있자, 막시밀리안의 시선이 문득 허공을 맴돌았다. 무엇부터 이야기해야만 할지 망설이는 듯한 기색을 보인 다음, 다시한 번 나에게 시선을 돌렸다. 그러고 나서 마음을 정했다는 표정으로 천천히 이야기하기 시작했다.

"아시는 바와 같이 저에게는 육친이라 부를 수 있는 존재가 없습니다. 모친의 얼굴도 부친의 얼굴도 모르는 채로 복지 시설에서 자랐습니다만, 열 살 때 돈 카를로께서 고아인 저를 거두어주셔서 시칠리아에 있는【팔라초 로셀리니】에서 지내게 되었습니다."

막시밀리안의 성장 과정에 대해서는 어렴풋이 알고 있었지만, 이런 식으로 본인에게서 직접 듣는 일은 처음이었다.

"돈 카를로께서는 레오나르도 님과 에두아르 님을 돌보는 역할을 맡기기 위해 저를 거두어주신 것 같았습니다. 두 분 다 일찍 어머님을 잃으신 데다, 저택 안에는 두 분 말고는 어린이가 없었습니다. 돈 카를로 본인께서도 당시에는 일로 유럽을 돌아다니셨기 때문에 자식분들과 연령대가 가까운 놀이 상대가 필요하다고 생각하셨겠죠."

나는 조용한 목소리로 담담하게 잇는 그의 술회를 들으며 진지하게 귀를 기울였다.

"그로부터 3년 후, 이번에는 아름다운 일본인 여성이 형제분들의 가정 교사로서 로셀리니가에 고용되었습니다. 감사하게도 돈 카를로께서는 제가 형제분들과 함께 그녀로부터 일본어를 배우도록 허락해 주셨습니다."

막시밀리안 이외에도【팔라초 로셀리니】에서 오래 전부터 일해 온 스태프 중에는 일본어를 능숙하게 구사하는 사람도 있었지만, 어머니와 대화하고 싶다는 일념으로 경쟁하듯이 일본어를 공부한 성과라는 이야기를 들은 적이 있다.

"아름답고 총명한 일본 여성 — 미카 님께서는 이윽고 돈 카를로와 깊이 사랑하는 사이가 되어【팔라초 로셀리니】에서 결혼식을 올리셨습니다. ……그리고 그다음 해."

말을 끊은 막시밀리안이 나를 바라보며 마치 무척이나 소중한 일이라는 듯이 천천히 말을 이었다.

"루카 님께서 태어나셨습니다."

"…………."

나에게 향해진 눈빛이 무척 다정해서 가슴이 두근거렸다.

"지금도 당신을 처음 본 날의 일을 정확하게 기억합니다."

막시밀리안의 두 눈이 과거를 돌이켜보듯이 살짝 가늘어졌다.

"그날……, 팔레르모에 있는 출산원에서 저택으로 돌아오신 미카 님께서 갓난아기를 안고 아이방에 계셨습니다. 레오나르도 님과 에두아르 님께서는 '귀엽다.' '작다.'라는 말을 연발하며 무척이나 기뻐하시면서 본인들의 새로운 동생을 에워싸고 계셨습니다. 저는 그 모습을 흐뭇하게 바라보고 있었습니다. 그러자 미카 님께서 뒤에 대기하고 있던 저를 알아채고 '이쪽으로 와서 아기를 보렴.' 하고 불러 주셨습니다. 그리고 '루카 에르네스토 로셀리니라고 한단다.'라며 이름을 알려주셨습니다. 이름을 들은 저는 주뼛거리며 당신의 얼굴을 들여다보았습니다. 청결한 흰색 배내옷에 감싸인 당신은 방금 막 태어난 아기 사슴처럼 동그랗고 칠흑 같은 눈을 가지고 계셨습니다. 그 빛나는 커다란 눈이 가만히 저를 쳐다보았습니다. 저는 핑크색 뺨이 너무나도 부드러울 것 같아서 저도 모르게 손가락을 뻗었습니다. 그러자 당신은 작은 손으로 저의 손가락을 꽉 잡으셨습니다."

그때의 감촉이 아직 남아 있기라도 한 것처럼 막시밀리안이 무릎 위에 놓은 오른손을 들어 올려 눈앞에 가져갔다. 그러더니 자신의 손바닥에 가만히 시선을 쏟으며 말을 이었다.

"그러더니 저의 손가락을 꽉 쥔 채 꺄르르 웃으셨습니다. '어머나, 루카는 막시밀리안이 좋은가 보구나.' 미카 님께서 그렇게 말씀하고 미소를 지으셨을 때, 저는 가슴속이 꽉 죄어드는 것 같기도 하고 서서히 따뜻해지는 것 같기도 한 신비한 느낌을 맛보았습니다. 그때가 태어나서 처음으로 사람을 '사랑스럽다'고 생각한 순간이었습니다."

"막시밀리안……."

"이 갓난아기를 소중히 하고 싶다. 동생처럼 사랑하고, 애지중지하고 싶다. 진심으로 그렇게 바랐습니다. 그리고 바라는 것과 동시에 마음속으로 맹세했습니다. 살아 있는 한, 자신의 목숨과 바꿔서라도 이분을 계속 지키자고."

온화하고 잔잔한 호수의 표면 같은 청회색 눈동자가 나를 바라보았다.

'역시……, '동생'이구나.'

나는 실망이 서서히 가슴에 퍼지는 것을 느끼며 입술을 꽉 깨물었다.

"그날부터 루카 님의 존재는 줄곧 제 마음의 버팀목이었습니다. 아무리 힘든 일이 있어도 아직 어린 당신의 웃는 얼굴을 보면 모든 것을 잊을 수 있었습니다. 아직 발음도 잘 안 되는 입으로 '막시밀리안.' 하고 저를 부르며 아장아장 걸어서 뒤를 쫓아오는 당신이 참을 수 없을 만큼 사랑스러웠습니다."

"…………."

왠지 어렸을 적의 나에게 질투할 뻔했다.

"유년 시절의 당신은 무척 숫기가 없어서 항상 제 윗옷 소매를 쥐고 다리 뒤로 숨으셨지만, 미카 님께서 병환으로 쓰러지신 후 결국 돌아가시자 한층 저의 곁에서 떨어지지 않게 되셨습니다. 조금이라도 저의 모습이 보이지 않으면 울상이 되어 온 집안을 찾아다니시고, 밤에도 저와 같은 침대가 아니면 주무시지 않게 되셨습니다. 쓸쓸해하시는 마음은 가슴이 아플 만큼 이해가 갔던 데다, 저를 따라 주시는 마음도 기뻤습니다. 그 반면에 근심을 품기도 했습니다. 그렇지 않아도 형 두 분과는 나이가 떨어져 있는 데다, 돈 카를로께서도 루카 님을 눈에 넣어도 아프지 않을 만큼 귀여워하셨습니다. 게다가 어머님을 잃어 가여우시다는 생각도 들었습니다. 하지만 로셀리니가의 일원인 이상, 언젠가 틀림없이 보통 사람 이상으로 강한 정신력이 요구될 것입니다. 또한 그렇지 않으면 그룹의 정상에는 설 수 없습니다. ……고민 끝에 저는 로마에 있는 저택으로 거주를 옮기시는 돈 카를로를 따라 【팔라초 로셀리니】를 나가기로 결심했습니다. 당신이 상처 입을 것을 알고 있었지만, 다소 거친 치료가 될지라도 이 단계에서 저로부터 떨어지지 않으면 언제까지고 자립하시지 못할 거라고 생각했기 때문입니다."

"그랬……구나."

새삼 듣게 된 진실에 놀라움의 목소리를 흘렸다.

10년 전의 그 이별 뒤에는 막시밀리안의 마음속에 그런 갈등이 있었구나.

"하지만 막상 떨어져보니 더욱더 큰 타격을 입은 사람은 저였습니다."

막시밀리안이 어딘가 자조 섞인 목소리로 말했다.

"당신이라는 존재가 곁에 없다는 상실감에 날마다 시달렸습니다. 게다가 가끔씩 파티에서 보는 당신의 키가 만날 때마다 커지고, 어른스러워져 가는 얼굴을 보며 성장을 기쁘게 생각하는 한편으로 가슴이 미칠 듯이 설레었습니다. 그래도……, 저의 진정한 마음을 자각하기까지는 시간이 걸렸습니다."

될 수 있으면 인정하고 싶지 않았던 것일지도 모르죠, 라고 낮은 목소리로 중얼거렸다.

"지금이라면 알 수 있습니다. 그때는 당신을 위해서라는 이유를 붙였지만, 사실 저는 무서웠던 겁니다. 더 이상 당신의 곁에 있다가 언젠가 스스로를 억누르지 못하게 되는 날이 올까 봐 무서웠습니다. 그래서 당신으로부터 도망쳤습니다."

나는 허공을 응시하며 말을 잇는 궁지에 몰린 듯한 어두운 저음에 당황하여 작게 이름을 불렀다.

"……막시밀리안?"

하지만 막시밀리안은 나를 보지 않았다. 그는 한곳을 응시한 채 마음속에 품은 이야기를 이어 갔다.

"저는 제 마음을 자각하고 나서 여태까지 이상으로 당신에게서 거리를 두게 되었습니다. 요 5년 동안은 얼굴을 마주하는 자리에 되도록 출석하지 않도록 했고, 일에 몰두하면서 어떻게든 당신을 잊으려고 했습니다.”

깜짝 놀랐다. 파티에서 보이지 않았던 건 일이 바빠서 그런 줄 알았기 때문이다. 설마 고의적으로 나를 피하고 있었다니.

“그리 멀지 않은 미래에 당신에게도 평생의 반려자가 될 여성이 나타날 테니, 그날까지 멀리서나마 지켜볼 수 있다면 그걸로 족하다 —— 그렇게 생각하고 있었습니다. 그런데…….”

온화했던 막시밀리안의 눈동자가 일변하더니, 그 안에서 파란 불꽃이 어른거렸다.

“당신이 일본으로 유학을 가신다는 돈 카를로의 이야기를 듣고 난 날부터 저는 평정심을 잃고 말았습니다. 같은 이탈리아 안이라면 유사시에는 곧바로 달려갈 수 있습니다. 사실 요 10년 동안은 항상 그런 마음가짐으로 있었습니다. 하지만 일본이라면 이야기는 달라집니다. 먼 이국에서 홀로 지내실 거라고 하는 당신이 걱정되어서 어찌할 바를 모르던 저는 결국 일본으로 당신과 동행하겠다고 간청했습니다. 아키라 님과 오토와회와의 불화도 있었기 때문에 루카 님 홀로 유학을 가시는 것을 불안해하셨던 돈 카를로께서도 ‘네가 함께라면 안심이다.’라며 승낙해 주셨습니다.”

그의 동행은 아버지와 형들이 요청해서 이루어진 일이라고 믿고 있었는데, 그게 아니었구나.

잇달아 밝혀지는 사실에 머리가 따라가지 못하여 혼란스러워진 나는 작게 한숨을 내쉬었다.

“당신이 학업에 몰두하실 수 있도록 환경을 갖추는 일이 동행의 목적이었습니다."

"…………."

"일본에서 지내기 시작하고 나서 당신은 현저히 성장하셨습니다. 호위가 붙은 생활에서 해방되어 본래 가지고 계시던 자질이 꽃을 피운 것일지도 모릅니다. 친구분이 생기고, 직장 동료가 생기고, 날이 갈수록 빛을 더해 가셨습니다. 새로운 일에 도전하고, 자신감을 얻으면서 점점 정신적으로 자립해 가셨습니다. ……그 모습을 멀리서 돕는 일이 후견인으로서 맡은 임무인데, 당신의 자립을 무조건 기뻐하지 못하는 제가 있었습니다."

고개를 숙인 이마에 앞머리가 한 가닥 드리워졌다.

"이국에서 보내는 당신과의 생활은 저에게 더할 나위 없는 기쁨과 고통을 가져다 주었습니다. 10년 만에 함께 지내며 지금의 당신을 알면 알수록……, 스스로도 통제할 수 없는 독점욕에 괴로워하게 되었습니다. 날이 갈수록 저는 점점 제 자신을 잃어 갔습니다."

"막시밀리안이 자신을 잃다니."

내가 그런 일은 있을 수 없다며 부정하려 하자, 그가 고개를 가로저었다.

"그날도……, 처음에는 오직 약 때문에 고통스러워하는 당신을 조금이라도 편하게 해주고 싶은 마음이었습니다."

"그날?"

'쿠로베한테 납치당했던 날 말이야?'

"일본에 오기 전까지 자제심에는 자신이 있었습니다. 그래서 동거도 단행했고, 어떤 상황이라 한들 자신을 컨트롤할 수 있다는 자부심이 있었습니다. 하지만 그날 한번 당신을 만지고 말았더니……, 더 이상 자신을 억누를 수 없어졌습니다. 무엇보다 가장 우선해야만 하는 일이었는데…….”

“하지만 그건 나를 도와주려고…….”

“그렇지 않습니다.”

“막시밀리안.”

“그렇지 않습니다. 그 남자가 당신을 더럽혔다는 사실을 안 순간, 제 안에서 무언가가 끊어졌습니다. 억제의 걸쇠가 풀어지더니, 오랫동안 막고 있던 격정이 흘러넘쳐버린 것입니다. 그때 저는 후견인으로서의 사명감보다도 남자로서의 욕망이 우세했습니다.”

막시밀리안의 단정한 입술에서 나온 ‘남자로서의 욕망’이라는 생생한 말에 가슴이 덜컹 내려앉았다.

욕망이라니……. 그럼 그때 막시밀리안이 나를 손으로 위로해준 건 일에 대한 책임감만이 아니었다는 뜻이야?

“약으로 괴로워하시던 당신을……, 저는…….”

희고 수려한 얼굴이 회한으로 일그러지면서 막시밀리안이 고통스러운 목소리를 냈다.

“저라는 인간은 이렇게나 무르고 약했던가, 그런 생각이 들면서 제 자신의 나약함에 박살이 나는 기분이었습니다.”

자신을 책망하는 막시밀리안을 당혹스러운 눈빛으로 바라보던 나의 뇌리에 문득 어떤 생각이 떠올랐다.

"혹시 그래서 급하게 로마로 돌아가려고 한 거야?"

막시밀리안이 나의 질문에 고개를 느릿느릿 끄덕였다.

"더 이상 곁에 있으면 언젠가 당신을 어떻게 해버릴 것 같았습니다. ……그게 두려웠습니다."

귀를 의심했다. 완전무결하다고 칭찬이 자자한 막시밀리안이 '두렵다' 같은 약한 소리를 입에 담다니, 믿어지지가 않았다.

그 반면에 그런 그가 사랑스럽게도 느껴졌다.

나보다 몸도 훨씬 크고, 강하고, 열다섯 살이나 연상인 막시밀리안을 귀엽다고 여기면 안 될지도 모르지만.

'하지만 귀여워.'

가슴이 꽉 조이며 달콤쌉쌀하게 욱신거렸다. 왠지 뭐라고 표현할 수 없을 정도로 기분이 좋아진 나는 힘없이 고개를 떨군 막시밀리안의 무릎에 손을 뻗었다. 나의 손이 닿은 찰나, 무릎이 움찔 떨렸다.

맑은 청회색 눈동자가 천천히 시선을 들어 안경알 너머로 나를 보았다.

"막시밀리안, 뭐 물어봐도 돼?"

아까까지는 확실히 대답을 듣기가 무서웠다. 하지만 무서운 건 막시밀리안도 마찬가지라고 생각하자 조금 용기가 솟아났다.

"나를 어떻게 생각해?"

없는 용기를 몽땅 그러모아서 사랑하는 사람의 진의를 확인했다.

"'동생'? 아니면……."

나의 눈을 말없이 쳐다보던 막시밀리안이 조용히 입을 열었다.

"루카 님은 '동생'이 아니십니다."

"그럼 뭐야?"

"제가 평생 충성을 바친 오직 한 분, 마음의 주인이십니다."

"주인?"

"이 지구상에 있는 누구보다도, 저의 목숨보다도 소중하신 분입니다. 20년 전, 당신이 저의 손가락을 잡으며 웃어주신 그 순간부터."

진지한 빛을 머금은 눈동자와 흔들림없는 목소리에서 그 말이 막시밀리안의 본심임을 알고는, 등에 달콤한 전율이 스쳐 지나갔다.

나는 서서히 치밀어 오르는 환희를 곱씹으며 말했다.

"막시밀리안의 가장 소중한 사람은 아버지인 줄로만 알았어."

"돈 카를로께서는 고아인 저를 거두어 충분한 교육을 받게 해주셨습니다. 그분께서 계시지 않았다면 지금의 저는 없습니다. 진심으로 감사드리고, 존경하고 있습니다. 하지만 그건 당신을 향한 마음과는 다릅니다."

그렇게 딱 잘라 말한 막시밀리안의 두 눈동자가 또다시 회한을 드러냈다.

"한평생 이 마음을 입에 담을 생각은 없었습니다. 가슴 깊은 곳에 간직한 채 무덤까지 가지고 갈 생각이었습니다."

"막시밀리안……."

아마 분별력이 있는 어른이기 때문에, 그리고 로셀리니가에 은의가 있는 만큼 그의 고뇌는 깊을 것이다. 그 점은 나도 알 수 있었다.

"돈 카를로로부터 이만큼이나 후의를 받아 놓고선, 그분의 신뢰를 저버리는 이런 감정을 품어서는 안 됐습니다. 아무리 날아오를 만큼 기뻐도 당신의 호의를 받아들여서는 안 된다고 머리로는 알고 있습니다. 애당초 당신은 보호자에 대한 정을 연애 감정이라고 오해하고 계시는 것일지도 모르……"

"하지만 일본에 와주었잖아?"

나는 부정하는 그의 말을 봉인하듯이 속삭이고는, 차가운 뺨에 손을 가져다 댔다.

"일이 바쁜데도 억지를 써서 일본에 같이 왔고, 나를 지켜주었잖아. 나는 막시밀리안이 있어주었기 때문에 이 나라에서 느긋하고 자유롭게 지낼 수 있었어. 만약 내가 변했다면, 그건 막시밀리안 덕분이야. 아버지도……, 당장은 무리일지도 모르지만 언젠가 반드시 알아주실 거야."

"루카 님……."

"좋아해……."

막시밀리안이 숨을 삼켰다.

"이 마음은 오해가 아니야."

확실히 단언하자, 막시밀리안이 작게 신음하듯이 "신이시여……." 하고 중얼거리며 눈을 감았다. 나는 미간에 깊은 주름을 새기며 번뇌하는 그에게 다시 한 번 되풀이했다.

"좋아해. 정말 좋아해……."

뺨을 어루만지던 나의 손에 커다란 손이 포개졌다. 막시밀리안은 나의 손을 부드럽게 아래로 끌어내리더니, 손바닥에 입술을 가져다 댔다. 이어서 손을 뒤집더니, 나의 손끝에 입을 맞추고 나서 두 눈을 떴다.

"저도……, 사랑합니다."

엄숙한 목소리로 그렇게 고백한 그의 눈은 왠지 무척 커다란 무언가를 뛰어넘은 것처럼 맑게 개어 있었다. 나의 가슴은 망설임이 없는 그 눈빛을 받아 내면서 서서히 뜨거워졌다.

"막시밀리안."

"사랑합니다."

갈라진 속삭임이 천천히 다가오더니……, 눈을 감은 나의 입술에 살며시 그의 입술이 닿았다.

*   *   *

막시밀리안의 입술이 나의 입술을 부드럽게 덮고 콕콕 쪼듯이 빨았다. 각도를 바꾸고는 또다시 입술을 맞대기를 반복하고 있자, 커다란 손이 뒤통수를 감싸더니 한층 더 쭉 끌어당겼다.

"으음."

깊어지는 키스에 신음한 순간, 막시밀리안의 혀끝이 입술 사이의 틈을 쓰윽……, 훑었다.

무의식중에 살짝 벌린 입술 사이로 젖은 혀가 스르륵 들어왔다. 그는 반사적으로 도망치려던 나의 혀를 붙들어 매었다.

"움……, 응, 후……읏."

혀와 혀가 서로 얽히며 타액이 질척질척 소리를 냈다.

능숙하게 혀를 놀리며 치열 뒤쪽을 훑고 위턱을 쿡쿡 찌르는 사이에 눈꼬리가 서서히 욱신거리며 뜨거워지기 시작하더니, 몸이 확 달아올랐다.

'이게 어른의 키스구나.'

태어나서 처음 알게 된 어른의 키스에 넋을 잃고 취해 있자, 막시밀리안이 천천히 입술을 떼고 나의 눈을 들여다보았다. 그는 뜨거운 시선을 쏟으면서 한숨 섞인 목소리로 속삭였다.

"당신을 이 품에 안다니……, 이런 날이 올 줄은 꿈에도 생각하지 못했습니다."

감회가 복받친 듯 살짝 떨리는 그 목소리를 듣자, 나의 가슴도 공명하여 떨렸다.

"꿈이……, 아니죠?"

"응…….."

고개를 끄덕이자, 막시밀리안이 나를 꼭 끌어안았다. 나도 막시밀리안의 넓은 등을 껴안았다.

서로의 체온과 고동을 맛보듯이 한동안 포옹을 나눈 후, 갑자기 막시밀리안이 나의 이름을 불렀다.

"루카 님."

"……왜?"

거의 꿈을 꾸는 기분으로 되묻자, 절박한 목소리가 주저하며 말했다.

"침실로……, 이동해도 괜찮으시겠습니까?"

침실 ── .

그 말이 의미하는 바를 생각하고 있자니 체온이 단숨에 올라갔다. 심장이 급격히 두방망이질하기 시작했지만, 한시라도 빨리 서로를 제대로 안고 싶은 마음은 나도 마찬가지였다.

내가 고개를 꾸벅 끄덕이자마자 몸이 두둥실 뜨는 바람에 황급히 막시밀리안의 목에 매달렸다. 막시밀리안이 나를 가볍게 안아든 채 거실을 성큼성큼 가로질렀다. 그리고 안쪽 문을 빠져나가 복도를 단숨에 나아가더니, 그의 침실 문을 한 손으로 열었다.

침실에 발을 들인 막시밀리안은 곧바로 침대로 다가서서 마치 태어난 지 얼마 되지 않은 강아지를 다루기라도 하는 것처럼 신중한 손놀림으로 나를 눕혔다.

'아…….'

침대 커버에 등이 가라앉은 순간, 친숙한 향기가 코를 간지럽혔다. 처음 누워보는 막시밀리안의 침대에서는 그가 쓰는 오드콜로뉴 향기가 희미하게 감돌았다.

그러고 보니 이 방에 들어온 적은 처음이다. 서재는 힐끔 들여다본 적이 있지만.

함께 지내기 시작한 지 한 달 이상 지났지만, 나는 막시밀리안에 대해 아무것도 몰랐다는 점을 새삼 깨달았다. 그래도 그건 아마 막시밀리안이 나에게 선을 긋고 있었기 때문이기도 할 것이다.

그랬는데 지금 막시밀리안 본인이 침실로 나를 불러들였다. 멀었던 거리가 단숨에 가까워진 것 같아서……, 기쁘다.

내가 감개에 잠겨 있는 동안, 막시밀리안은 커튼을 치고 머리맡에 있는 간접조명을 켰다. 그러더니 희미한 오렌지색 빛 속에서 슈트 재킷과 베스트를 벗었다. 꼼꼼한 막시밀리안치고는 보기 드물게 벗은 옷을 바닥에 그대로 떨어뜨렸다.

"막시밀리안?"

몸을 돌린 막시밀리안이 침대로 올라오는가 싶더니, 이번에는 조금 거칠게 입술을 막았다.

"음……, 응."

체중을 실어 내 몸의 자유를 빼앗은 그는 유감없이 입안 구석구석을 탐했다. 오랫동안 억누르고 있던 격정을 해방시킨 듯한, 평소에는 쿨한 막시밀리안의 열정적인 입맞춤에 머리가 어질어질했다.

아쉬운 듯 입술을 뗀 막시밀리안이 욕정을 가득 담은 뜨거운 눈길로 쳐다보았다. 나는 수컷의 색기가 넘쳐흐르는 그 요염한 미모를 올려다보며 더듬거리는 말투로 호소했다.

"어, 어쩌지? 심장이……."

"심장이 안 좋으신가요?"

"두근거려서 터질 것 같아."

"……저도 마찬가지입니다."

막시밀리안이 손을 잡더니 단단하고 탄탄한 가슴으로 이끌었다. 서츠 위에서도 조금 빠른 그의 심장 소리가 전해져 왔다.

"막시밀리안도 두근거려?"

연애 경험이 전혀 없는 나뿐만이 아니라 어른인 막시밀리안까지 긴장하고 있다니, 왠지 기분이 이상했다.

"당장에라도 심장이 입에서 튀어나올 것 같습니다."

그는 두려움과 열정이 서로 싸우는 소년 같은 표정으로 미소 지었다.

오늘 하루만에 막시밀리안의 새로운 얼굴을 잔뜩 본 것 같은 기분이 들었다.

처음 보는 표정 전부가 무척이나 신선해서 사랑스러운 마음이 1초마다 쌓여 갔다.

나는 애달프면서도 가슴속이 달콤하게 저리는 듯한 감각에 눌려 오른손을 들어 올렸다. 그리고 손바닥을 그의 조각 같은 얼굴에 가져다 댔다.

"좋아해⋯⋯. 정말 좋아해."

"루카 님⋯⋯."

그가 그에게 닿아 있는 손을 잡더니 손끝에 쪽 입을 맞추었다. 이어서 내 앞머리를 쓸어 올리고는, 이마에 입술을 꾹 가져다 댔다. 그리고 나서 눈꺼풀, 코끝, 뺨으로 입술이 이동했다. 마지막으로 입술과 입술을 맞대면서 나를 세게 꽉 끌어안았다.

뜨겁고 커다란 몸에 쏙 안겼다. 그것만으로도 온몸이 끈적끈적

녹아들어 버릴 것처럼 기분이 좋았다.

달콤한 도취에 몸을 맡기고 있으려니, 힘을 푼 막시밀리안이 상체를 일으켰다. 그러더니 무릎을 세운 채 일어서서 셔츠 단추를 풀기 시작했다.

셔츠를 벗은 상반신은 어느 날 밤에도 봤던 것처럼 남자답게 다부졌다. 완만하게 솟아오른 어깨, 탱탱한 근육이 자리잡은 아름다운 가슴과 보기 좋게 조여진 복근.

나와는 전혀 다른 성인 남자의 몸을 눈앞에 두고 살그머니 숨을 삼켰다.

전에 딱 한 번 본 적이 있었지만, 역시 가까이서 보니 박력이 달랐다.

성숙한 수컷의 페로몬에 압도되어 눈 둘 곳이 없어 난감해하고 있자, 그 다부진 상반신이 나의 몸을 덮어 왔다. 긴 팔이 뻗어 오더니, 내가 입고 있던 재킷을 벗겼다. 이어서 셔츠에 손을 댔다. 단추가 하나씩 풀리는 감촉이 근질거려서 나도 모르게 눈을 감고 말았다.

차가운 공기가 맨살에 닿자 셔츠 앞섶이 다 벌어졌음을 알았다. 얄팍하고 빈약한 나의 알몸을 보이기가 싫어서 벌어진 앞가슴을 여미려고 하자, 막시밀리안에게 손을 잡혔다.

"괜찮습니다. 보는 사람은 저밖에 없습니다."

그러니까 막시밀리안이 보는 게 부끄럽다고.

고개를 가로젓자, 막시밀리안이 다정하게 말했다.

"알겠습니다. 그럼 제가 안경을 벗겠습니다. 그러면 괜찮으시죠?"

"벗으면 안 보여?"

"안 보입니다."

그의 보증에 아주 살짝 몸의 힘을 풀고 눈을 가늘게 떴다. 약속대로 막시밀리안은 안경을 벗어 침대 옆 탁자에 놓았다.

"안경을 벗었으니……, 이제 안 보입니다."

원래 얼굴 생김새가 무척 단정하지만, 안경을 벗으니 윤곽이 뚜렷한 얼굴이 한층 두드러져서 왠지 모르는 사람 같았다…….

안경알이라는 필터가 없어진 만큼 직접적으로 닿는 시선을 훨씬 뜨겁게 느끼고는 다시금 눈을 꼭 감았다. 그 후에는 막시밀리안이 하는 대로 그의 리드에 몸을 맡기고 있었다. 정신을 차려 보니 그 사이에 속옷까지 모든 옷이 벗겨진 상태였다.

"춥지 않으십니까?"

그가 묻자, 주뼛거리며 눈을 떴다. 상공에서 나를 내려다보고 있는 뜨거운 눈빛과 눈이 마주쳤다.

실오라기 하나 걸치지 않은 무방비한 알몸을 막시밀리안 앞에 속속들이 드러내고 있다. 그 사실을 자각한 순간, 온몸이 화끈 달아올랐다.

연인을 밀어제치고 도망치고 싶은 마음을 꾹 참았다. 괜찮아. 또렷하게 보이지는 않을 거야. 그렇게 자신을 타이르자마자 머리 한 구석에 언뜻 의문이 스쳤다.

"저기……, 정말 안 보여?"

"안 보입니다."

진지하게 대답한 막시밀리안이 이 이상 추궁하려는 나를 봉쇄하듯이 몸을 덮어 왔다. 뜨거운 혀가 목덜미, 어깨, 쇄골 순서로 뻗어 갔다. 왠지……, 간지러웠다.

"읏……."

"목소리를 죽이지 마세요."

가슴 끝에 입술이 닿자 이상한 소리가 나올 뻔해서 필사적으로 참고 있자, 막시밀리안이 속삭였다.

"제대로……, 들려주세요."

'그렇게 말해도……, 창피하단 말이야.'

입술을 깨문 채 참고 있으려니, 오른쪽 젖꼭지를 촙 빨리고, 다른 한쪽은 손가락으로 잡혔다. 혀와 손가락으로 집요하게 애무당하자, 젖꼭지가 조금씩 단단해지며 서기 시작했다. 막시밀리안이 부은 선단에 이를 살짝 세운 찰나, 허리가 흠칫 들썩였다.

"앗, 응."

결국 목소리가 새어 나왔다. 그것도 스스로도 깜짝 놀랄 만큼 달콤한 목소리가.

"아……, 앗……, 아."

한번 목소리가 나오자 연달아 흘러나오며 멈추지 않았다. 젖꼭지를 애무당해 신음하는 건 여자 같아서 싫었지만, 느끼고 마니 어쩔 도리가 없었다.

"응……, 응……, 아응."

이윽고 가슴의 찌릿찌릿 저려 오는 느낌이 전파된 것처럼 하복부가 열을 머금더니 지끈지끈 욱신거리기 시작했다. 모양을 바꾸기 시작한 페니스에 막시밀리안의 손이 휘감기더니, 천천히 위아래로 움직였다. 가슴과 성기를 동시에 공격당한 나는 그 강렬한 자극에 몸을 비비 꼬았다.

"그러면……, 안 돼……!"

하지만 막시밀리안은 손을 놓아주지 않았다. 다섯 개의 손가락이 구사하는 잔혹할 정도로 정확한 애무로 차분히 나를 몰아쳤다.

"……보지, 마."

흐트러진 나의 모습을 하나도 남김없이 포착하는 듯한 뜨거운 시선에도 부채질당했다.

얼마 안 있어 질척질척 음란한 물소리가 들려왔다. 그것이 자신이 흘린 체액이며, 막시밀리안의 손이 젖는 소리라는 사실을 알고 울 뻔했다.

"싫어!"

창피해서 미칠 것만 같았다. 전에는 몽롱한 상태였지만, 오늘은 의식이 제대로 있어서 약 때문이라는 변명도 통하지 않는다. 그런데도 이렇게 싱겁게 흥분하고 마는 자신이 경망스러워서 괴로운 나머지 눈에 서서히 눈물이 글썽글썽 맺혔다.

"싫어……, 싫어!"

내가 혼란스러워하자, 막시밀리안이 달래듯이 나의 눈가에 입을 맞췄다.

"괜찮습니다. 무섭지 않아요……."

어르고 달래면서도 서서히 강해지는 애무에 허리가 음란하게 넘실거렸다.

"안 돼……, 이제……, 나올 것 같아……, 나오……, 아앗……!"

몸을 뒤로 젖히며 막시밀리안의 손안에 하얗고 탁한 액체를 흩뿌렸다.

"하……, 흐……아."

막시밀리안이 여운으로 흠칫흠칫 떠는 몸을 끌어안았다. 머리가 하얘질 정도의 쾌락에 정신을 차리지 못하고 있자, 막시밀리안이 눈꼬리에 맺힌 눈물을 입술로 빨았다.

"기분 좋으셨습니까?"

황홀하게 취한 기분으로 고개를 끄덕이자, 그가 "다행입니다." 하고 기쁜 듯이 미소를 지었다.

그 얼굴을 보고 가슴이 메이며 애달픔을 느꼈다.

"……막시밀리안, 은?"

"저는 루카 님의 목소리와 표정만으로도 충분합니다."

조심스레 물어보았지만, 막시밀리안은 그렇게 말하며 피하고 말았다.

하지만 나만 기분이 좋으니 마음이 괴로웠다. 게다가 그저 일방적으로 위로받기만 한다면 저번과 마찬가지다.

겨우 마음이 통해 연인으로서 서로를 안게 되었는데.

연인과 이어진다는 미지의 행위를 두려워하지 않는다면 거짓말이고, 솔직히 말하자면 몸이 움츠러들 정도로 무섭다. 하지만 나도 줄곧 막시밀리안을 원했으니까.

각오를 다진 나는 시선을 위로 향하며 작게 속삭였다.

"제대로……, 마지막까지 하고 싶어."

"루카 님."

내가 조르자, 막시밀리안이 복잡한 표정을 지었다.

연인이 자신을 원하고 있다는 사실은 밀착된 하반신의 흥분 상태로 알 수 있었다. 그도 나를 원하고 있는데 하나가 될 수 없다니……, 그런 건 싫었다.

막시밀리안과 하나가 되고 싶다.

절실한 욕구가 마음의 불안이나 수치심을 물리치자, 나는 이윽고 그 말을 입에 담았다.

"부탁이야. 적당히 하지 말고 제대로 안아줘."

목소리와 표정에서 나의 진심을 감지했는지, 막시밀리안이 진지한 표정으로 확인했다.

"정말로 괜찮으십니까?"

"응."

"이제부터는……, 루카 님께서 중간에 우서도 봐드릴 수 없을지도 모릅니다."

그래도 고개를 꾸벅 끄덕였다. 그러자 막시밀리안이 애절하게 두 눈을 가늘게 뜨더니, 나의 이마에 입술을 살짝 대고 나서 "뒤를 향해주십시오."라고 말했다.

막시밀리안은 침대에 두 손 두 발로 엎드린 포즈를 취하게 하더니, 엉덩이를 높게 들어 올렸다.

"뭐, 뭐 하려는 거야?"

겁먹은 목소리를 내자, 등 뒤에서 "조금만 참아주십시오."라는 목소리가 닿았다.

"갑자기 몸을 잇는 건 무리입니다. 준비를 해야겠죠."

준비?

그 말을 듣고 머릿속에서 고개를 갸웃한 그때, 막시밀리안이 엉덩이의 갈라진 틈을 밀며 쭉 벌렸다.

"싫, 어……!"

막시밀리안이 나도 본 적이 없는 부끄러운 곳을 손가락으로 밀어젖히더니 보고 있었다. 그것만으로도 충분히 정신이 아득해질 것 같은데, 추격타를 가하듯이 매끈하게 젖은 감촉이 그곳에 닿았다.

"뭐……뭐야?"

수상쩍어하며 중얼거린 바로 다음 순간, 그 젖은 감촉의 정체를 알아챈 나의 목에서는 목소리로 나오지 않는 비명이 히익 하고 새어 나왔다.

"말도……, 안 돼."

그, 그런 곳에 막시밀리안의 혀가?!

"싫어……. 그러지 마……. 더러워……!"

울먹이며 날뛰었지만, 나를 붙잡은 막시밀리안은 꿈쩍도 하지 않았다. 나를 등 뒤에서 꽉 눌러 꼼짝 못하게 한 채 단단하게 세운 혀에 힘을 꾹 주며 안으로 침입했다.

"힉……, 아……, 그만……, 싫어, 아."

"부탁이니 험하게 움직이지 마세요. 전용 젤도 없어서 이렇게 적시는 것 말고는 방법이 없습니다."

그런 식으로 애원하면 저항할 수 없어진다.

두 사람이 이어지기 위한 준비……라면 견딜 수밖에 없었다.

혀를 몇 번이나 넣고 빼면서 할짝할짝 소리를 내며 안까지 적시자, 치욕스러워진 나는 어금니를 악물고 견디었다. 그러나 고행은 그것만으로 끝나지 않고, 이번에는 타액으로 미지근해진 오므라진 곳에 손가락을 푹 찔러 넣었다.

"아파……."

충격으로 몸을 움츠리자 곧바로 손가락이 빠져나갔다.

"아직 아프시죠? ……잠시만 기다려주세요."

그렇게 말하고는 침실을 나간 막시밀리안이 또다시 방에 돌아왔을 때, 그 손에는 보디로션이 담긴 병이 쥐어져 있었다.

"이걸 쓰면 조금은 편해지실 겁니다."

막시밀리안은 손바닥으로 따뜻하게 만든 로션을 엉덩이 사이에 끈적하게 흘리더니, 안으로 보내듯이 손가락을 넣었다가 뺐다. 몸안을 휘젓는 단단한 이물을 느끼고는 미간을 찌푸리고 있으려니, 이윽고 안쪽에서 질척질척 젖은 소리가 들리기 시작했다.

"응, 응."

안쪽 깊은 곳에 숨어든 막시밀리안의 긴 손가락이 어느 부분에

닿은 순간, 허리가 움찔 흔들리며 달콤한 동통이 내달렸다. 요전에
도 엄청나게 느끼고 만 곳을 또 문질리며 강렬한 자극에 높게 솟아
오른 허리를 실룩거렸다.

"아, 아……응, 앗."

이곳을 손가락으로 애무당하면 아무리 참아도 달콤한 교성이 흘
러나오고 말았다.

어느샌가 또다시 발기한 욕망의 선단에서도 투명한 꿀이 뚝뚝
떨어지며 시트를 적시고 있었다. 왠지 자신의 몸이 아닌 것처럼 이
쪽저쪽 할 것 없이 뜨거웠다…….

"응, 응……, 아앗."

"안이 꽤 부드러워졌습니다. 착한 아이니까 조금만 더 힘내세요."

막시밀리안이 달콤한 목소리로 달래면서 긴 손가락으로 줄기차
게 그곳을 풀었다. 앞이 아플 정도로 팽창하고 뒤가 끈적하게 녹아
내려도 '준비'는 끝나지 않았다.

"하앗……, 이, 제……, 정말……, 안 되겠어!"

내가 한계를 호소하자, 막시밀리안이 나의 손을 잡고 뒤쪽으로
이끌었다. 나는 막시밀리안이 살며시 손에 쥐게 한 늠름하게 우뚝
솟은 그것의 촉감에 깜짝 놀라 전율했다.

── 뜨거워.

"이것이 이제부터 당신의 안으로 들어갈 것입니다."

각오를 재촉하듯이 낮은 목소리가 그렇게 말하더니 작열하는 덩
어리를 밀어붙였다.

'아………'

뜨겁게 흥분한 막시밀리안의 욕망이 뒤쪽 구멍에 닿았다. 무의식적으로 그곳이 벌름벌름 꿈틀거렸다. 어금니를 악물고 앞으로 찾아올 충격에 대비했다.

"몸의 힘을 빼고, 숨을 내쉬세요."

막시밀리안이 그렇게 말해서 숨을 내쉬려고 했지만 단단한 선단이 나의 몸을 누르며 깊이 들어온 찰나, 몸이 갈라지는 듯한 엄청난 충격에 숨을 들이키고 말았다.

"흑………"

막시밀리안이 식은땀이 왈칵 뿜어져 나온 나의 목덜미에 입술을 가져다 댔다.

"절대로 아프게 하지 않을 테니, 저를 믿고 힘을 빼주세요. 숨을 내쉬고……, 그렇죠, 정말 잘하고 계십니다."

귓가에 들리는 목소리에 격려받으며 조금씩 뜨겁고 커다란 그것을 삼켜 갔다.

"하아……, 아……, 아……, 윽."

"힘드시죠. 어떻게 할까요, 그만둘까요?"

막시밀리안이 애처로운 목소리로 "지금이라면 아직 되돌릴 수 있습니다."라고 속삭이자, 나는 고개를 좌우로 절레절레 저었다.

그러기 싫어. 여기까지 와서 중간에 그만두다니.

"힘……낼……게."

"……알겠습니다."

막시밀리안의 손이 앞으로 뻗어 오더니 천천히 성기를 훑었다.

"앗……, 흐읏."

앞에서 생겨난 쾌감으로 아픔이 잊혀지자 조금 편해졌다. 딱딱하게 굳어 있던 몸이 풀어진 탓인지, 그때부터는 비교적 원활하게 막시밀리안을 받아들일 수 있었다.

"하아, 하아."

간신히 길고 커다란 '열'을 전부 받아들이고 가슴을 헐떡였다. 방은 덥지 않은데도 온몸이 땀으로 흥건했다.

막시밀리안이 등 뒤에서 크게 숨을 내쉬는 것을 느끼고는, 그도 괴로워했다는 사실을 알게 됐다.

"아프신 곳은 없습니까?"

자세는 동물의 교미 같아서 창피하고, 이어져 있는 부분은 얼얼하고 뜨거운 데다, 배 속에서는 엄청난 압박감이 들었지만, 어딘가가 찢어지거나 상처 입었다는 부류의 아픔은 없었다.

"괜찮아……."

"다행입니다."

진심으로 안도한 듯한 연인의 목소리를 들으니 왠지 모르게 눈물이 날 뻔했다.

여기까지 오는 데 시간이 굉장히 많이 걸렸지만……, 그래도 겨우.

'이제 하나가 되었어.'

"움직이겠습니다……."

막시밀리안이 두 사람의 체온이 하나로 녹아내리기를 기다리고 있었다는 것처럼 서서히 움직였다.

"앗……, 응."

뜨겁고 단단한 것이 몸안을 왔다 갔다 하는 ── 처음 맛보는 감각에 새된 소리를 흘렸다.

내부를 살피는 듯한 부드러운 피스톤질이 한동안 계속되었다.

밀려왔다가 밀려가는 파도처럼 서서히 빠지는가 싶더니, 다시 한 발한발 침범당했다.

마치 그 모양과 엄청난 질량을 내 몸이 기억하게 하려는 것처럼 신중하게 넣었다가 뺐다.

쾌감이 천천히, 그리고 조용히 높아져 갔다. 몸안이 초콜릿처럼 녹아들어 갔다.

"당신의 안에……, 제가 있는 것을 아시겠습니까?"

막시밀리안의 입술이 나의 귓불을 머금더니, 한숨 같은 낮은 목소리가 고막을 진동시켰다.

"응……, 으, 응……, 커."

고열에 시달리듯 정신없이 말했더니 배 속의 맥동이 한층 커졌다. 그렇지 않아도 단단한 남근이 빡빡하게 끼워진 그곳을 한층 더 누르며 넓히자, 그곳에서 달콤쌉쌀함을 느낀 나는 "아, 응." 하고 신음했다.

막시밀리안의 움직임이 격렬해졌다. 나왔다 들어갈 때마다 두 사람이 이어진 곳에서 질척, 쿨척, 귀를 막고 싶어지는 소리가 들려왔다.

일부러 소리를 내는 게 아닐까 의심스러운 그 음란한 소리에도 느끼고 만 나머지, 나의 눈이 차츰 촉촉해졌다.

막시밀리안이 단단한 끝으로 전에 몇 번이고 느꼈던 그곳을 문지르자, 페니스 선단에서 투명한 액체가 쿨럭 넘쳐흘렀다.

"이곳을 찌르면 기분 좋으십니까?"

시트에 묻은 얼굴을 위아래로 끄덕였다.

좋아. 굉장히……, 기분 좋아.

안이 근질근질 쑤시고 뜨겁게 욱신거려서……, 이상해져버릴 것 같았다.

"기분……, 좋아……, 아, 읏."

머리가 하얘지는 것 같은 쾌감에 황홀해하며 몸을 맡긴 채 흔들리고 있었더니, 갑자기 막시밀리안이 어깨를 잡고 몸을 쭉 당겨 일으켰다. 이어진 채로 막시밀리안의 무릎 위에 앉으며 커다란 몸에 쏙 감싸 안겼다.

"보이십니까?"

"뭐, 뭐가……?"

갑작스러운 전개에 당황하고 있자, 등 뒤에 있는 막시밀리안이 다시 한 번 물었다.

"저와 당신이 이어진 부분이……, 보이십니까?"

속삭이듯 소리를 낮춘 그의 목소리에게 재촉을 받으며 주뼛주뼛 아래를 보았다. 막시밀리안은 그러기를 기다리고 있었다는 듯 나의 허벅지에 손을 대고 크게 벌려 보였다.

"읏………."

결합된 부분을 포착하고서 숨을 삼켰다. 나의 그곳이 한껏 넓혀진 채 믿겨지지 않을 정도로 커다란 것을 물고 있었다. 막시밀리안이 허리를 꿈틀거리자, 나의 쿠퍼액으로 젖은 작열하는 쐐기가 철퍽, 쿨퍽, 엄청난 소리를 내며 들어갔다 나왔다 하는 모습이 보였다.

"싫, 어……."

순간적으로 고개를 좌우로 흔들었다.

싫은데도 음란한 영상에서 눈을 뗄 수 없었다. 창피한 물소리와 자극적인 비주얼에 부채질당한 몸이 점점 뜨거워지더니, 정신을 차리자 몸안에 들어온 막시밀리안을 꽉 조이고 있었다.

"너무 세게 조이시는군요."

막시밀리안이 괴로워하는 듯한 목소리로 타이르자, 얼굴이 화끈 달아올랐다.

"처음인데 이렇게 맛있다는 듯이 단단히 물고 계시면 안 됩니다."

"아, 아니……."

"이대로 저를 놓지 않으실 생각입니까?"

막시밀리안이 나를 부드럽게 찌르면서 달콤하고 어두운 목소리로 속삭였다.

"아니야……."

심술궂은 말에도 왠지 느끼고 말았다. 내 안이 보다 깊은 쾌락을 원하며 게걸스럽게 넘실거리고 있는 것을 알 수 있었다. 지끈지끈

쑤시는 그곳을 다부진 끝으로 문질러주길 원했다. 피스톤질을 더 세게 해주길 원해서 나도 모르게 허리를 비벼 대었더니, 막시밀리안이 밑에서 쿵 쑤셔 올렸다.

"아윽."

"그런 음탕한 짓을 어디서 배우셨습니까?"

마치 벌을 받는 것처럼 젖꼭지를 꽉 꼬집었다. 툭 부풀어 오른 선단에 손톱이 파고들자, 짜릿하고 달콤한 전류가 내달렸다.

"아앙, 하앗……, 앗, 아웅."

"잘 들으세요. 당신의 음란한 모습을 봐도 되는 사람은 저뿐입니다."

그렇게 타이르는 동안에도 막시밀리안의 사나운 욕망이 계속해서 나를 끊임없이 괴롭혔다. 욱신거리는 가장 깊은 곳을 단단한 물건으로 푹푹 찔리자 목이 뒤로 휘었다.

"으……으, 응……, 앗, 앗."

"이렇게 음탕한 몸에 다른 누구의 손가락 하나라도 닿게 해서는 안 되십니다. 아시겠죠?"

낮은 목소리로 거듭 주의하는 막시밀리안이 원을 그리듯이 허리를 흔들어 올렸다. 그러는 한편, 뾰족해진 젖꼭지를 비벼 꼬듯이 비틀었다.

"히익, 응, 아앗, 응."

"대답은요?"

"응, 응……, 막시밀리안……뿐, 이야."

"잘하셨습니다. 만일 약속을 어기시면 벌을 드릴 겁니다."

긴 손가락과 굵고 단단한 맥동으로 위아래를 동시에 괴롭힘당하자, 급속도로 사정감이 높아져 갔다.

"알았……, 하앗……, 이, 이제, 안 되겠……, 갈 것 같아!"

눈물에 젖은 목소리로 한계를 호소한 직후, 막시밀리안이 허리를 양손으로 잡고는 내 몸을 위로 끌어올렸다.

"앗."

막시밀리안이 빠져나갔다 —— 고 생각했더니 내 몸을 홱 돌려서는, 시트에 벌렁 넘어뜨렸다. 그러더니 두 다리를 크게 벌리고서 무방비하게 입을 벌린 뒤쪽 구멍에 우뚝 솟은 그것을 푹 찔러 넣는 바람에 목이 뒤로 크게 젖혀졌다.

"앗……, 앗……, 아앗."

모든 억제심을 해방한 남자가 숨 돌릴 틈도 주지 않고 나를 격렬하게 탐했다.

단단해진 사나운 수컷으로 철퍽철퍽 휘저으며 가장 깊은 곳을 거침없이 찔리자, 머릿속에서 불꽃이 튀었다. 막시밀리안의 복근에 비벼진 성기가 기쁨의 눈물을 흘렸다.

"하앗, 앗, 아으으응……."

눈물로 부옇게 흐려진 눈을 필사적으로 뜨고 나를 꿰뚫는 남자를 올려다보았다.

수려한 이마에 땀이 흠뻑 맺혀 있었다.

쾌감으로 찌푸려진 눈썹. 욕정에 젖은 청회색 눈동자. 사나운 눈빛과 입술을 앙다문 입가.

그도……, 막시밀리안도 나와 하면서 느껴주고 있어.

그렇게 생각하니 욕망이 한층 더 부풀어 올랐다.

"막시밀리안……, 좋아해."

"저도……, 사랑합니다."

막시밀리안이 여유가 없는 표정으로 입을 맞추었다. 혀를 세차게 휘감은 채 나는 침대가 삐걱거릴 만큼 정열적으로 몸을 뒤흔들리며 절정으로 밀려 올라갔다.

"아, 가, 갈 것 같아……, 아아……, 앗!"

나는 한층 날카로운 목소리를 내며 막시밀리안에게 매달렸다.

"크윽………."

밀착한 막시밀리안의 복근이 꽉 조이더니, 부풀어 오른 욕망이 내 안에서 터졌다. 나의 가장 깊은 곳에 뜨거운 물방울이 좌악 내리쳐졌다. 막시밀리안의 방탕으로 인해 몸안이 뜨겁게 젖어드는 것을 느끼면서 나 또한 다시 한 번 욕망을 해방시켰다.

*　　　*　　　*

한 번 절정에 달한 후, 연달아 다시 한 번 안았다.

두 번째는 첫 번째보다 훨씬 깊이 이어질 수 있었기에 흡족한 기분으로 막시밀리안의 맨가슴에 얼굴을 묻고 있던 나는 완전히 잊고 있었던 일을 갑자기 떠올리고는 "아!" 하고 소리를 질렀다.

"무슨 일 있으세요?"

"학교……, 빼먹었어."

주뼛거리며 시선을 들자, 바로 앞에서 막시밀리안도 그 사실을 깨달았다는 듯 "그러고 보니."라고 중얼거렸다.

"약속을 어겨서 미안해."

"루카 님께서 사과하실 필요는 없습니다. 이번에는 제 탓이기도 하니까요."

풀이 죽어 사과하자, 위로하는 듯한 목소리가 되돌아왔다.

"줄곧 지각도 결석도 하지 않고 열심히 노력하셨으니, 오늘만은 특별한 날로 치죠."

막시밀리안이 그렇게 말하며 미소를 지었다.

"…………."

그의 안경 벗은 맨얼굴을, 게다가 이렇게 다정한 표정을 짓는 걸 본 적이 있는 사람은 틀림없이 그렇게 많이 있지 않을 것이다.

막시밀리안의 단단한 가슴에 뺨을 쓱쓱 비벼 댄 나는 흡족한 기분을 느끼며 행복한 한숨을 내쉬었다.

종 장

5월 말 ── 신록이 기분 좋은 맑게 갠 휴일에 나와 막시밀리안은 둘이서 스기사키 저택을 찾아갔다.

요 몇 주 동안에 이런저런 일이 있어서 좀처럼 발길을 옮기지 못한 탓에 할아버지 댁을 찾아가는 것은 오랜만이었다.

으리으리한 대문 앞에서 발걸음을 멈추자, 옆에 있던 막시밀리안이 종이가방을 내밀었다. 내가 종이가방을 받아 들면서 저도 모르게 매달리는 듯한 시선을 향하자, 막시밀리안이 다정하게 미소를 지었다.

"괜찮습니다. 얼굴을 뵙고 성심성의껏 말씀드리면 알아주실 겁니다. 할아버님께서도 틀림없이 기뻐해주실 겁니다."

그 웃는 얼굴에 힘을 얻고 고개를 끄덕였다.

"응⋯⋯."

"그럼 다녀오세요. 저는 조금 떨어진 곳에서 기다리고 있겠습니다."

막시밀리안이 자리를 뜨자마자 나는 기와 지붕으로 된 대문과 마주했다. '스기사키'라고 쓰인 진한 먹색 문패를 보고 후, 하, 심호흡을 했다.

기합을 넣은 나는 오른손을 들어 올려 초인종을 눌렀다.

문 건너편에서 벨이 울려 퍼지는 소리가 어렴풋이 들려왔다.

『네. 누구십니까?』

잠시 후, 인터폰 너머로 차분한 남자 목소리가 응답했다.

"저, 저기⋯⋯, 저는 할아버지를 만나러 왔습니다. 스기사키 미카의 아들인 루카라고 합니다."

"⋯⋯⋯⋯."

한동안 침묵이 감돈 후, 당황한 듯한 목소리가 말했다.

『잠시만 기다려 주십시오!』

"아, 네."

조급한 심장에 손을 대고 문 앞에서 기다렸다.

어머니와 사이가 나빠서 한 번은 의절까지 했다고 하는 할아버지.

손자인 내가 만나러 가도 기뻐하시지 않을지도 모른다.

만약 거절당하면 어쩌지? 그렇게 생각하자 주눅이 들어버려서 좀처럼 만날 용기를 가지지 못하고 있었다. 멀리서 몰래 그 모습을 확인하는 것이 고작이었다.

하지만 언제까지고 그저 보고 있기만 하면 마음은 전해지지 않는다.

행동을 일으키지 않으면 아무것도 시작되지 않는다.

막시밀리안 일로 몸소 그 사실을 배운 나는 할아버지에 대해서도 용기를 내어 행동해보자고 결심한 것이다.

할아버지와 만나서 이야기를 하고 싶었다. 돌아가신 어머니가 시칠리아 땅에서 얼마나 모두에게 사랑받았는지, 어떤 식으로 우리 형제를 사랑해 주었는지 전하고 싶었다.

그리고 또 한 명의 손자인 아키라 씨에 대해서도 —— .

미닫이문이 드르륵 열리는 소리가 나더니, 누군가가 이쪽을 향해 종종걸음으로 달려오는 발소리가 들렸다. 잠금장치를 푸는 소리가 울리더니, 대문이 끼익 소리를 내며 안쪽으로 열렸다.

문 뒤에서 본 적이 있는 초로의 남성이 얼굴을 슬쩍 비쳤다. 항상 할아버지의 시중을 들고 있는 사람이었다. 그렇다고 해도 저쪽은 내 얼굴을 모른다.

"루카 님, 되십니까?"

"네."

남성은 나의 얼굴을 가만히 쳐다보더니 "아아……." 하고 신음하는 듯한 목소리를 흘렸다.

"미카 님의 모습이……."

남성은 감개무량한 듯한 목소리로 중얼거리고 나서는, 다급히

"들어오세요." 하고 문 안쪽으로 들어오길 청했다.

그의 뒤를 따라 징검돌을 밟으며 현관까지 걸어갔다. 격자 미닫이문을 드르륵 연 남성을 따라 평평한 돌 위에 신발을 벗어 놓고 목조 바닥으로 된 실내에 들어갔다.

뒤얽힌 복도를 걸으면서 어머니는 이곳에서 자랐구나, 하는 생각에 감회가 깊어졌다.

남성은 몇 번 모퉁이를 꺾은 끝에 서양식으로 된 문 앞에서 발걸음을 멈추었다.

"주인님. 손님이 오셨습니다."

말을 걸며 문을 열자, 서양식으로 된 방이 보였다. 앤티크스러워 보이는 가구와 소도구가 나란히 놓인 아담한 공간은 어딘지 모르게【팔라초 로셀리니】의 살롱을 방불케 했다.

그 방 가운데쯤에 휠체어가 놓여 있었다. 그리고 휠체어에 탄 일본식 복장을 한 노인이 이쪽을 보고 있었다.

덥수룩한 백발. 주름이 깊지만 위엄이 있는 얼굴. 꾹 다문 입가에서 엄격한 성격을 엿볼 수 있었다.

아직 날카로움을 잃지 않은 눈과 눈이 마주치자 심장이 쿵쾅 뛰었다. 긴장해서 얼굴이 굳어지는 것을 스스로도 알 수 있었다.

나는 발길을 휙 돌려 도망치고 싶다는 충동과 열심히 싸웠다.

── 괜찮습니다. 얼굴을 뵙고 성심성의껏 말씀드리면 알아주실 겁니다. 할아버님께서도 틀림없이 기뻐해주실 겁니다.

아까 전에 막시밀리안이 격려해준 말을 가슴에 되새긴 나는 큰 마음을 먹고 그에게 한 걸음 다가가서 "할아버지."하고 불렀다.

그때까지 나를 보고도 아무 반응도 보이지 않던 노인이 어깨를 흠칫 떨었다.

"루카라고 합니다. 할아버지의 딸 미카의 아들인 손자 루카에요."

"…………."

"루카 에르네스토 로셀리니. 어머니 이름에서 한 글자를 받아서 '루카'라는 일본 이름을 가지고 있어요. 어머니는 이탈리아로 건너가 저희 아버지와 결혼해서 제가 태어났어요."

열심히 나의 성장 과정을 이야기했지만, 할아버지의 표정은 여전히 이렇다 할 변화가 없었다. 갑자기 모르는 사람이 찾아와서는 손자라고 해도 실감이 나지 않을 것이다.

마음이 무겁게 가라앉았지만, 여기까지 와서 아무것도 알리지 않고 돌아갈 수는 없었다.

"저……, 실은……, 어머니는……."

아픈 진실을 알리기 위해 입을 열려고 하자, 노인이 나의 말을 가로막듯이 불쑥 중얼거렸다.

"알고 있다."

처음으로 들은 할아버지의 목소리는 잠겨 있었다.

"할아버지?"

목소리를 들은 기쁨보다도 놀라움이 큰 나머지, 두 눈을 크게 떴다.

"10년 전에 병으로 죽었다더군."

"알고……, 계셨나요?"

"남편이라는 이탈리아 사람한테서 연락을 받았다. 장례식에 참석하겠냐고 타진해 왔지만, 나는 보다시피 다리가 안 좋기 때문에 움직일 수가 없어서 거절했다. 그 후에 딸의 유품이라는 기모노를 한 벌 보냈더군."

"그러셨군요."

그 건에 대해서는 아버지한테서 들은 이야기가 없었다. 내가 아직 어린애였던 탓이겠지.

"어머니는……, 마지막까지 일본에 돌아가고 싶어 했어요."

나는 겨우 말을 주고받아준 할아버지의 얼굴을 다시 한 번 똑똑히 쳐다보았다.

"할아버지께 저를 보여드리고 싶다고 했었어요. 결국 병으로 쓰러지고 말아서 그 바람은 이루어지지 못했지만……, 정말이에요."

돌아가고 싶어도 돌아갈 수 없었던 어머니의 애절한 심정을 알아주길 바라는 일념으로 호소하자, 노인이 고개를 끄덕였다.

"네가 그만큼 일본어가 능숙하다는 점이 딸이 태어나고 자란 고향을 잊지 않았다는 증거다."

"할아버지……."

그렇게 말해주는 게 기뻐서 몇 걸음 더 앞으로 나아가 바로 가까이서 할아버지를 보았다. 할아버지 또한 나를 똑바로 올려다보았다. 주름에 묻힌 눈이 서서히 가늘어졌다.

"몇 살이냐?"

"스무 살이에요."

"학생이냐?"

"네, 올해 4월부터 일본에 있는 대학교에서 공부하고 있어요. 어릴 적부터 어머니한테서 벚꽃 이야기를 들어서, 벚꽃이 피는 계절에 일본 땅을 밟는 것이 오랜 꿈이었어요."

"그렇구나……."

할아버지가 유리창 맞은편에 있는 정원에 눈길을 주었다. 그곳에 자란 거대한 벚꽃 나무는 꽃의 계절이 지난 지금은 푸르른 신록이 햇살을 받아 반짝이고 있었다.

"요새 정원이 엉망이라서 곤란하구나."

나는 기나긴 침묵 후에 불쑥 혼잣말처럼 중얼거리는 할아버지의 말을 듣고 눈을 깜박였다.

"할아버지?"

"나는 보다시피 이렇고, 이시다도 나이를 먹어서 잡초를 뽑는 건 몸에 부담이 가는가 보더군."

"요새 허리가 좀."

방 한구석에 조용히 대기하고 있던 초로의 남성이 맞장구를 쳤다.

"가끔씩 손질하러 와주지 않겠니?"

"아, 네!"

큰 소리로 대답하고 나자, 가슴이 뭉클거리며 뜨거워졌다.

앞으로도 만나러 와도 좋다고 할아버지가 직접 허락해주셔서 기뻤다.

무엇보다 어머니의 자식인 나의 존재를 받아들여 주셔서…….

할아버지가 가까이 다가와준 데에 용기를 얻은 나는 손에 들고 있던 종이가방을 주뼛거리며 내밀었다.

"저……, 이거, 괜찮으시면 써주세요."

궁금하다는 표정으로 종이가방을 받아 든 할아버지가 안에서 꾸러미를 꺼냈다. 포장지를 풀자, 부드러운 카멜색 천이 나타났다.

"무릎담요예요."

얼마 전에 처음으로 아르바이트비를 받았다. 태어나서 처음으로 스스로 번 돈으로 할아버지에게 뭔가를 선물하고 싶다고 생각하던 나는 막시밀리안에게 상의했다. 이야기를 나눈 결과, 다리에 덮는 무릎담요가 좋을 것이라는 결론을 내고는 둘이서 열 군데 이상 되는 가게를 돌아 이 서머울 무릎담요를 골랐다.

"감촉이 좋구나."

주름이 깊은 손으로 무릎담요의 겉면을 쓰다듬은 할아버지가 조금 쑥스럽다는 듯이 중얼거렸다.

받아주신 데 안도하며 가슴을 쓸어내린 나는 재킷 주머니에서 하얀 봉투를 꺼냈다.

"그리고 이걸 맡아 왔어요."

할아버지가 내가 건넨 봉투를 열었다. 할아버지의 눈이 천천히 커졌다.

"이 사진에 찍힌 청년은?"

"할아버지의 손자이자 저의 이부형이기도 한 하야세 아키라에요. 어머니를 정말 쏙 빼닮아서 저도 처음 만났을 땐 깜짝 놀랐어요."

"지금……, 어디 있느냐?"

"이탈리아 시칠리아에서 저희 가족이 경영하는 회사 일을 도와주고 있어요. 아키라 씨가 보낸 편지도 안에 들어 있어요."

딸과 쏙 닮은 얼굴로 성장한 손자의 사진을 말없이 바라보던 할아버지에게 말을 덧붙였다.

"다음에 일본에 돌아왔을 때는 할아버지께 인사를 드리고 싶대요. 그때는 아키라 씨랑 둘이서 찾아뵐게요."

"한 번에 손자분이 두 분이나 생기셨으니, 이곳도 떠들썩해지겠네요."

벽 쪽에 있던 남성 —— 이시다 씨가 밝은 목소리를 내자, 할아버지가 고개를 끄덕였다.

*　　*　　*

나는 대문까지 배웅해준 이시다 씨에게 작별 인사를 하고 스기사키 저택을 나왔다.

조용한 주택가를 한동안 걷고 있으려니, 난데없이 막시밀리안이 슥 다가와서 옆에 나란히 섰다.

"어떠셨습니까?"

"응, 할아버지랑 이래저래 이야기했고, 무릎담요도 받아주셨고, 아키라 씨한테서 받아서 맡고 있었던 편지도 전해드렸어. 다음에 잡초 뽑으러 가기로 약속도 했어."

내가 들뜬 목소리로 말하자, 막시밀리안이 미소를 지었다.

"잘 되셨네요."

"다음에는 막시밀리안도 같이 가자."

나는 아무렇지도 않게 '다음'이라는 말을 하고 나서 퍼뜩 떠올렸다.

그러고 보니 아직 물어보지 않았다.

일단 일주일 전 비행기는 취소했지만, 막시밀리안이 앞으로 언제까지 일본에 있을지. 앞으로 어느 정도 함께 있을 수 있을지.

"…………."

막시밀리안이 발걸음을 멈춘 나를 돌아보았다.

"무슨 일 있으십니까?"

나는 그 단정한 얼굴을 바라보며 생각했다.

막시밀리안은 로셀리니 그룹에 빠질 수 없는 인재이다. 당면의 위기는 회피하여 24시간 태세로 경호할 필요가 없어진 지금, 그가 나의 곁에 있을 이유도 없어졌다.

떨어져서 지낸다고 해도 2년 동안이다. 학교가 방학일 때는 내가 만나러 가면 되고, 메일이나 전화라는 연락 수단도 있다. 그렇게 스스로를 타이른 나는 큰 마음을 먹고 확인했다.

"역시……, 로마로 돌아갈 거야?"

막시밀리안이 몇 초 동안 나를 말없이 쳐다보고 나서 천천히 입을 열었다.

"지금이니까 말씀드리지만, 전부터 레오나르도 님께는 3개월 있겠다고 약속드리고 일본행을 허가받았습니다."

"3개월?! 처음부터?!"

무심결에 큰 소리를 내고 말았지만, 막시밀리안의 위치를 생각하면 그도 당연하다.

"네. 그래서 3개월 동안 우려할 만한 현안은 모두 정리할 생각이었습니다."

그 우려할 만한 현안의 필두가 시바타에 대한 건이었을 것이다.

"3개월이라는 당초 예정보다도 조금 이르지만, 일주일 후에 로마로 돌아갑니다."

"일주일 후에……."

역시 돌아가는구나. 각오를 했다고는 해도 충격은 컸다. 요 일주일 동안 꿈 같은 나날을 보냈기 때문에 더더욱 연인과 헤어지기 힘들었다.

작게나마 있던 희망을 잃은 내가 낙담을 감추지 못하고 있자, 막시밀리안이 말을 이었다.

"일단 로마로 돌아가지만, 올해는 몸이 허락하는 한 이쪽에 오겠습니다."

"그건 기쁘지만, 너무 무리하지 마."

"내년 4월에 낼 도쿄 지사 책임자로 임명받았기 때문에 내년 봄에는 또다시 도쿄로 돌아올 예정입니다."

"뭐?"

고개를 숙이고 있던 나는 얼굴을 냅다 들었다.

"도쿄 지사 책임자?"

"네. 꼭 좀 부임을 부탁드렸더니 3일 전에 돈 카를로께서 허락을 내주셨고, 레오나르도 님께서도 '매니저로서 설립부터 몇 년 동안은 도쿄 지사를 돌보도록.' 하고 말씀해 주셨습니다."

"그렇다는 건 내년부터 함께 지낼 수 있다는 뜻이야?!"

"네."

막시밀리안이 미소를 지으며 고개를 끄덕였다. 그가 확실히 긍정을 해도 아직 믿겨지지가 않아서 상기된 목소리가 흘러나왔다.

"거짓말……."

"거짓말이 아닙니다."

내가 아는 한, 막시밀리안은 여태까지 한 번도 거짓말을 하거나 일을 필요 이상으로 과장해서 말한 적이 없다. 나에게 똑바로 향한 그 진지한 눈빛을 받아 내는 사이에 겨우 서서히 실감이 나기 시작했다.

"막시밀리안! 잘됐다!"

환희가 폭발하여 저도 모르게 대낮에 당당하게 막시밀리안에게 달려들어 안겼다. 혼날 줄 알았지만, 그는 의외로 남의 시선을 꺼리지 않고 나를 꼬옥 안아주었다.

"저의 몸도 마음도 루카 님, 당신의 것입니다."

막시밀리안은 귓가에 그렇게 속삭이고 나서 포옹을 풀더니, 나의 얼굴을 들여다보았다.

한 점 망설임 없이 깨끗하고 맑디맑은 청회색 눈동자.

"이 목숨이 다할 때까지 평생을 바쳐 당신을 지키겠습니다."

나의 연인 겸 수호자가 엄숙한 목소리로 맹세했다.

밀월

"어서 오세요!"

카페 문이 열리는 것과 동시에 접객을 위해 걸어 나간 나는 다음 순간, 어깨를 흠칫 떨었다.

열린 입구에서 예상치도 못한 모습을 보았기 때문이다.

실버그레이색 스리피스 슈트에 장신을 감싼 백인 남성.

다이칸야마와 에비스 중간에 있는 이 【café Branche】를 찾는 외국인 손님은 드물지 않았지만, 그중에서도 그는 이질적이었다. 우선 분위기가 일반 사람과 달랐다. 그가 들어온 것만으로도 가게의 분위기가 팽팽하게 긴장되는 듯한 독특한 오라. 위압감이라고도 할 수 있었다.

"마, 막시밀리안?"

깜짝 놀란 나는 잘 알고 있는, 하지만 이곳에서 만나리라고는 예상치 못한 남자의 이름을 불렀다.

막시밀리안이 멍하니 서 있는 나를 향해 가볍게 고개 숙여 인사했다.

'어……어째서?'

얘기 못 들었어! 그렇게 소리치고 싶었다.

오늘 아침 학교에 가기 전에 서로의 예정을 확인했을 때만 해도 카페에 얼굴을 비치겠다는 말은 한마디도 하지 않았다. 아르바이트 근무 시간에 들어가기 전에 휴게실에서 문자를 확인했지만, 막시밀리안한테서 온 메시지는 없었다. 그렇기 때문에 정말로 갑작스러운 일이었다.

허를 찔려 우두커니 선 채로 있는 나를 뒤에서 누군가가 앞질렀다. 찰랑찰랑한 밝은색 머리에 늘씬하고 스타일이 좋은 유니폼 차림. 흰색 셔츠를 입고 검은색 타블리에를 걸친 토도가 막시밀리안에게 다가가서 "안녕하세요. 웬일이세요?" 하고 말을 걸었다.

"손님으로 가게 오시는 거, 처음 아니에요?"

"안녕하세요. 우연히 근처를 지나다가 들렀습니다."

'우연히?'

이 근처에 막시밀리안이 들를 만한 곳이 짐작도 가지 않았다.

"스기사키."

토도가 아직 카페에 막시밀리안이 있다는 상황에 적응하지 못한 나를 돌아보며 불렀다.

"언제까지 멍하니 서 있을 거야? 어서 손님을 자리로 안내해드려."

그의 재촉을 받고 퍼뜩 정신을 차린 나는 다급히 막시밀리안과 토도의 곁으로 달려갔다.

등을 쭉 편 막시밀리안의 앞에 서서 그의 얼굴을 올려다보았다.

은테 안경 렌즈 너머로 청회색 눈동자와 눈이 마주쳤다.

연인인 막시밀리안과 점원과 손님으로 마주하고 있는 상황이 왠지 신기해서 묘하게 멋쩍었다. 우리를 히죽거리며 보고 있는 토도를 의식하자 더더욱 창피함이 치밀어 올랐다.

"갑자기 웬일이야?"

참지 못하고 작은 목소리로 묻자, 막시밀리안이 두 눈을 천천히 가늘게 뜨며 대답했다.

"루카 님께서 일하시는 모습이 보고 싶어져서 왔습니다."

"그, 그렇구나……."

그런 얘기를 들으니 왠지 긴장되었다. 딱히 채점받는 상황이 아니라는 걸 알면서도.

하지만 모처럼 일부러 와주었으니 제대로 일하고 있는 모습을 보여주고 싶었다.

그래. 막시밀리안은 지금 손님이야.

마음을 바꾼 나는 자세를 고치고 물어보았다.

"흡연석과 금연석 중에 어느 쪽이 좋으신가요?"

"금연석으로 부탁드립니다."

담배를 피지 않는 막시밀리안이 말했다.

"알겠습니다. 그럼 이쪽으로 안내해 드리겠습니다."

'막시밀리안과 존댓말로 대화하다니……, 느낌이 이상해.'

등이 간지러운 듯한 느낌이 들었지만, 선두에 서서 막시밀리안을 금연 구역으로 안내했다.

금연 구역에는 비어 있는 테이블이 두 자리 있었다. 카운터에도 빈 자리가 하나 있었지만, 양옆에 사람이 있는 자리는 차분하게 앉아 있지 못할 것이다. 그렇지 않아도 막시밀리안은 남의 눈에 잘 띈다.

두 테이블 중에 어느 쪽으로 안내할까 망설인 끝에 벽 쪽인 데다 매장 전체를 한눈에 볼 수 있는 테이블을 골랐다.

"이쪽 테이블 괜찮으신가요?"

"감사합니다. 좋은 자리네요."

막시밀리안이 의자를 끌어 자리에 앉기를 기다렸다가 들고 있던 메뉴판을 건넸다.

"메뉴입니다."

막시밀리안이 메뉴판을 받아 들고 펼쳤다. 그가 훑어보고 있는 동안에 카운터에 돌아가서 얼음을 넣은 텀블러에 물을 따랐다. 그러고 나서 냉수가 든 텀블러를 쟁반에 담아 총총걸음으로 자리에 되돌아갔다.

"메뉴 정하시면 불러주세요."

테이블에 냉수가 든 텀블러를 놓고 말을 걸었다. 그러자 메뉴판을 보던 막시밀리안이 고개를 들었다.

"가볍게 뭘 좀 먹고 싶습니다만."

오후 일곱 시가 지난 카페는 서퍼 타임에 들어갔다. 낮에는 커피를 중심으로 무알코올 음료와 디저트를 주문하는 손님이 대부분이지만, 밤에는 술과 가벼운 식사가 꽤 많이 나간다. 서퍼 시간의 주된 이용객은 이 근처 가게에서 일하는 젊은 사람들이다. 그중에는 매일 얼굴을 비치는 단골도 있다.

현역 시절에 외교관으로 세계를 돌아다니던 사장님의 고집으로 스페인 요리와 에스닉 요리 등 50종류 이상의 메뉴가 갖추어져 있기 때문에 매일 다녀도 질리지 않는가 보다.

그만큼 아르바이트를 시작한 당시에는 메뉴를 외우느라 힘들었다.

"가벼운 메뉴 하나 말씀이시죠?"

내가 아르바이트를 끝낸 뒤에 같이 저녁을 먹으니까 분량이 별로 많지 않은 편이 좋다는 뜻일 것이다.

'양은 적으면서도 카페 요리를 여러 가지 맛볼 수 있는 메뉴라면.'

"……그렇다면 타파스 세트는 어떠신가요?"

타파스는 스페인 대중식당 바르[7]에서 제공되는 작은 접시에 담겨 나오는 요리이다.

나는 메뉴 페이지를 넘겨 해당란을 가리켰다.

---

7 바르: 남유럽에서 흔히 볼 수 있는 식당과 바가 일체된 음식점.

"모둠타파스와 글라스 와인으로 구성된 세트입니다. 와인은 레드, 화이트, 로제 중에서 고르실 수 있습니다."

"모둠 구성은 어떻게 됩니까?"

"오늘은 그린 올리브, 하몬 세라노, 초리소 알 비노, 빠에야 라이스 크로켓, 토르티야를 소량씩 담아 나옵니다."

"그렇군요. 맛있을 것 같네요. 그럼 그걸로 부탁드립니다."

"와인은 어떻게 하시겠습니까?"

"레드 와인으로 부탁드립니다."

"알겠습니다."

나는 타블리에 주머니에서 꺼낸 시트에 주문을 적어 넣은 다음, 메뉴판을 받아 들고 목례했다.

그러고 나서 발길을 휙 돌려 주방으로 향했다.

"타파스 세트 하나 주문 받았습니다. 와인은 레드 와인으로."

오픈 키친으로 된 주방을 향해 주문 내역을 알리고 한숨을 휴우 ── 돌릴 때가 아니었다.

곧바로 와인잔을 준비하여 카운터에 나란히 놓인 코르크 마개를 딴 와인병 중에서 하나를 골라 집어 들었다.

레드 와인을 잔에 따르자, 때마침 주방에서 "타파스 나왔습니다."라는 호출을 받았다. 이미 만들어 놓은 것을 담기만 하면 되기 때문에 나오는 속도가 빨랐다.

나는 카운터 너머에 있는 주방에서 타파스 접시를 받아 들고 레드 와인이 담긴 잔과 함께 쟁반에 담았다. 그러고 나서 와인을 흘리지 않도록 쟁반을 수평으로 유지하며 막시밀리안이 있는 테이블로 되돌아갔다.

"타파스 세트 나왔습니다."

테이블에 우선 종이 냅킨과 나이프, 포크를 세팅했다. 그러고 나서 타파스 접시와 와인잔을 놓았다.

"빨리 나왔네요."

막시밀리안이 중얼거렸다.

"타파스는 미리 만들어 놓았거든요. 아, 하지만 차가워도 맛있습니다. 오히려 시간이 지나면 맛이 배어들더라고요."

나의 설명을 들으며 고개를 끄덕인 막시밀리안이 "잘 먹겠습니다."라고 말하며 포크를 집어 들고는, 하몬 세라노를 휘릭 말아 입에 넣었다. 막시밀리안이 생햄을 맛보고 있는 동안, 무심결에 숨을 죽인 채 지켜보고 말았다.

"숙성이 잘 됐네요."

감상을 말한 막시밀리안이 잔을 들고는 레드 와인을 한 모금 머금었다.

"……음, 와인과 궁합도 좋네요."

"스페인산 템프라니요[8] 품종 100퍼센트 레드 와인입니다. 하몬 세라노와 궁합이 훌륭하죠."

"주문한 요리와의 궁합을 고려해서 골라주셨군요."

"네."

---

8 템프라니요: 스페인 리오하 지방에서 재배되는 적포도.

"감사합니다. 요리도 와인도 다 맛있습니다."

아무래도 만족해준 것 같다. 다행이다. 추천을 해버린 이상, 입맛에 맞지 않으면 어쩌나 싶었기 때문이다.

포크와 와인잔을 놓은 막시밀리안이 나의 얼굴을 가만히 쳐다보았다.

"왜?"

너무 쳐다보길래 나도 모르게 존댓말을 그만 깜빡 잊고 물었다.

"감탄했습니다."

"감탄?"

"접객은 어려운 일입니다. 상대가 있는 데다, 부족함 없이, 그러면서도 기분 좋은 서비스를 제공하는 일은 무척이나 어렵죠. 손님이 무엇을 원하고 있는지 간파하는 힘, 상대의 입장이 되어 헤아리고 배려하는 환대가 필요합니다. 그 점에서 일본의 서비스는 굉장히 우수하지만, 루카 님의 접객도 그에 뒤지지 않으셨습니다."

노골적인 칭찬에 얼굴이 서서히 뜨거워지는 것을 느꼈다.

"몇 달 전까지 일한 경험이 없으셨다는 점을 생각하면 현저한 진보로 느껴집니다. 많이 노력하셨겠죠."

"사장님이나 같이 일하는 다른 직원들한테 폐를 끼치고 싶지 않았거든……."

막시밀리안이 나의 대답을 듣고 미소 지었다.

"이곳에서 얻은 귀중한 체험은 반드시 장래 로셀리니 그룹 식품 부문을 맡으셨을 때 잘 살리실 수 있을 겁니다."

그가 그렇게 단언해주니 신이 났다.

그렇다면 기쁠 것이다.

아버지나 형들에게 조금이라도 도움이 될 수 있다면 그 이상의 기쁨은 없다.

'그리고 언젠가는 막시밀리안과 어깨를 나란히 하고 함께 일할 수 있다면…….'

쟁반을 품에 안고 이상적인 미래도를 그리고 있으려니, 막시밀리안이 "일은 여덟 시에 끝나시죠?"라고 확인했다.

"아, 응."

"그럼 8시 10분 쯤에 뒷문에서 기다리고 있겠습니다."

나는 작게 속삭이는 그의 목소리를 듣고는, 말없이 고개를 끄덕였다.

럭키! 막시밀리안과 함께 집에 갈 수 있어!

"그럼 편한 시간 보내세요."

덩실거리고 싶은 마음을 억누르며 그렇게 말하고는 테이블석을 떠났다.

카운터로 돌아가자 토도가 기다리고 있었다. 토도는 내 옆에 나란히 서서 나를 팔꿈치로 쿡쿡 찔렀다.

"오래 얘기하더라?"

"응……, 감탄했다면서……, 칭찬을 많이 해주더라고. 일부러 와준 막시밀리안을 실망하게 하면 어쩌나 긴장했었는데, 한숨 돌렸어."

내가 기뻐하며 보고하자, 토도가 나에게 차가운 시선을 보냈다.

"왜?"

"닭살 커플이네."

"다, 닭살?"

"그보다 저 사람, 서로 마음이 통해서 나사가 풀려버렸나? 자제와 인내로 똘똘 뭉쳐 있던 사람이 참지 못하고 네가 아르바이트 하는 데까지 들이닥치다니……. 이야, 사랑이란 참 무섭네. 사람을 바꿔 놓네."

허리에 손을 댄 토도가 어처구니가 없다는 표정으로 고개를 절레절레 저었다.

"그래도 뭐, 어쩔 수 없겠지. 시간도 이제 얼마 없잖아. 한시라도 떨어지고 싶지 않은 마음도 이해해."

토도가 아까와는 전혀 달리 동병상련하는 듯한 표정을 지었다.

"…………."

그렇다. 함께 있을 수 있는 날도 오늘을 합쳐 앞으로 이틀.

사흘 후 아침이 되면 막시밀리안은 로마로 돌아가고 만다 —— .

나는 도저히 피할 수 없는 확정된 사항을 떠올리고는 천천히 고개를 숙였다.

하지만 사실은 이보다 더 전에 귀국할 예정이었다.

그런 그를 2주일 전에 내가 토도와 공항까지 쫓아가서 억지로 데리고 돌아온 것이다.

—— 당신을 좋아해. 나만의 사람으로 만들고 싶어. 아버지한테

지지 않아. 내가 훨씬 좋아하는걸. 왜냐하면 이미 훨씬 전부터……, 태어났을 때부터 줄곧 좋아했으니까!

주종 관계에 사로잡혀 사적 감정을 봉인한 막시밀리안에게 솔직하게 마음을 털어놓았다. 고뇌하는 막시밀리안을 추궁하고 흔들었다. 그렇게 해서 ── .

── 저도……, 사랑합니다.

그가 가슴속 깊이 숨기고 있었던 본심을 끄집어냈다.

그로부터 매일 그야말로 꿈 같은 나날을 보냈다.

하루 종일 마음이 들떠서 마치 달콤하고 끈적끈적한 벌꿀 속을 걷고 있는 것처럼 발밑이 안정되지 않은 느낌.

내가 학교 수업과 아르바이트가 없는 시간에는 아침부터 밤까지 줄곧 함께 있었다. 남의 시선이 없는 방 안에서는 한시도 떨어지지 않고 몸 어딘가를 꼭 붙인 채 지냈다.

오랫동안 엇갈려 지냈던 만큼 실컷 어리광을 부렸다. 막시밀리안도 어리광을 받아주었다.

물론 한 침대에서 함께 자고, 아침에는 막시밀리안의 품 안에서 눈을 떴다.

'하지만 그것도 이제 곧 끝이야…….'

막시밀리안은 귀국하고 나서도 될 수 있는 한 일본으로 발걸음을 옮기겠다고 약속해주었다.

내년 봄에는 도쿄 지사 책임자로 다시 일본에 오기로 정해졌으니, 그렇게 되면 또 함께 지낼 수 있다.

그렇기 때문에 혼자 지내는 기간도 그렇게 길지는 않다.

'내일은 학교도 아르바이트도 쉬는 날이라서 하루 종일 같이 있을 수 있고.'

나는 걸핏하면 의기소침해지는 자신에게 그렇게 타이르며 고개를 들었다. 그 순간, 아무래도 나를 지켜보고 있던 듯한 토도와 눈이 마주쳤다.

패기가 없던 나를 혼내고 "남자라면 원하는 건 스스로의 힘으로 빼앗아."라는 말과 함께 등을 밀어준 소중한 친구.

나는 괜찮냐고 말하고 싶어 하는 듯한 그 친구의 얼굴을 향해 미소를 지어 보였다.

"괜찮아. 걱정 끼쳐서 미안해."

한쪽 눈썹을 치켜 올린 토도가 나의 머리에 손을 얹고 머리카락을 헝클었다.

"후회가 없도록 남은 시간 동안 실컷 응석 부려."

나는 충고를 해주는 토도에게 고개를 꾸벅 끄덕였다.

*　　*　　*

마지막 날이 찾아왔다. 정확히 말하면 하루 온종일 둘이서 지낼 수 있는 마지막 날이었다.

막시밀리안의 침대에서 잠을 깬 나는 시트에 턱을 괸 채 아직 자고 있는 연인의 얼굴을 바라보았다.

이렇게 되기 전에는 막시밀리안은 반드시 나보다 일찍 일어났고, 내가 잠에서 깨어 거실 문을 열었을 때는 이미 매무새를 가다듬은 상태였다.

그런 완전무결한 막시밀리안밖에 몰랐던 나에게 있어서, 아침에 침대 안에서 보는 그의 모습은 어디나 할 것 없이 다 신기했다.

먼저 안경을 쓰고 있지 않았다.

철이 들었을 무렵부터 막시밀리안 하면 '안경'이었다. 지금 생각하면 막시밀리안은 이 안경을 이용하여 나에게 본심을 읽히지 않도록 하려 했던 것 같다.

나는 무표정과 안경이라는 이중 가드에 막혀 오랫동안 막시밀리안의 진심을 보지 못했다.

그리고 머리. 앞머리가 이마에 내려오면 이미지가 꽤 변한다. 올백보다 다섯 살은 젊어지는 느낌. 사실 앞머리를 내리는 편이 제 나이답게 보이는 것 같다.

그리고 턱에 희미하게 흩어진 수염. 색이 옅어서 그렇게 눈에 띄지 않지만, 수염 때문에 평소보다 남자다움이 커진다. 단정하다느니 쿨하다느니 하는 형용사가 어울리는 막시밀리안의 새로운 매력을 발견했다.

막시밀리안은 잘 때 밑에는 얇은 천으로 된 잠옷을 입지만, 상반신은 알몸이다. 낮의 금욕적인 이미지에서 잠을 잘 때도 잠옷 단추를 목 부분까지 꽉 잠글 것이라고 믿고 있었기 때문에 이 모습도 의외였다.

'낮의 인텔리처럼 보이는 이미지와 반대인 점이 좋아.'

팽팽한 피부에 처진 곳 하나 없는 근육질의 몸을 넋을 잃고 쳐다보았다.

시선 끝에 있는 막시밀리안은 여전히 눈을 감은 채로 있었다. 호흡에 맞춰 훌륭한 근육으로 덮인 가슴이 천천히 위아래로 움직였다.

본국과의 인터넷 회선 회의, 전화나 메일로 지시를 내리는 등, 일로 바쁜 와중에 짬을 내어 어제처럼 카페에 찾아와서 되도록 나와 함께 보내는 시간을 만들어주었다.

그만큼 피곤하겠지.

하지만 예전의 막시밀리안이라면 지친 자신의 모습을 나에게 절대로 보여주지 않았다. 불평이나 우는 소리는 물론, 약한 모습 하나 보이지 않았다.

그래서 나는 그런 그를 사이보그 같다고 생각했었다.

하지만 지금은 숨김없이 보여준다. 인간다운 부분을 보여준다.

그 점이 기뻤다.

'자면서 헝클어진 머리와 아무렇게나 난 수염······.'

이렇게 마음을 놓고 있는 막시밀리안은 틀림없이 나밖에 모른다.

무방비한 그의 있는 그대로의 모습을 볼 수 있는 것은 연인인 나만의 특권.

그렇게 생각하자 가슴속에서 서서히 환희가 복받쳤다.

달콤한 기분에 부추김당한 나는 턱을 괴고 있던 한쪽 손을 뻗었다.

이마에 내려온 머리카락에 살며시 손가락을 가져다 댔다. 머리카락은 생각보다 부드러웠다. 앞머리 아래에서 나타난 이마를 살짝 만졌다. 막시밀리안은 일어나지 않았다. 우쭐해진 나는 높은 콧날에도 손을 가져다 댔다. 그래도 일어나지 않는 것을 기회 삼아 뺨을 쿡쿡 찔렀다. 그대로 점점 대담해져 가는 나 자신을 멈추지 못하고 가장 관심이 있었던 수염 난 턱으로 손을 옮겨 갔다. 꺼끌꺼끌한 감촉을 손끝으로 즐기고 있으려니, 갑자기 막시밀리안이 눈을 번쩍 떴다. 나는 황급히 손을 뺐다.

"앗………."

청회색 눈동자에 움츠러들어 어깨를 흠칫 떨었다.

안경이 없으니 안력이 직접적으로 가해졌다.

'블루그레이색이 참 예쁘다.'

나는 막시밀리안의 눈동자 색을 무척 좋아했다.

큰형 레오나르도는 칠흑색, 나도 검은색이 섞인 다크브라운. 작은형 에두아르는 투명도가 높은 아이스블루.

막시밀리안의 눈동자는 에두아르와 같은 파란색 계열이라도 회색이 강한 차분한 배색이었다.

하지만 빛의 상태에 따라 파란색이 강하게 느껴지거나 회색이 세게 보이거나 하면서 변화했다. 그 종잡을 수 없는 점이 굉장히 매력적이라서 몇 시간을 보고 있어도 질리지 않았다.

내가 무척이나 좋아하는 눈동자를 가만히 바라보고 있자, 막시밀리안이 입을 열었다.

"언제부터 일어나 계셨어요?"

막 잠에서 깬 쉰 목소리가 섹시해서 등이 오싹해졌다.

"5분 전쯤에."

"계속 저를 보고 계셨어요?"

"……아무리 봐도 질리지 않거든. 하루 내내 보고 있을 수도 있어."

내가 대답하자, 막시밀리안의 눈이 가늘어졌다.

"……아침부터 부채질하시다니, 나쁜 아이군요."

"부채질이라니……."

막시밀리안은 반론을 상대하지 않고 나의 손목을 잡더니, 자신 쪽으로 끌어당겼다.

"장난을 친 건 이 손입니까?"

눈을 똑바로 쳐다보며 묻는 바람에 가슴이 철렁했다.

"응……."

막시밀리안이 다시금 끌어당긴 손을 입가에 가져갔다. 그러더니 나의 손바닥을 혀로 낼름 핥아 올렸다.

"앗."

나도 모르게 목소리가 나왔다. 순간적으로 손을 빼려고 했지만, 손목을 꽉 잡히고 마는 바람에 그러지 못했다.

"마, 막시밀리안……."

내가 동요하고 있는 동안, 막시밀리안의 혀가 이번에는 손가락과 손가락 사이를 할짝 핥았다. 아무래도 그곳은 손 중에서도 민감한 곳인 듯, 등이 바짝 땅겼다.

이윽고 막시밀리안이 검지를 입에 머금었다. 뿌리끝까지 천천히 물리자 등이 오싹오싹 떨렸다.

그러자 그가 입에 머금은 손가락에 혀를 휘감더니, 빨듯이 끈적끈적하게 핥으며 희롱했다. 츄푭, 츄릅, 젖은 소리가 새어 나왔다.

"읏………."

나는 넋을 잃은 것처럼 막시밀리안의 입가를 쳐다보았다. 숨을 죽이고 그의 입안에 있는 검지에 온 신경을 집중했다. 마치 그곳에 심장이 있기라도 한 것처럼 손가락이 쿵쾅쿵쾅 맥동했다.

막시밀리안이 안쪽을 자근자근 자극하며 혀끝으로 손톱 모양을 따라 빙글 더듬고 손가락 전체를 츄릅츄릅 빨자, 몸이 서서히 열을 머금었다.

얼마 안 있어 막시밀리안이 입에서 손가락을 빼더니, 그 혀놀림을 여봐란듯 보여주기라도 하는 것처럼 나의 손가락 측면을 혀로 핥아 올리기 시작했다. 눈만 돌려 위를 쳐다보는 막시밀리안과 눈이 마주친 찰나.

'앗.'

몸안에 불이 붙은 것을 느꼈다.

그렇지 않아도……, 아침에는……, 서기 쉬운데.

하복부의 변화를 의식하며 머뭇거리고 있자, 막시밀리안의 다른 한쪽 손이 뻗어 오더니 가랑이 사이를 꽉 잡았다.

"하윽."

목 안에서 비명이 튀어나왔다.

"뭐……뭐 하는 거야!"

"아무래도 손가락을 훑기만 했는데도 느껴버리신 것 같네요."

막시밀리안이 어두운 목소리로 속삭이자, 심장이 쿵쾅쿵쾅 고동쳤다.

"아, 아니야……."

말로 부정해봤자 증거를 잡히고 말았다. 막시밀리안은 입술을 꽉 깨무는 나의 가랑이 사이를 파자마 위에서 천천히 애무했다.

"앗……."

커다란 손바닥에 감싸여 손가락으로 부드럽게 주물리는 사이에 천에 쓸린 욕망이 점점 팽창해 갔다. 눈동자가 촉촉해지고, 페니스 선단에서도 꿀이 슬며시 새어 나왔다. 천에 얼룩을 만들면서 당장에라도 막시밀리안의 손가락을 축축이 적셔버릴 것 같았다.

'안 돼……. 이미 완전히…….'

헉, 헉, 뜨거운 숨을 내쉬면서 막시밀리안을 살펴보았다. 나는 혀로 축축해진 입술을 벌렸다.

"……할까?"

나는 기대를 담아 물어보았다. 하지만 막시밀리안은 태연했다.

"글쎄요, 어떻게 할까요?"

나왔다! 여기까지 와서 심술 모드를 발동하다니.

'이렇게까지 부채질해 놓고……, 너무해.'

나는 심술궂은 연인을 쏘아보았다.

"막시밀리안~."

"어젯밤에 많이 했으니까요."

막시밀리안은 모른 척하며 몸을 홱 돌려 가랑이 사이를 애무하던 손을 떼었다.

"아………."

내팽개쳐진 충격으로 눈물이 날 뻔했다. 내던져진 페니스도 따분한 듯이 떨고 있었다.

확실히 어젯밤에는 많이 했다.

허리를 펴지 못하고 정신을 잃듯이 잠에 빠져들 정도로 한껏 했다.

하지만 어젯밤은 어젯밤, 오늘 아침은 오늘 아침. 어젯밤에 많이 했다고 해서 그것으로 충분한 게 아니다.

'내일부터 따로따로 떨어져 있어야 하는걸.'

애가 타서 다급해진 나는 막시밀리안에게 몸을 기댄 채 그의 단단한 허벅지에 열을 지닌 욕망을 비벼 댔다. 그와 동시에 목덜미에 쪽쪽 입을 맞추며 귓불을 부드럽게 깨물었다.

어떻게든 막시밀리안을 그런 기분으로 만들고 싶어서.

나의 어설픈 '유혹'을 무시한 막시밀리안이 침대 머리맡에 놓인 시계를 집어 들었다. 그러더니 얼굴 앞까지 가지고 와서 글자판을 노려보며 "일곱 시……." 하고 중얼거렸다.

"아침 식사는 여덟 시 반에 드셔도 괜찮겠습니까?"

"응?"

갑작스러운 확인에 어리둥절하여 질문의 취지를 파악하지 못한 채 "아, 응." 하고 고개를 끄덕였다.

"알겠습니다. ……그럼."

무슨 말인지 생각하고 있자, 막시밀리안이 몸을 반전시켜서 나를 덮어 왔다. 정신을 차려 보니 나는 그의 밑에 깔려 있었다.

나를 내려다보는 청회색 눈동자에서 욕정의 빛을 인식하고는 숨을 작게 삼켰다.

'이 상황은 설마.'

"막시…………, 으음."

이름을 부르던 도중에 입술이 덮여졌다. 이어서 곧바로 입안에 숨어든 뜨거운 혀에 혀가 붙들렸다.

"후……응…….."

나는 겨우 그럴 기분이 되어준 연인의 요구에 응하기 위해 단단한 목에 팔을 두르고 꽉 끌어당겼다.

*   *   *

아침에 일어나자마자 서로를 안은 뒤 —— 내가 샤워를 하는 동안에 막시밀리안이 차려준 아침 식사를 둘이서 마주 앉아 먹었다.

"오늘은 어떻게 할까?"

나는 프루츠 그래놀라를 입에 넣으며 정면에 앉은 연인에게 물었다. 셔츠에 넥타이를 매고 베스트를 입은 막시밀리안은 이미 몸단장을 마친 상태였다.

"어떻게 할까요?"

오늘은 일요일이지만 이렇다 할 일정은 세우지 않았다.

"짐 정리는 이미 끝냈어……?"

"네, 옷가지는 두고 가기로 해서, 짐이라고 해도 소지품뿐입니다."

그 말을 듣고 새삼 안도했다.

짐 대부분을 이곳에 두고 간다는 말은 바로 막시밀리안이 가끔씩 일본에 돌아올 것이라는 증거였다.

말로는 그렇게 약속해준 데다 나도 믿고 있긴 하지만, 물적 증거가 있으니 역시 마음이 든든했다.

그런 식으로 생각하고 나서 내가 마음 어딘가에 내일 막시밀리안이 돌아가버리는 데 일말의 불안을 품고 있음을 깨달았다.

막시밀리안은 한 번 입 밖으로 낸 약속은 반드시 지켜주었다.

그러니 불안해할 필요 따윈 조금도 없었다.

'그런 건 나도 알아.'

게다가 만약 조금이라도 내가 불안해하는 표정을 보이면 막시밀리안이 신경 쓸 것이다.

안심하고 로마로 돌아갈 수 없게 되고 만다.

그렇게 생각한 나는 일부러 밝은 목소리를 냈다.

"그렇구나. 그럼 어디 나갈까?"

"루카 님께 맡기겠습니다. 저는 딱히 어디 가고 싶은 데는 없으니까요."

"으음, 나도 딱히……."

목적을 정하고 어딘가로 외출하게 되면 왠지 모르게 분주한 분위기가 되는 점은 부정할 수 없었다.

마지막 남은 하루이니 될 수 있으면 둘이서 느긋하게 보내고 싶었다.

"뭘 할지 어디를 갈지 정하지 말고 돌아가는 상황을 보면서 느긋하게 보낼까?"

내가 제안하자, 막시밀리안이 미소를 지었다.

"좋네요. 그럼 돌아가는 상황에 따라서 정하죠."

둘이서 정한 대로 오전은 느긋하고 여유롭게 보냈다.

날씨가 좋아서 오후에는 산책을 나갔다. 공원을 어슬렁거리고, 오픈 카페에서 차를 한잔 하고, 애완동물숍을 기웃거리면서…….

그 후, 히로오까지 나간 우리는 내셔널 아자부 슈퍼마켓에서 저녁 재료를 사서 집에 돌아왔다.

"걷느라 피곤하시죠? 한숨 돌리고 계세요. 그동안에 저녁 식사 준비를 하겠습니다."

"저녁밥 차리는 거, 나도 도울게."

막시밀리안이 그렇게 말하자, 나도 돕겠다고 제안했다.

"돕는다고 말하는 것도 좀 건방지지만……, 되도록 방해하지 않도록 할게."

"루카 님."

"요리의 기본을 머리에 기억하고 싶어. 간단한 음식 정도는 나 스스로 만들 수 있었으면 좋겠고."

그 말은 그저 구실이었고, 본심은 한시라도 막시밀리안의 곁에서 떨어지고 싶지 않았다.

낮에는 괜찮았지만, 해가 지고 마지막 하루의 남은 시간이 줄어들어 감에 따라 떨어지기 힘들다는 마음이 점점 쌓여 갔다.

'둘이서 있을 수 있는 시간이 시시각각 줄어 가고 있는 이 느낌이……, 괴로워.'

마음을 놓으면 울적해질 것 같은 자신을 북돋우며 한껏 웃어 보였다.

"돕게 해줘."

신신부탁하자, 한동안 나의 얼굴을 바라보고 있던 막시밀리안이 눈을 서서히 가늘게 뜨며 "알겠습니다." 하고 말했다.

"잘 부탁드리겠습니다."

저녁 메뉴는 미리 만들어 두어도 된다는 미네스트로네, 제철 재료를 사용한 호박꽃 튀김, 어란을 올린 카펠리니 냉파스타, 그리고 내가 좋아하는 스패니시 오믈렛.

"뭐부터 도울까?"

나는 타블리에를 허리에 두르고 부엌에 들어가서 막시밀리안에게 물었다.

"글쎄요. ……프티 나이프를 쓰는 건 아직 어려우실 테고."

"칼이라면 쓸 수 있어."

생각에 잠긴 듯한 표정을 하고 있는 막시밀리안에게 어필했다.

"카페 주방에서 가끔 일 돕고 있거든."

실은 돕는다고 해도 채소를 씻거나 음식을 담는 것이 주된 일이고, 본격적으로 칼을 잡아본 적은 없다. 하지만 막시밀리안에게 '하면 된다'는 모습을 보여주고 싶었다.

될 수 있는 한 후환 없이 로마에 돌아가게 해주고 싶으니까.

"게다가 하지 않으면 언제까지고 늘지를 않는단 말이야."

눈을 빤히 쳐다보며 호소하자, 막시밀리안이 한 번 생각하는 듯한 표정을 짓더니 고개를 끄덕였다.

"그럼 루카 님께서는 미네스트로네에 들어갈 재료를 썰어 주시겠습니까?"

"오케이."

막시밀리안에게서 허락을 받은 나는 기운을 내며 작업대 앞에 섰다.

작업대 위에는 양파, 당근, 셀러리, 양상추, 단호박, 토마토, 판체타, 마늘이 쭉 놓여 있었다.

"마늘 이외의 재료는 균일하게 익히기 쉽게 되도록 같은 크기로 썰어줍니다."

나는 도마와 프티 나이프를 앞에 두고 막시밀리안의 강의에 귀를 기울였다.

"채소를 썰 때 주의할 점은 섬유의 방향입니다. 채소를 생으로 먹을 때는 씹었을 때의 느낌을 살리기 위해 섬유를 따라 썰어줍니다. 끓이는 음식처럼 부드럽게 만들고 싶을 때는 섬유의 직각 방향으로 썰도록 합니다. 이것을 섬유를 끊는다고 말합니다."

"섬유?"

채소를 그런 눈으로 본 적이 없었기 때문에 어리둥절했다.

"해보죠. 여기에 있는 채소 중에는 셀러리가 알기 쉽겠네요."

막시밀리안이 먼저 셀러리를 세로로 잘랐다.

"이게 섬유를 따라 썬 셀러리입니다."

이어서 셀러리를 가로로 잘랐다.

"이게 섬유를 끊은 상태입니다. 아시겠습니까?"

"아……, 응, 섬유라는 게 줄기 같은 걸 말하는 거야?"

"그렇습니다. 육안으로 줄기가 보이지 않는 경우에는 채소를 작업대에 수직으로 세워보고 위에서 아래로 섬유가 뻗어 있다고 생각하시면 알기 쉽습니다."

"그렇구나."

새로운 지식을 얻어 살짝 흥분했다. 채소란 참 심오하구나.

"채소를 자르는 방법에도 용도에 따라 많은 종류가 있습니다. 얇게 썰기, 채썰기, 어슷썰기, 송송썰기, 다지기, 빗모양썰기, 베어썰기, 통채썰기, 반달썰기, 은행잎썰기, 깍둑썰기, 십자썰기, 길게 썰기, 마구 썰기."

"그렇게 종류가 많아?!"

내가 깜짝 놀라 큰 소리를 내자, 막시밀리안이 태연하게 "더 있습니다." 하고 추격타를 가했다.

"그걸 다 어떻게 외워……."

자랑도 안 되지만, 난 결코 이해가 빠른 편은 아니다.

"한번에 외우실 필요는 없습니다. 그리고 머리로 외우실 수 있는 것도 아닙니다. 매일 요리를 하는 와중에 필요에 따라 조금씩 익혀 가시면 됩니다."

다행이다. 그렇다면 기억력이 나쁜 나라도 어떻게든 되겠어.

"오늘은 깍둑썰기를 하죠."

"깍둑썰기……."

"해보겠습니다."

막시밀리안이 도마 위에 꼭지를 딴 토마토를 세팅했다. 그리고 토마토를 회전시키면서 슥, 슥, 슥, 가로세로로 프티 나이프를 미끄러트리더니, 눈 깜짝할 사이에 1센티미터 크기로 동강이 나게 썰었다. 너무 훌륭해서 마법 같았다.

"이게 깍둑썰기입니다. 주사위 모양으로 자르는 겁니다."

"굉장해!"

막시밀리안이 내가 칭찬하는 목소리를 듣고는 아주 싫은 것도 아닌 듯한 표정을 지었다.

"처음에 말씀드린 것처럼 이번에는 마늘 이외의 모든 재료를 균일하게 1센티미터 크기로 썰어야 합니다."

"알겠어."

막시밀리안처럼 멋있게 해보고 싶어서 몸이 근질근질하던 내가 서둘러 프티 나이프를 쥐려고 하자, "그 전에 밑준비를 해야죠."라며 막시밀리안이 못을 박았다.

"양상추는 잎을 한 장씩 뜯어서 물로 씻습니다. 토마토도 잘 닦아주세요. 양파의 얇은 껍질은 벗기고, 당근 껍질은 필러로 깎습니다. 셀러리도 필러로 줄기를 떼어 내고, 단호박은 껍질을 군데군데 벗깁니다."

지시에 따라 양상추의 잎을 뜯어서 물로 씻었다. 토마토도 흐르는 물에 담궈 표면을 깨끗하게 씻었다. 양파의 얇은 껍질을 벗기고, 당근은 필러로 껍질을 깎았다. 셀러리 줄기도 필러로 떼어 냈다.

카페에서 일을 도운 덕분인지, 나도 여기까지는 그다지 고생하지 않고 할 수 있었다.

문제는 단호박이었다. 껍질이 딱딱해서 필러로는 벅찼다. 그 결과, 프티 나이프로 깎을 수밖에 없었는데……

"통째로 깎기는 어렵겠네요. 4등분할까요?"

익숙지 않은 프티 나이프와 다루기 벅찬 물건을 상대로 고군분투하고 있자, 막시밀리안이 도와주었다.

나 혼자 하기에는 힘이 부족해서 막시밀리안이 4등분으로 나누어주었다. 나는 사분의 일이 된 단호박 씨를 스푼으로 제거한 다음, 도마에 엎어 놓았다.

"왼손으로 단호박을 고정하고 안쪽부터 깎기 시작하세요. 이런 식으로 깎으시면 됩니다."

막시밀리안이 시범을 보여주었다.

"이, 이렇게?"

보고 그대로 흉내 내어봤지만, 껍질이 딱딱해서 잘 깎을 수 없었다. 막시밀리안은 쉽게 깎았는데, 내가 나이프를 잘못 잡은 건지, 아니면 칼날을 댄 각도가 나쁜 건지 주룩 미끄러지고 말았다.

밑준비 단계에서 쩔쩔매고 있는 나 자신에게 초조함을 느꼈다. 그러자 더 잘 안 되었다.

"어라? 어라?"

"초조해하실 필요는 없으니 차분하게 하세요."

"으……웅……."

"힘을 너무 주지 마세요. 몸에 불필요한 힘이 들어가면 다치실 수 있습니다."

막시밀리안이 그렇게 타일렀지만, 아무리 해도 힘이 들어가고 말았다.

그런 나를 보다 못했는지, 여태까지 옆에 있던 막시밀리안이 내 뒤로 이동했다. 그는 등 뒤에 몸을 찰싹 붙이고 두 팔을 앞으로 두르더니, 단호박과 프티 나이프를 쥔 나의 손에 자신의 손을 가져다 댔다. 그대로 나의 손을 살짝 쥐고 어떻게 해야 하는지 유도해주었다.

"그렇죠……, 이렇게 잡고……, 이렇게 움직이시는 겁니다."

특별히 몸소 알려주고 있으니 손에 집중해야만 한다.

그런데도……, 나의 의식은 다른 곳에 있었다.

등 뒤에 밀착한 막시밀리안의 몸. 탱탱한 근육이 뿜어내는 열기.

콧구멍을 간지럽히는 오드콜로뉴. 목덜미에 닿는 숨결. 그 모든 것에 반응하여 체온이 급격히 상승하는 것을 느꼈다. 심장도 빠른 속도로 두근두근 뛰기 시작했다.

'바보야……, 무슨 생각을 하는 거야!'

"아시겠습니까?"

막시밀리안이 손을 떼고 "직접 해보세요."라며 재촉했다.

"아……, 응."

마음이 들뜬 상태로 프티 나이프를 움직였다. ── 그 직후.

"앗."

왼손 검지에 따끔하게 통증이 스쳐 갔다.

"무슨 일이십니까?!"

막시밀리안이 나의 왼손을 잡고 들어 올렸다. 그의 눈앞에서 피가 검지 끝에서부터 서서히 배어 나왔다.

"상처가……."

"괘, 괜찮아!"

멍하니 있던 내 잘못이다. 초조해진 나는 "큰 상처도 아닌데……."라고 말하던 도중에 숨을 삼켰다.

"………윽."

막시밀리안이 왼손 검지를 입에 머금었기 때문이다. 뜨겁게 젖은 입안의 감촉 때문에 아침에 그가 손가락을 빨았던 일이 뇌리에 되살아나면서 온몸이 열에 확 휩싸였다.

그렇지 않아도 높았던 체온이 단숨에 상승했다.

'으아……, 왠지……, 큰일이야.'

그렇게 생각한 순간, 막시밀리안이 손가락을 츄릅 빨았다. 그곳에서 전류가 스친 것처럼 온몸이 움찔움찔 경련했다.

"앗……."

날카로운 목소리가 새어 나옴과 동시에 하복부에 이변을 느꼈다.

'미, 밀겨지지가 않아……. 이런 곳에서.'

때와 장소를 가리지 못하고 막시밀리안에게 발정하는 자신을 느끼고는 머리가 아득해졌다.

걱정으로 가슴을 두근두근 떨면서 얼어붙어 있자, 막시밀리안이 입에서 손가락을 뺐다. 그러더니 수도꼭지를 틀고 흐르는 물에 나의 손가락을 가져다 댔다. 그러고 나서 상처를 씻어 내고 "이쪽으로 오십시오." 하고 거실 소파로 데려갔다.

나를 소파에 앉히더니 일단 그 자리를 뜬 막시밀리안이 곧바로 구급함을 손에 들고 돌아왔다. 그리고 내 앞에 무릎을 꿇은 채 소독 스프레이를 집었다.

"소독약이 스며서 조금 아프실 수도 있습니다."

그렇게 말하고 나서 상처에 스프레이를 뿌리고 마르기를 기다렸다가 반창고를 감아주었다.

막시밀리안이 상처를 처리해주는 동안에도 나는 계속 뭉그적거리며 차분하게 있지를 못했다. 상처 자체는 정말로 별것 아니었기 때문에 오로지 열을 머금은 하반신만이 신경 쓰였다.

빨리 가라앉았으면 좋겠다. 그러기 위해서라도 다른 생각을 해야만 한다고 생각은 하는데도 막시밀리안이 바로 옆에 있는 데다 손을 잡힌 탓에 열이 도무지 내려가질 않았다.

'빨리 진정하지 않으면……, 계속해서 단호박 껍질을 깎을 수 없어.'

치료가 끝나는 것을 엿보던 나는 막시밀리안의 손에서 내 손을 살며시 뺐다. 그리고 천천히 심호흡을 하고 나서 눈앞에 있는 막시밀리안에게 말했다.

"이제 괜찮으니까……, 밑준비 계속하자."

"하실 수 있겠습니까?"

그렇게 확인하는 그에게 고개를 끄덕였다.

"할 수 있어. 왼손이고, 피도 멈췄으니까."

"정말이세요?"

안경알 안쪽에서 청회색 눈동자가 가만히 쳐다보는 시선을 받아내며 관자놀이가 서서히 열을 머금었다.

달아올랐던 몸이 겨우 조금씩 진정되기 시작한 참이었는데……, 또다시.

달아오른 얼굴을 의식하고 있으려니 막시밀리안이 손을 스윽 뻗어 왔다. 그 손이 타블리에 위에서 하복부에 닿는 바람에 어깨를 흠칫 떨었다.

"마, 막시밀리안……."

"이 상태로 계속하시겠다는 말씀인가요?"

위로 치켜뜬 시선에 마른침을 꿀꺽 삼켰다. 나는 천천히 두 눈을 크게 떴다.

"눈치채고 있었어?!"

"몸을 밀착하고 있었기 때문에 당신의 체온이 평상시보다 높아진 상태라는 건 알았습니다. 귀도 새빨개지셨고요."

쿨하게 지적당하자 결국 귀가 열기를 띠었다.

'차, 창피해!'

쥐구멍이라도 있으면 들어가고 싶다는 말은 이런 경우였다. 이제 정말로 도망치고 싶어……!

나는 완숙 토마토처럼 새빨간 얼굴로 입을 뻐끔거리듯 벌렸다가 다물었다.

"미, 미안……. 나는, 그……, 오늘 좀 이상해. 아침에도 했는데……, 정말로 이상……."

말하던 도중에 손가락이 입을 막았다.

"안 되겠네요……. 그런 식으로 저를 부채질하시다니."

"응?"

두 눈을 깜박이며 검지를 세운 막시밀리안을 보았다. 길게 찢어진 두 눈이 서서히 가늘어졌다.

"저녁 식사 전이니 참으려고 했지만……."

막시밀리안이 한숨 섞인 목소리로 중얼거렸다.

"당신은 정말로 저의 자제심을 무너뜨리는 데 뛰어나시군요."

그가 어딘가 어슴푸레하게 속삭이자, 목덜미가 오싹거리며 소름이 돌았다.

"막시밀리안⋯⋯."

입술에서 검지를 뗀 막시밀리안이 대신에 얼굴을 가까이 가져다 댔다. 어디 나무랄 데 없는 미모가 초점이 맞지 않을 정도로 다가왔다.

이윽고 한숨이 입술에 닿더니, 그가 달콤한 저음을 불어넣었다.

"나쁜 아이에게는 벌을 드려야겠네요."

*　　*　　*

소파에 앉은 나의 허리에 손을 뻗은 막시밀리안이 타블리에 끈을 풀었다. 그러고 나서 타블리에를 벗기고, 입고 있던 면 소재의 저지 바지를 허벅지까지 내렸다.

속옷이 이미 부풀어 오른 모습이 창피해서 무심결에 무릎을 꼭 오므렸다. 하지만 막시밀리안은 오므린 무릎을 잡더니 쭉 벌리고 말았다.

"앗."

내 앞에 무릎을 꿇은 막시밀리안이 크게 벌린 가랑이 사이에 얼굴을 묻었다. 이윽고 천 너머로 따뜻하게 젖은 기운을 느꼈다.

'소, 속옷 위에서?'

막시밀리안의 혀가 형태를 훑듯이 스쳤다. 천은 많은 시간을 요하지 않고 타액으로 인해 색이 변했다.

나는 젖어서 달라붙은 천 너머로 느껴지는 혀의 움직임에 숨을 삼켰다.

어딘가 안타까운 듯하면서도 근질근질한 이 느낌…….

"히앗!"

숨을 멈추고 굳어 있었는데 갑자기 입술로 턱 물리는 바람에 목 안쪽에서 뒤집힌 목소리가 나왔다.

막시밀리안이 입으로 애무하는 것과 동시에 손으로 음낭을 부드럽게 주물러 대자, 엉덩이가 근질거리고 등골이 오싹거렸다. 목덜미도 뜨겁게 달아올랐다.

'그런 식으로 만지면……!'

심이 단단해진 페니스가 천을 밀어 올리는 모습이 보이자 온몸이 확 뜨거워졌다. 당장에라도 속옷에서 고개를 내밀 것 같아서 더 이상 참고 견딜 수가 없었다.

그러자 막시밀리안이 속옷 고무밴드에 검지를 대더니, 아래로 쭉 잡아 내렸다.

"앗……."

페니스가 힘차게 파르르 떨며 튀어나왔다. 선단이 막시밀리안의 타액으로 젖어 반짝이고 있다는 사실을 인식하고는 등줄기가 찌릿찌릿 저려 왔다.

막시밀리안이 적나라하게 드러난 선단에 혀를 가져다 댔다. 천 너머 느꼈던 것과는 또다른 직접 닿은 혀의 감촉에 숨을 죽였다.

"읏………."

뿌리끝을 손으로 지탱한 막시밀리안이 나를 천천히 입안에 머금어 갔다. 그리고 목 안쪽까지 쑥 담자마자 혀를 축에 끈적하게 휘감았다. 츄읍, 츄풉, 음란한 물소리가 단정한 입술에서 새어 나왔다.

'굉장해…… 기분 좋아.'

너무나도 기분 좋은 나머지 막시밀리안이 애무를 해주고 있는 곳에서부터 자신의 몸이 끈적끈적하게 녹아들기 시작한 것 같은 착각이 들었다.

녹아 간다……. 녹을 것 같아!

"하……아……."

입을 살짝 벌리고 목에 고인 뜨거운 숨을 내보냈다. 그래도 체온의 상승은 멈추지 않았다.

옆으로 물고 핥으면서 민감한 곳에 이를 세우는 바람에 온몸이 실룩실룩 떨렸다.

"후우……."

참지 못하고 눈앞에 있는 예쁜 모양의 두상을 잡았다.

막시밀리안이 입에 나를 머금은 채 시선만 위로 올려 쳐다보았다. 평소보다 몇 배나 뜨거운 눈빛에 심장이 쿵쾅 뛰었다. 몇 번을 해도 이럴 때 보게 되는 막시밀리안에게는 익숙해지지 못했다.

두근거림이 멈추지 않아……!

닥치는 대로 두방망이질하는 고동을 의식하고 있으려니, 막시밀리안이 오므린 입술 전체로 압력을 가해 왔다. 음낭을 주물러 대는 악력도 강해졌다.

눌러 짜내듯이 선단의 구멍에서 꿀이 스며 나오는 것을 스스로도 알 수 있었다. 혀가 넘쳐흐른 꿀을 핥아 내더니 구멍을 쿡쿡 찔렀다.

"하윽……."

나는 그곳을 도려내는 듯한 강렬한 자극을 받아 등을 쭉 뻗었다. 선단에 가해지는 강렬한 자극과 축을 훑으면서 생겨나는 쾌감이 동시에 밀려오자 당장에라도 터져버릴 것 같은 자신에게 초조함을 느꼈다.

'우와, 이거, 굉장해……!'

"안, 돼……."

몸을 빼려고 했지만, 막시밀리안은 욕망을 꽉 물고 떨어지지 않았다.

'그렇게 하면……, 이제!'

쾌감이 스치자 점점 머릿속이 멍해지기 시작했다.

"나와……, 나올 것 같으니까……, 놔줘……!"

필사적으로 애원하며 양손으로 밀쳐내자 겨우 막시밀리안이 입에서 나를 내보냈다. 타액과 쿠퍼액으로 축축하게 젖은 페니스가 반동으로 배에 찰싹 달라붙었다.

"……건강하시네요."

막시밀리안이 소리 없이 웃으며 그런 식으로 말하는 바람에 얼굴이 빨개졌다. 막시밀리안이 어정쩡한 위치에서 멈춰 있는 내 바지와 속옷을 다리에서 빼고, 니트 자락을 가슴 위까지 말아 올렸다.

"하앙!"

나는 갑자기 젖꼭지가 입에 머금어지자 그 충격에 새된 소리를 냈다. 아무런 애무도 하지 않았을 때부터 이미 뾰족하게 서 있던 젖꼭지를 막시밀리안이 까슬까슬한 혀로 핥자, 등이 쌜룩쌜룩 떨렸다.

"앗……, 앗……."

막시밀리안이 다른 한쪽 젖꼭지를 손가락으로 잡아 비벼 댔다. 가슴의 자극을 받은 페니스에서 애액이 점점 더 흘러나왔다.

"소파……, 더러워져."

내가 호소하자, 막시밀리안이 피식 하고 입가에 미소를 지으며 "그럼 일어나주세요."라고 말했다. 그러더니 손을 잡아당겨 나를 일으켜 세우고는 그 자리에서 몸을 획 뒤집었다.

"쿠션을 끌어안듯이 자세를 잡으시고, 두 손을 소파 등받이에 짚으십시오."

소파 쿠션을 한가운데에 모은 막시밀리안이 그렇게 지시했다.

그대로 자세를 잡자, 자연스럽게 엉덩이를 내미는 모양새가 되었다.

밝은 거실에서 이런 모습으로 있다니……, 창피했다.

하지만 거스를 정신이 없었다. 빨리 막시밀리안과 이어지고 싶으니까.

내 뒤에 선 막시밀리안이 두 언덕을 가르며 오므라진 곳을 손가락으로 애무하기 시작했다. 한동안 상태를 살피듯이 뒤쪽 구멍 주변을 마사지하던 손가락이 몸안으로 푹 들어왔다.

"아으응."

"아침에도 해서 그런지 아직 부드럽네요……."

막시밀리안이 귓가에서 속삭였다.

"이 정도라면 많이 풀지 않아도 들어갈 것 같습니다."

푹푹 소리를 내며 손가락을 넣었다 빼기를 반복하자, 나는 소파 등받이를 잡은 손에 힘을 실었다.

"벌써……, 두 개째입니다."

"응, 흐응."

뒤쪽의 자극으로 하얗고 탁한 액체가 섞인 쿠퍼액이 넘쳐흐르며 끈적하게 축을 타고 내려갔다. 허리가 들썩들썩 흔들리고, 다리가 가늘게 경련했다. 머릿속에 있는 것은 한 가지 욕망뿐.

원해. 어서 막시밀리안을 원해.

"막시밀리안……, 이제."

몸을 배배 꼬며 간청하자 손가락이 주르륵 빠져나가더니, 젖은 선단이 꾹 닿았다.

"뜨거워……."

위를 향한 목에서 한숨이 섞인 목소리가 새어 나왔다. 막시밀리안이 나의 허리를 잡더니 작열하는 쐐기를 밀어 넣었다.

"히익……, 아아앗."

물론 크기가 크니 고통스럽지만 '아침에도 해서 그런지 아직 부드럽다'는 말은 사실인 것 같았다. 비교적 부드럽게 연인을 받아들일 수 있었다. 허리에 힘을 주고 세게 밀어붙이며 뿌리끝까지 넣은 막시밀리안이 앞으로 손을 돌려 나의 페니스를 감쌌다.

"아, 아."

앞을 위아래로 미끌미끌 훑으면서 뒤는 질펀질펀 나가고 들어오기를 반복하자, 교성이 흘러나왔다.

넋을 잃을 듯 몸에 충만한 쾌감으로 인해 눈이 촉촉해졌다.

하나만 느껴도 한계인데, 쾌감이 둘이나 되다니……!

"웃……, 흐……웃."

그런데도 막시밀리안은 공격을 가하는 손을 늦추지 않고 남은 왼손으로 젖꼭지를 잡았다. 손가락을 빙글 돌리다가 안을 쑤시는 타이밍에 맞춰 젖꼭지를 꽉 잡아당기는 바람에 "아윽!" 하고 외치며 몸을 뒤로 크게 젖혔다.

온몸 곳곳에 관능의 불꽃이 튀었다.

이제 막시밀리안이 무슨 짓을 해도 쾌감이 될 뿐이었다.

"막시밀리안……!"

잠꼬대처럼 연인의 이름을 불렀다.

"부탁이……야……, 나의……, 이곳이 잊지 않도……록……, 많이……, 해줘."

숨이 차서 띄엄띄엄 말을 이으며 애원하자, 등 뒤에서 막시밀리안이 숨을 삼켰다. 그 직후, 깊숙한 곳까지 쿵 밀어 넣었다. 그리고 격렬한 피스톤 운동이 시작되었다.

몸을 마구 뒤흔들리자 시야가 흐릿해졌다. 꽉 감은 눈꺼풀 안쪽에 스파크가 튀었다.

"응……, 아, 웅, 웅."

곧바로 찾아온 절정의 예감으로 인해 등을 뒤로 젖힌 나는 몸안에 있는 연인을 꽉 죄었다.

"막시밀리안……, 많이, 내보내줘."

연인의 열이 두근 맥동하며 부풀어 오른 것을 느꼈다. 한계치까지 부풀어 오른 그것으로 쑤셔 올려지자, 단숨에 절정까지 밀려 올라갔다.

"아아앗……!"

내가 절정에 달한 것과 거의 동시에 막시밀리안이 흩뿌린 그것으로 몸안이 젖어들었다.

막시밀리안은 내가 내보낸 하얗고 탁한 액체를 손으로 받아주었다.

"휴우………."

힘이 빠져서 쿠션에 축 늘어져 기대었다. 막시밀리안이 뺨에 키스를 해주었다. 나는 고개를 비틀어 그의 입술을 나의 입술로 이끌었다.

*　　*　　*

"요 2주 동안……, 무척 행복했습니다."

천장을 보고 소파 위에 누운 막시밀리안이 나를 위에 태운 모양새로 끌어안은 채 머리를 만지작거리면서 중얼거렸다.

행복한 피로감에 몸을 맡긴 채 황홀해하며 연인의 가슴에 얼굴을 묻고 있던 나는 그 말을 듣고 고개를 들었다. 언제나 눈빛이 날카로운 막시밀리안치고는 보기 드물게 먼 곳을 향한 눈빛으로 멍하니 허공을 쳐다보고 있었다.

"하루 종일 마음이 들떠서 진정되지 않고……, 내내 꿈속에 있는 것 같은, 태어나서 처음 겪는 느낌이었습니다."

"그 기분……, 나도 똑같았어."

내가 동의하자, 막시밀리안이 나를 보며 작게 웃었다. 그러나 그 웃음은 금세 사라졌다.

"하늘을 나는 기분인 반면에 조금 두렵기도 했습니다."

"막시밀리안……."

"사람은 한번 행복을 맛보면 그것을 잃는 것이 두려워지나 봅니다."

막시밀리안이 혼잣말을 하듯이 말하더니, 나의 머리카락 사이로 손가락을 집어 넣었다.

"10년이나 떨어져 있던 데다 그게 일상이었는데, 이렇게 되어버리니 당신과 떨어지기가 두려워졌습니다……. 당신은 아직 젊으십니다. 매일 새로운 만남을 경험하고, 눈부시게 성장해 가실 겁니다. 떨어져 있는 동안에 당신의 마음이 누군가에게 옮겨 가버리지 않을까, 한번 의심하니 계속해서 의심에 사로잡혀서 요 며칠 동안은 잠도 제대로 이루지 못했습니다."

괴로워하는 듯한 목소리로 말하는 그의 독백을 듣고 허를 찔린 듯한 기분이 들었다.

어른이고 강인한 정신력을 가진 막시밀리안이 설마 그런 불안한 마음을 품고 있었다니.

내 마음이 변할 리가 없는데.

하지만 놀라는 것과 동시에 마음 어딘가에서 안도하고 있는 내가 있었다.

'똑같아.'

막시밀리안도 아무렇지 않은 게 아니야.

떨어져서 지내는 데 불안감이 없는 게 아니야.

멀다고 생각했던 막시밀리안과의 거리를 훨씬 가깝게 느낀 나는 연인의 눈을 가만히 바라보았다.

"역시 떨어져 지내는 건 두렵지? 걱정 끼치고 싶지 않아서 아무렇지 않은 척했지만, 사실은 나도 줄곧 두려웠어."

나의 심중을 고백하자, 막시밀리안이 애달픈 표정을 지었다. 그 얼굴을 보니 가슴이 메여 괴로워졌다.

지금까지는 막시밀리안이 지켜주기만 했다.

하지만 앞으로는 다르다.

나도 막시밀리안을 지킬 것이다.

앞으로는 서로를 지키고, 서로에게 보호를 받으며 살아갈 것이다.

가슴에 품은 각오에 등을 떠밀려 입을 열었다.

"그래도 이런 생각도 들어. 떨어져서 지내기 때문에 함께 있을 수 있는 시간을 소중히 여길 수 있고, 다음에 만나게 될 날이 틀림없이 무척 기대될 거라고."

"루카 님."

"나 말이야, 앞으로 막시밀리안이랑 같이 하고 싶은 게 많아. 내년에 다시 한 번 함께 살 수 있게 되면 둘이서 이런저런 곳에 가고 싶어. 막시밀리안은 계속 일만 해서 여태까지 거의 놀았던 적이 없잖아? 나도 어릴 적부터 보디가드가 붙어 있어서 행동의 자유가 없었어. 그러니까 앞으로 둘이서 그만큼 만회하자."

막시밀리안은 이야기를 하는 나의 얼굴을 눈을 가늘게 뜨고 바라보았다.

"여행도 가고 싶어. 교토라든가……. 맞다, 온천도 가고 싶어!"

청회색 눈동자를 들여다보며 "응?" 하고 동의를 구하자, 막시밀리안이 웃었다. 그는 "그렇네요."라고 말하며 고개를 끄덕였다.

"둘이서 함께 떨어져 있던 10년의 공백을 만회하도록 하죠."

나는 그 말이 기뻐서 목을 살짝 빼고 막시밀리안에게 쪽 키스를 했다. 그러고 나서 이마와 이마를 딱콩 부딪쳤다. 우리는 서로 눈을 마주치고 미소를 지었다.

'우리는 아직 시작이니까……. 우리 둘의 인생에 이제 막 발을 내딛었을 뿐이야.'

가슴 언저리에 머물러 있던 불안한 마음이 사라지는 것과 엇갈리듯이 급격하게 공복감이 들었다.

"……배고파."

"운동을 많이 했으니까요."

막시밀리안의 대답을 듣고 격렬했던 행위가 떠올라 얼굴이 점점 뜨거워졌다.

"자, 그럼 슬슬 일어날까요?"

막시밀리안이 나를 안아 일으키더니 먼저 일어섰다.

"샤워를 하고 나서 만들다 만 미네스트로네를 마무리하죠."

"응."

나는 연인이 내민 손을 잡고는, 남은 밀월의 시간을 유익하게 보내기 위해 소파에서 일어났다.

Episode Zero ~from 포획자~

JR역에서 그리 멀지 않은 약간 높은 언덕 위에 고즈넉이 세워진 클래식한 호텔 —— 그곳이 나루미야 아야토가 근무하는 '카사호 텔 도쿄'였다. 풀과 나무에 둘러싸여 도쿄 도심부에 있으면서도 도 시의 떠들썩함이 느껴지지 않는 치유의 공간이라 장기간에 걸쳐 몇 번이고 이용하는 고객들도 많았다.

평소처럼 정해진 위치인 로비 어시스턴트 매니저 데스크에서 단 말기를 향해 있던 아야토는 문득 키보드를 조작하던 손을 멈추었 다.

그는 디스플레이에서 얼굴을 들었다.

마침 남녀 손님 두 명이 데스크 앞을 지나치던 참이었다. 아야토가 있는 곳에서 봤을 때 앞쪽에 있는 사람이 20대 후반 정도 되는 일본인 여성. 그녀의 건너편에 장신의 외국인 남성이 바싹 달라붙어 걷고 있었다. 남성의 얼굴은 여성의 뒤에 가려져 보이지 않았다. 외국인이라는 사실을 안 것은 남성의 머리가 금발이었기 때문이다.

금색 머리카락이 샹들리에에 반사되어 반짝 빛났다.

가슴이 두근거렸다.

저도 모르게 허리를 들어 두 사람의 모습을 눈으로 좇았다.

그럴 리가 없다고 생각하면서도 두 사람을 보고 있는 동안 가슴이 세차게 뛰기 시작했다.

부부인지 연인인지는 모르겠지만, 숙박하는 손님은 아니기 때문에 아마 이제부터 레스토랑을 이용할 것이다. 두 사람은 사이좋은 모습으로 엘리베이터 홀로 향했다.

이런 식으로 손님을 응시하는 행위는 실례이다. 하지만 알면서도 도무지 눈을 뗄 수 없었다.

여성이 애교를 부리듯이 남성의 팔에 팔을 휘감았다.

두근거리며 진정이 되지 않았던 가슴에 찌릿하는 작은 아픔이 스쳤다.

아야토는 그 아픔에 등을 떠밀려 자리에서 일어났다. 그러더니 비틀거리며 데스크를 떠나 엘리베이터를 기다리고 있는 두 사람에게 다가갔다. 앞으로 3미터 되는 거리까지 갔을 때 여성이 비밀이야기를 하는 것처럼 남성의 귓가에 입을 가져다 댔다.

옆을 향한 남성의 얼굴이 보였다.

'다른 사람이야……'

기억 속의 얼굴과는 전혀 닮지 않았다.

애당초 '그'의 머리는 평범한 금발이 아니었다. 금색과 은색이 절묘하게 섞인 플래티나 블론드였다.

안도하여 힘이 빠지는 것과 동시에 마음 어딘가에서 낙담하는 자신이 있음을 깨달았다.

그 직후, 호텔리어로서의 본분을 잊고 자신이 담당하는 곳에서 자리를 비운 자신에게 급격히 죄책감과 수치심이 치밀어 올랐다.

'교육 중이라고. 이 바보야.'

스스로를 욕하며 발길을 휙 돌려 온 길을 빠른 걸음으로 되돌아갔다. 다행히도 자리를 비우고 있는 동안에 기다리던 손님은 없는 것 같았다.

데스크로 돌아가서 의자에 앉아 한숨을 휴우 내쉬었다.

아직 심장이 살짝 두근거리고 있었다. 얼굴도 뜨거웠다.

디스플레이에 시선을 돌려 단말기 조작 작업을 다시 시작했지만, 아야토의 가슴속은 술렁이고 있었다.

벌써 8년이나 지난 일인데……, 아직까지 이런 식으로 이성을 잃어버릴 만큼 자신의 안에 '그'의 존재가 자리잡고 있다는 사실을 다시 확인하게 되어 충격이었다.

딱히 만나고 싶은 건 아니다.

오히려 직장에서 만나는 건 최악이었다. 일하는 중에 그를 떠올리는 일조차 스스로에게 금지해 왔다.

그런데도 방금 전에 받은 충격으로 빗장이 풀리면서 봉인하고 있던 기억이 되살아나고 말았다.

흐르는 듯한 플래티나 블론드와 칙칙함 하나 없는 크림색 피부. 이지적으로 보이는 이마. 깔끔하고 단정한 눈썹.

그리고 무엇보다도 인상적인 부분은 아이스블루색 눈동자.

보석처럼 차가운 빛을 발하는 그 파란 눈동자가 열을 띠우고 자신을 바라보던……, 그날 밤.

── 널 원해…….

── 꼭……, 널 갖고 싶어.

뜨겁게 유혹받아 몸도 마음도 녹아들었다.

── 성급한 건 알지만, 못 참겠어.

셀러브리티의 변덕, 하룻밤의 위안임을 알고 있으면서도 거스르지 못하고 달콤한 함정에 빠져버린 젊은 날의 자신.

성숙하지 못했다.

이제 와서 후회의 마음이 복받치는 바람에 입술을 꽉 깨물었다.

경험을 쌓은 지금이라면 절대로 그런 짓은 하지 않을 것이다. 호텔리어라는 신분으로 손님과 육체 관계를 갖다니, 있을 수 없는 일이다.

그때의 자신은 제정신이 아니었다.

꿈처럼 아름다운 '그'에게 매료되어 넋을 잃고 말았다. 무엇보다 저질러서는 안 되는 금기를 저질렀다.

'하지만 다 과거일 뿐이야.'

누구라도 젊어서 저지르는 실수는 있다. 두 번 다시 되풀이하지 않으면 된다.

그렇게 자신을 타이르며 머리를 절레절레 저었다. 뇌리에서 '그'의 잔상을 쫓아버리려고 했다.

하지만……, 사라지지 않았다. 벨벳 같은 '그'의 낮은 목소리가, 차가워 보이지만 사실은 타오르듯이 뜨거운 '그'의 몸이 내뿜던 열이 사라지지 않았다.

요 8년 동안 한 번도 사라지지 않았다.

아직 이렇게나 선명하게 남아 있었다.

아직……, 사로잡혀 있었다.

급격히 가슴에 갑갑함이 몰아치자, 아야토는 미간을 찌푸리며 키보드에서 손을 떼고는 그 손을 꽉 쥐었다.

"죄송한데요……."

조심스러운 목소리로 누군가가 말을 거는 바람에 어깨를 흠칫 떨었다. 데스크 앞에 중년 여성이 서 있었다. 어제부터 숙박 중인 손님이었다.

"레스토랑에 관련해서 뭐 좀 여쭤봐도 될까요……?"

아야토는 이어지는 말을 듣고 정신을 차렸다. 잽싸게 사적 감정을 한구석으로 쫓아내고서 중년 여성을 향해 몸을 돌렸다.

과거에 사로잡혀 있을 상황이 아니었다.

오늘 자신이 최우선으로 삼아야 하는 것은 카사호텔을 사랑해주시는 손님을 소중히 대하는 일. 나아가서는 하루라도 더 오래 카사

호텔이 사랑받도록 노력하는 일.

아야토는 지금의 자신이 할 수 있는 일을 다하기 위해 눈앞에 있
는 손님에게 미소를 지어 보였다.

"레스토랑에 대한 상담이십니까? 알겠습니다. 의자에 앉으십시
오."

후 기

처음 뵙겠습니다. 안녕하세요, 이와모토 카오루입니다.

'로셀리니가의 아들 수호자'를 읽어주셔서 감사합니다.

로셀리니 시리즈 문고판 발행 제2탄입니다. 이번 달에는 '포획자'와 동시 출간되지만, 시간을 차례대로 놓고 보면 이 작품이 먼저이기 때문에 '수호자'→'포획자' 순서로 읽어주시면 원활하게 보실 수 있을 거예요.

'수호자'는 삼형제 중 막내, 삼남 루카의 이야기입니다.

삼형제는 각각 어머니가 다른 이복형제이지만 루카의 어머니가 일본인이기 때문에 루카도 검은 머리에 거의 검은색에 가까운 다크브라운색 눈의 소유자이며, 화려하고 멋진 형들과 비교하면 외모는 약간 수수합니다.

성격도 온실에서 자란 도련님인 까닭에 천진난만합니다. 나이 차이가 나는 형×2과 아버지에게 엄청난 사랑과 과보호를 받고 있지만, 실은 삼형제 중에서 가장 심지가 강한 사람은 이 루카일지도 모르겠다는 생각을 단행본을 집필하면서 했었습니다. 순진하기 때문에, 아무것도 모르기 때문에 그렇게 강하다고 할까요? 얼핏 보면 가냘프게 보이지만 사실은 역경에 맞부딪쳐도 꺾이지 않아요. 유사시에 발휘하는 행동력을 보면 역시 로셀리니가의 남자라는 생각도 듭니다.

그런 루카의 상대는 쿨 뷰티 안경남 막시밀리안. 두뇌가 명석한 데다 기량이 뛰어난 이 사람도 다른 의미로 최강입니다.

귀축에 존댓말에 안경이라는 완벽한 스펙에 개성이 뚜렷한 만큼 쓰기 무척 쉬웠습니다. 쿨하면서도 루카를 지키는 데에 관해서는 철저하게 열심인 데다, 짓궂은 면과 한결같이 응석을 받아주는 이면성을 가진 정말 바람직한 캐릭터입니다.

최강끼리 붙은 두 사람의 주제는 '주종'이었습니다. 주종은 이 단어만으로도 밥 세 그릇은 해치울 수 있을 만큼 무척 좋아하기 때문에 신나게 작업할 수 있었답니다.

그리고 숨겨진 주제는 '벌'입니다. 뻔한 전개의 마무리로 막시밀리안에게 "벌을 드려야겠네요."라고 말하게 하는 장면을 작업할 때 엄청 즐거웠어요.

이번 오리지널 스토리에서도 판에 박힌 말을 하게 할 수 있어서 만족했습니다(^^). 오리지널 스토리인 '밀월'은 허니문이라는 설정이라 철저하게 달달하고, 이 두 사람다운 러브러브한 애정 행각을 목표로 했습니다. 재미있게 봐주시면 좋겠습니다.

아, 그리고 루카의 친구 토도는 이어지는 작품인 사랑 시리즈에 출연한답니다. 루비문고 '지배자의 사랑'에서는 살짝 얼굴을 보이는 정도지만, '유혹자의 사랑', '구애자의 사랑', '절대자의 사랑(상하)'에서는 주역을 맡고 있으니 아직 읽지 않으신 분은 사랑 시리즈도 잘 부탁드립니다. '지배자의 사랑'과 '유혹자의 사랑'은 마린 엔터테인먼트에서 드라마 CD 제작도 결정된 상태입니다.

CD 하니 생각났는데요, 이 '수호자'도 마찬가지로 마린 엔터테인먼트에서 드라마 CD가 나왔답니다. 루카를 스즈키 치히로 님, 막시밀리안을 유사 코지 님, 토도를 토리우미 코스케 님, 이렇게 호화 출연진분들께서 후하게 CD 2장 구성으로 연기해 주셨습니다. 관심 있는 분은 드라마 CD도 잘 부탁드리겠습니다.

여기부터는 일러스트에 관한 추억을 풀어볼까 하는데요. 당시에 무슨 일이 있어도 '평소에는 금욕적인 막시밀리안의 반라를 루카가 목격하고 깜짝 놀란다'는 장면을 일러스트로 보고 싶어서 써 봤더니, 정확하게 일러스트로 지정해주신 덕분에 하스카와 님께서 '막시밀리안의 젖은 머리가 이마에 내려온 버전'을 그려주셨답니다. 일러스트를 본 순간, 엄청나게 단련된 상반신 누드의 섹시함에 저도 모르게 "굿잡!" 하고 몸을 떨었던 일을 여기에 적어 둡니다. 갭모에, 정말 멋지지 않나요! 이 문고판에도 수록되었으니 아무쪼록 만끽해주세요. 하스카와 님, 다시 한 번 문고판에 실리도록 흔쾌히 허가해주셔서 감사합니다!

　문고판도 참 빠르게 벌써 중간까지 왔네요. 띠지에 공지되었지만, 통권 오리지널 스토리 소책자 전원 서비스가 있습니다. 소책자에는 여러분의 의견을 반영한 이야기도 쓰고자 하오니, 루비문고 특설 사이트로 응모해주세요. 아무쪼록 많은 응모를 기다리고 있겠습니다! (※일본 기준)

　그럼 다음 달에는 삼형제와 그 연인들이 총출연하는 '공범자'에서 뵙겠습니다.

2014년 여름의 끝무렵에

이와모토 카오루

로셀리니가의 아들 2
◆수호자◆

초판 1쇄 인쇄 / 2019년 9월 9일
초판 1쇄 발행 / 2019년 9월 19일

지은이 / Kaoru Iwamoto
일러스트 / Ai Hasukawa
옮긴이 / 심이슬
펴낸이 / 오영배
편집진행 / 조혜영, 김은경, 오정인
책임편집 / 삼양코믹스 일본만화 편집부
디자인 / 이희종
펴낸 곳 / (주)삼양출판사

주소 / 서울 강북구 도봉로 173 캠프 6층
편집부 전화 / (02) 980-2140
영업부 전화 / (02) 980-2112
FAX / (02) 983-0660
등록번호 / 제 9-46호
등록일자 / 1999년 3월 11일

THE SON OF THE ROSSELLINI FAMILY Volume 2 TUTELARY
ⓒKaoru Iwamoto 2007, 2014
Illustration by Ai Hasukawa
First published in Japan in 2014 by KADOKAWA CORPORATION, Tokyo.
Korean translation rights arranged with KADOKAWA CORPORATION, Tokyo.

ISBN 979-11-283-9711-0 04830 / ISBN 979-11-283-9693-9 (세트)

은 (주)삼양출판사의 BL번역소설 레이블입니다.